――そして、一騎駆けだ！
荒涼とした原野を、俺と相棒は一体となって突き進む――。
イメージは赤兎馬《せきとば》に騎乗した呂布《りょふ》だ！

ロロ
シュウヤの相棒で変幻自在の神獣。
シュウヤ
元ニートだったが最強種族に転生し、無双の槍使いに。
ヴィーネ
ダークエルフの美女。シュウヤに忠誠を誓う。

惨殺姉妹
ララ&ルル
少女ながらも凄腕の暗殺者。
姉がララ、妹がルル。
ベネット
闇ギルド【月の残骸】のメンバー。
敏捷なエルフの戦士。

『あぁぁぁぁ……ご主人様……
愛しているぞ！』
ヴィーネの溶けたような心の声が
俺の意識内に谺《こだま》する。

槍使いと、黒猫。

STRANGER & BLACK CAT

12

author
健　康
illustration
市丸きすけ

口絵・本文イラスト　市丸きすけ

迷宮都市ペルネーテ

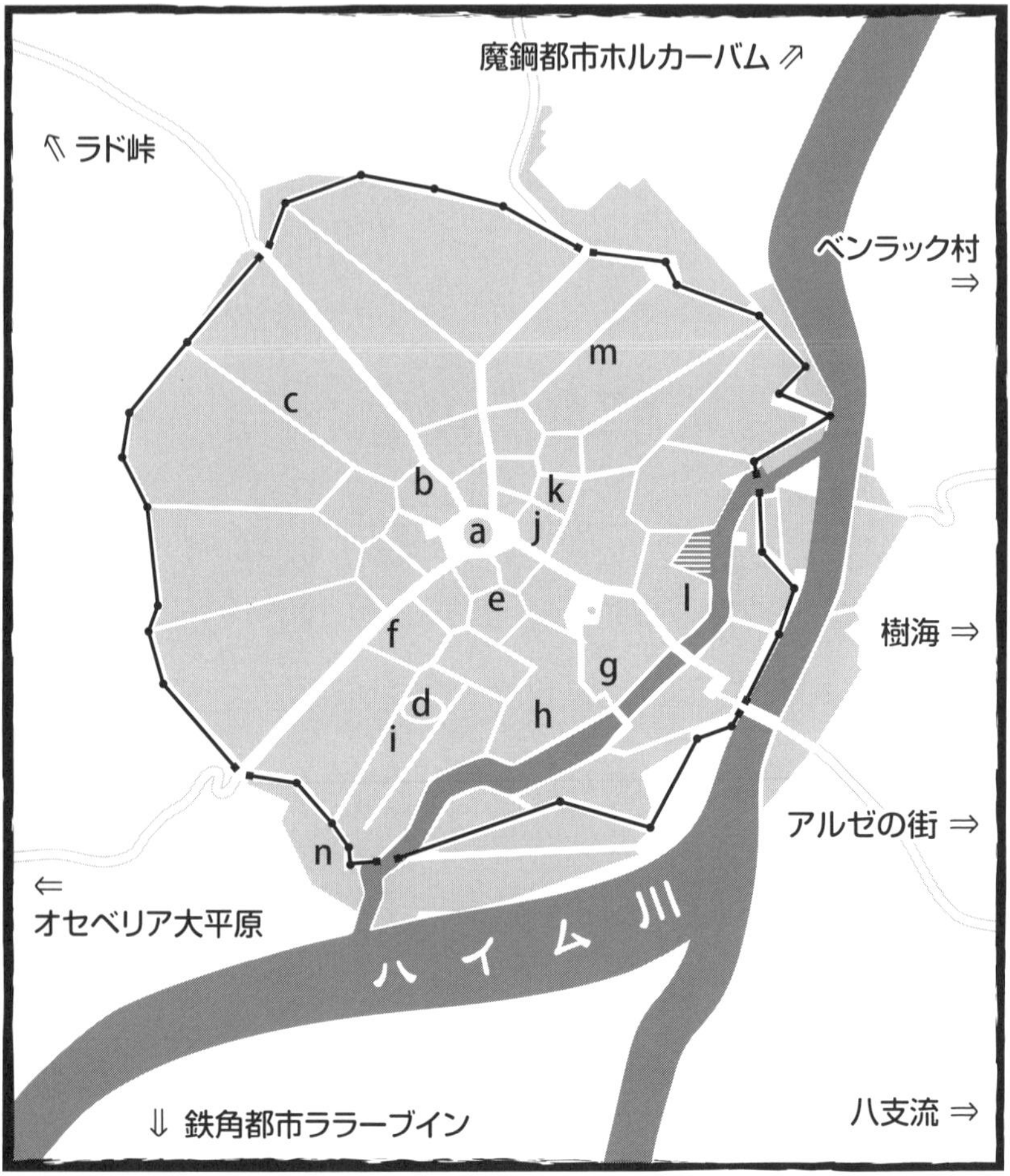

a：第一の円卓通りの迷宮出入口
b：迷宮の宿り月（宿屋）
c：魔法街
d：闘技場
e：宗教街
f：武術街
g：カザネの占い館
h：歓楽街
i：解放市場街
j：役所
k：白の九大騎士の詰め所
l：倉庫街
m：貴族街
n：墓地

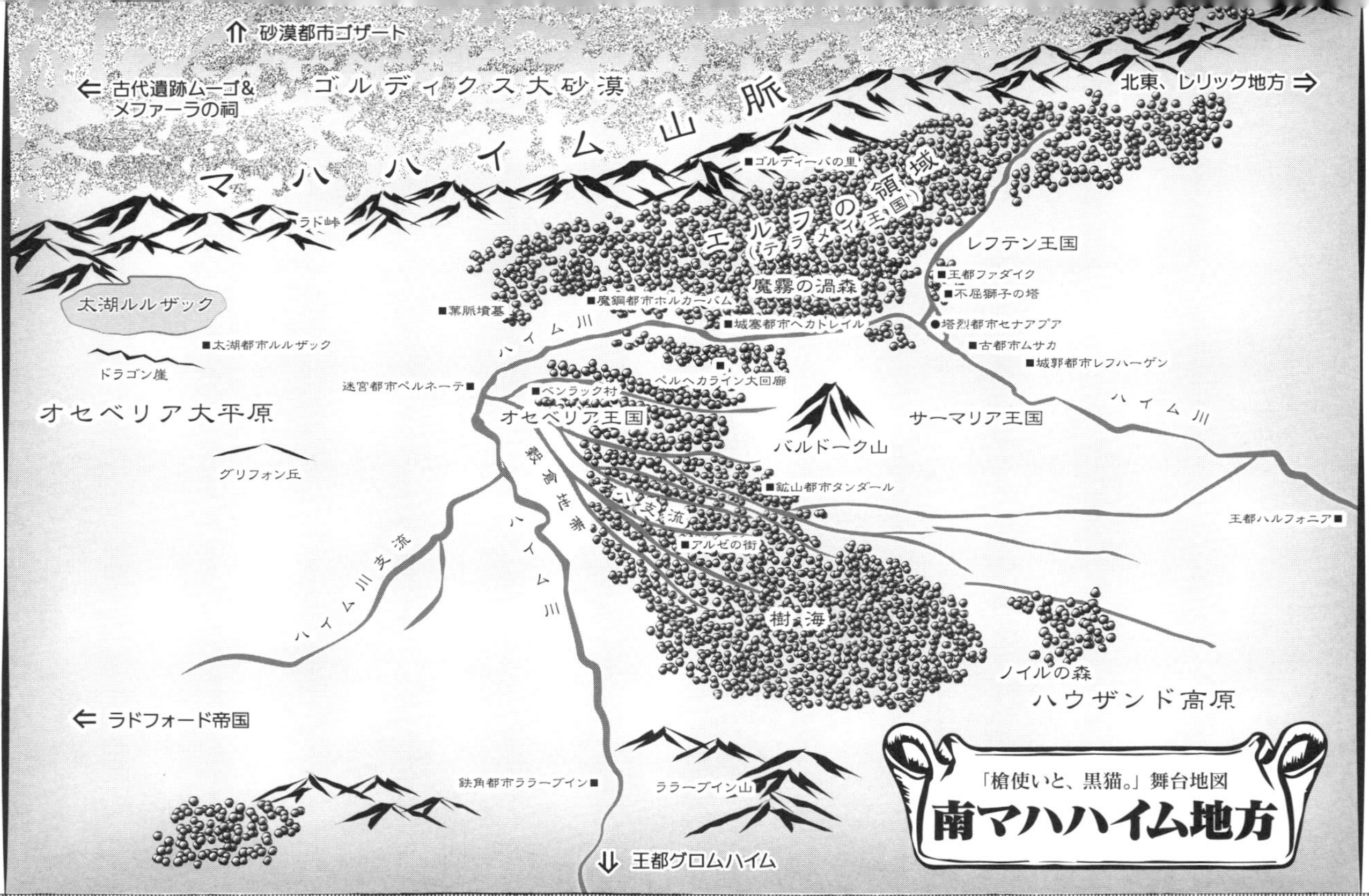

⇧ 砂漠都市ゴザート
⇦ 古代遺跡ムーゴ&
メファーラの祠
ゴルディクス大砂漠
北東、レリック地方 ⇨
マハハイム山脈
■ゴルディーバの里
エルフの領域
（テラメイ王国）
ラド峠
レフテン王国
■王都ファダイク
魔霧の渦森
■不屈獅子の塔
太湖ルルザック
■葬脈墳墓
■魔鋼都市ホルカーバム
■城塞都市ヘカトレイル
●塔烈都市セナアプア
■太湖都市ルルザック
ハイム川
■古都市ムサカ
■城郭都市レフハーゲン
ドラゴン崖
ペルヘカライン大回廊
迷宮都市ペルネーテ■
■ベンラック村
ハイム川
オセベリア大平原
オセベリア王国
サーマリア王国
バルドーク山
グリフォン丘
穀倉地帯
■鉱山都市タンダール
八支流
王都ハルフォニア■
ハイム川支流
■アルゼの街
ハイム川
樹海
ノイルの森
ハウザンド高原
⇦ ラドフォード帝国
鉄角都市ララーブイン■
ララーブイン山
「槍使いと、黒猫。」舞台地図
南マハハイム地方
⇩ 王都グロムハイム

第百三十九章「魔槍血鎖師《まそうけっさし》」

黒豹《くろひょう》ロロディーヌの首下から出た触手《しょくしゅ》が少し短くなる。

まだ、死皇帝《デスリッチ》と距離《きょり》があるから機動を優先か。両前脚《まえあし》の爪《つめ》が地面を抉《えぐ》ると、そのロロディーヌの黒豹の体から魔力《まりょく》が迸《ほとばし》る。そして、再び、

「にゃおお」

と、気合いの入った声で吼《ほ》えた。その直後、前方で動きが出た。

守護者級の死皇帝《デスリッチ》と戦っていたパーティが撤退《てったい》を始める。

撤退は分かるが、盾《たて》役の戦士の人を置き去り？

囮《おとり》か？　だが、一人だけでは。他のメンバーは踵《きびす》を返して、こちらに来る。

置き去りにされた盾持ちの戦士目掛《めが》けて、黒と黄色の法衣《ほうえ》を纏《まと》った死皇帝《デスリッチ》は杖槍《じょうそう》を振《ふ》り上《あ》げていた。その先端《せんたん》が湾曲《わんきょく》した杖槍から衝撃波《しょうげきは》が発生。

その衝撃波は、瞬《また》く間《ま》に特殊《とくしゅ》な闇《やみ》のフィールド魔法《まほう》と化して、盾持ちの戦士を越《こ》えつつ円状に広がった。闇のフィールド魔法の影響《えいきょう》で動きが鈍《にぶ》った盾戦士。

死霊騎士《デッドナイト》が骨馬から嘶《いなな》きを轟《とどろ》かせながらランスを右小脇に抱《かか》えて、その動きが鈍った盾戦士を狙《ねら》うように突進《とっしん》を開始する――そして、その走る勢いを乗せた強烈《きょうれつ》なランスチャージを盾持ちの戦士へと衝突《しょうとつ》させた。

盾持ちの戦士は、そのランスによって体を貫《つらぬ》かれたか？　と思ったが強烈な後光を発した盾持ちの戦士は、そのランスチャージを盾で受け止めていた。

やるなぁと感心するが、盾持ちの戦士は体勢を崩《くず》す。そこに、死霊法師《デスレイ》が青い法衣を広げて、その広げた部位から氷の礫《つぶて》を無数に放つ。

体勢を崩した盾持ちの戦士に無数の氷礫《ひょうれき》が襲《おそ》い掛《か》かった。氷礫を盾で弾《はじ》く戦士。が、すべての氷礫は防げない。氷礫を体に喰《く》らった盾持ちの戦士は足から血を垂らすが、盾を使い踏《ふ》ん張《ば》るように後退して持ち堪《こた》えた。三匹《びき》のモンスターから集中砲火《ほうか》を浴びても致命的《ちめいてき》な攻撃《こうげき》は防いでいる。表情の確認《かくにん》はできないが苦しんでいるはず。孤軍奮闘《こぐんふんとう》だ。

俺《おれ》は、逃《に》げたメンバーに怒《いか》りを覚えながら、

「なぁ、あれは、もしかして置き去りか？」

「そうみたいね……」

「ご主人様、どうしますか」

ヴィーネの問いには、勿論《もちろん》、

「盾持ちの戦士を助けたい。俺が口火を切る。敵愾心《てきがいしん》が俺に向いたら、ヴィーネ、レベッカ、エヴァは後方に徹《てっ》して回避《かいひ》を優先。状況《じょうきょう》を見て、遠距離《えんきょり》攻撃《こうげき》を開始しろ」

声の調子を強めて指示を出した。

「はいっ」

「分かったわ」

「ん」

俺は仲間たちを見て、笑顔《えがお》を意識しながら頷《うなず》く。

続いて、奴隷《どれい》たちへと厳しい視線を向けた。

「お前たちは仲間の援護《えんご》を徹底《てってい》しろ。今回は魔宝地図に備えての前哨戦《ぜんしょうせん》と思え、前線に無理して出るな。フォローに徹しろ、いいな？」

ジェスチャーを交えて真剣《しんけん》に語った。

仲間のために投資をして得た大切な戦力。こんなところで死なれちゃ困る。

「はい！」

「分かりました」

小柄獣人《ノイルランナー》のサザーと虎獣人《ラゼール》のママニはすぐに了承《りょうしょう》。

「畏《かしこ》まりました」

エルフのフーも頭を下げて話している。

「我も突撃《とつげき》したい」

蛇人族《ラミア》のビアだ。口から出た舌が蛇のように動いている。

「ビア。お前の気持ちは分かる。そして、戦闘職業《せんとう》は〈武装騎士長《きし》〉だったな。その名の通り、頑丈《がんじょう》な体を使い仲間の魔法使《まほうつか》いを優先して守ってくれ」

ビアは、俺の発言を聞くと、瞳孔《どうこう》を散大させた。

完爾《かんじ》とした微笑《ほほえ》みから興奮したような面持《おもも》ちで、乱暴に装備を地面に置くと、

「主《あるじ》！　我の父のような痺《しび》れる物言いだ。武装騎士長の名にかけて魔法使いを守ろう！」

戦国武者風に語ると、三つの胸を両の指で触《さわ》ってから、お辞儀《じぎ》。

そして、フーではなく、レベッカの近くに移動した。その戦士としての頼《たの》もしい動きを見てから黒猫《ロロ》を見る。

「ロロッ！」

と、呼ぶと、相棒は片方の耳をピクッと動かして、

「ンン、にゃおぉ！」

と、元気のいい黒猫《ロロ》さんは俺を凝視《ぎょうし》して、直《す》ぐに反応。

馬と獅子《しし》に近い神獣《しんじゅう》の姿へと変身してくれた。凛々《りり》しさ溢《あふ》れる神獣ロロディーヌだ。

その黒馬ロロディーヌは、俺の腰《こし》に触手を絡《から》ませると、背中に乗せてくれた。
イリアスの外套《がいとう》を開く。右手に魔槍杖《まそうづえ》バルドークを召喚《しょうかん》――。
〈導想魔手《どうそう》〉も発動させた。
同時にロロディーヌの手綱触手《たづなしょくしゅ》の先端が、俺の首筋にぴたりと貼《は》り付《つ》いた。
相棒ロロディーヌと感覚の共有だ。恒久《こうきゅう》スキル〈神獣止水・翔《かける》〉の効果はいい！
「行くぞっ」
「ンンン――」
相棒の荒《あら》さもある獣の喉《のど》声が響《ひび》く。恒久スキル〈神獣止水・翔〉を実感できる。
神獣ロロディーヌが、俺の熱い気持ちを瞬時《しゅんじ》に理解したと分かる鳴き声だ。
――そして、一騎《いっき》駆《が》けだ！
荒涼《こうりょう》とした原野を、俺と相棒は一体となって突《つ》き進《すす》む――。
イメージは赤兎馬《せきとば》に騎乗《きじょう》した呂布《りょふ》だ！
いや、姉川の戦いで有名な単騎《たんき》駆《が》けの本多忠勝か？
そんな偉大《いだい》な武将たちに思いを馳《は》せながら――。
途中《とちゅう》、傷を負って逃げてきた人たちとは視線を合わせない。
「あっ、たすけっ――」

そんな言葉が耳を通《とお》り抜《ぬ》けていた。二つの塔《とう》の真下、入り口の手前にある広場に向かう。

二つ塔の出入り口は、巨大《きょだい》な石の扉《とびら》。

駆《か》けるロロディーヌは頭部を黒豹か黒鷹《たか》かコンドルと似せた。

よりシャープに変形させる。その神獣《ロロ》は速度を上げて一気に進んだ。

――戦士はまだ生きていた。

大柄《おおがら》の、その青年戦士へと〈導想魔手〉を送った。

俺の体内から出た細い魔線と繋《つな》がる歪な魔力の手《〈導想魔手〉》が、戦士の体を掴《つか》む。

青年戦士の盾と鎧《よろい》が〈導想魔手〉の指の形に凹《へこ》んでしまう。構わず〈導想魔手〉が掴んだ青年戦士を黒いフィールドから引っ張り出した。

無事に黒いフィールドから戦士を助け出すことに成功――。

俺を乗せた相棒は走って死皇帝《デスリッチ》たちから距離を取る。

そして、更《さら》に離《はな》れた場所に向けて、その助けた戦士を投げ捨てた。

助けた戦士は受け身を取りつつ転がりが収まったところで、顔をこちらへ向ける。

〈導想魔手〉越《ご》しに青年の無事を確認しつつ――死皇帝《デスリッチ》目掛けて〈光条の鎖槍《シャインチェーンランス》〉を発動――。

飛び道具の〈光条の鎖槍《シャインチェーンランス》〉は宙を切《き》り裂《さ》くような勢いで突き進み、死皇帝《デスリッチ》の胴体《どうたい》を貫通《かんつう》しては死霊騎士《デッドナイト》と死霊法師《デスレイ》の胴体をもぶち抜いた。

「「「グォォォォォ」」」

胴体をぶち抜かれた死皇帝《デスリッチ》たちから悲鳴に似た叫《さけ》び声《ごえ》が響く。

距離の関係か、耳朶《じだ》が震《ふる》えた気がした。

〈光条の鎖槍〉《シャインチェーンランス》は光属性だ。

死皇帝《デスリッチ》たちは、ナチュラルに効いたらしい。

そして、〈光条の鎖槍〉《シャインチェーンランス》の後部は分裂《ぶんれつ》しつつ瞬く間に光の網《あみ》と化す。その光の網と絡まった死皇帝《デスリッチ》と死霊騎士《デッドナイト》と死霊法師《デスレイ》は身動きが取れない。藻掻《もが》くような仕種《しぐさ》だから時間は稼《かせ》げるかな。助けた青年戦士は――何が起きているのか分からないといった表情で、俺たちを見た。その刹那《せつな》――蠢《うごめ》く魔素《まそ》の反応を感じ取った。

魔素の反応は骨馬に乗った死霊騎士《デッドナイト》。

赤黒いランスを脇《わき》に抱えている。

その死霊騎士《デッドナイト》の胴体には黒い穴と、網が浸透《しんとう》していた傷痕《きずあと》の線が露出《ろしゅつ》していた。あれは、〈光条の鎖槍〉《シャインチェーンランス》の傷痕だ。

光の網から抜け出せたようだ。

すると、その死霊騎士《デッドナイト》が騎乗する骨馬が派手に嘶いた。

赤黒いランスの切っ先を俺たちに向けた死霊騎士《デッドナイト》は、嘶いた骨馬の腹をカウボーイブーツで強めに叩《たた》くと突進を開始する。

背後には死皇帝《デスリッチ》と死霊法師《デスレイ》が、ゆらゆらと揺《ゆ》れながら俺たちに迫《せま》る姿も確認できた。死《デス》皇帝《リッチ》たちには、光属性の〈光条の鎖槍《シャインチェーンランス》〉はあまり効かないのか？

ま、一応は俺にモンスターの気を集中させることに成功かな。

すると、神獣ロロディーヌが、「にゃご！」と鳴いてから、突進してくる死霊騎士《デッドナイト》に向けて複数の触手を繰《く》り出した。

それら直進した触手の先端から出た骨剣《けん》が見事に骨馬の両前脚を貫いて破壊《はかい》――。

当然、骨馬に騎乗した死霊騎士《デッドナイト》は神獣《ロロ》に向かって収斂《しゅうれん》していく触手を追うように、前のめりになって地面と激突《げきとつ》。

転倒《てんとう》した死霊騎士《デッドナイト》は上半身の一部が欠けた。

両前脚を失った骨馬とも絡み合《あ》う。骨馬は粉々に砕《くだ》けて魔石と骨の残骸《ざんがい》と化したが、頭部を失った死霊騎士《デッドナイト》はタフだ。まだ生きている。

頑丈な下半身の力で強引《ごういん》に立つ。が、頭部なしの上半身は、背中側にねじ曲がっていた。

そのまま死霊騎士《デッドナイト》は真後ろへと歩き出す。

滑稽《こっけい》な姿は面白《おもしろ》かったが、笑う暇《ひま》はなし――。

ランスにはランスを――そんな意気込みから、右手に持った魔槍杖を脇に抱えた。

「ロロ、速度を出せ――」

「にゃごあ」

黒馬ロロディーヌは即座《そくざ》に、俺の意思を汲《く》み取《と》った。

脚が地面を捉《とら》えると――地面を削《けず》る感触《かんしょく》を得た。

四肢《しし》の躍動《やくどう》感が半端《はんぱ》ない――そして、不思議と向かい風はキツくない。

ペルネーテに向かう空旅の時にも感じたが――。

飛翔《ひしょう》時以外でも、相棒は体から特別な魔力粒子《まりょくりゅうし》を出せる。

〈神獣止水・翔〉が進化しているお陰《かげ》でもあるかな。その証拠《しょうこ》に、俺が持つ魔槍杖バルドークの先端は、相棒が放出中の魔力膜《まりょくまく》の外に出ていた。

その魔槍杖バルドークの穂《ほ》先《さき》と穂先の周囲からは、風を切り裂くように、紅色の流線が発生している。魔槍杖バルドークの紅矛《ほこ》と紅斧刃《べにおのば》は鏃《やじり》にも見えた。

――そのランスチャージの突進で、上半身が折れ曲がった死霊騎士《デッドナイト》との間合いを詰《つ》めた直後――ランスチャージの紅矛が、歪《いびつ》な死霊騎士《デッドナイト》の胴体を喰らうように捉え、その胴体を見事に穿《うが》つ――魔槍杖の手応《てごた》えはバッチリだ！

硬質《こうしつ》さを表す重低音が響き渡《わた》る。

死霊騎士《デッドナイト》の歪な胴体が、くの字に折れ曲がって真っ二つ。

二つに分かれた死霊騎士《デッドナイト》の残骸は地面に転がった。

俺は振り向《む》く。気持ちを共有している相棒も即座に横向きに姿勢を変えつつ走る速度を落とすと急ストップ。ランスチャージで倒《たお》した死霊騎士《デッドナイト》の残骸から大きな魔石が出現するのを確認するや否《いな》や「ンン――」と、走りを止めた神獣ロロディーヌは喜ぶような喉声を発してから、その大人びた印象のある神獣としての頭部を上向かせた。

頭部をくるりと動かし、綺麗《きれい》な鬣《たてがみ》を披露《ひろう》するように――。

「にゃごおおぉん――」

と、盛大に鳴いた。はは、いいこだ。

誇《ほこ》らしげな神獣ロロディーヌ。仕留めた喜びを荒野《こうや》の中心で叫ぶ。

カッコイイぞ、相棒！『たおした！』『うまっこ！』と、相棒は気持ちを伝えてくる。

俺とロロディーヌの合体技《わざ》みたいなもんだからな。相棒は嬉《うれ》しかったようだ。

そんな俺たちが、死霊騎士《デッドナイト》を倒したと知った死皇帝《デスリッチ》と死霊法師《デスレイ》は憤怒《ふんど》の形相となった。

「ゴゴッゴゴゴォォォーー」

「ゴォォォーー」

死皇帝《デスリッチ》と死霊法師《デスレイ》はそれぞれに力のある声で叫ぶ。

仲間が倒された恨《うら》みか？

頭蓋骨《ずがいこつ》の口から蛇のような黒触手をシュルシュルと出している死皇帝《デスリッチ》は法衣の黒色の部分を妖《あや》しく光らせた。

その光った黒の法衣から無数の黒触手を射出させてくる――。

黒触手の攻撃、黒触手の群れの攻撃といったほうがいいか。神獣ロロディーヌに騎乗した俺をピンポイントで狙う軌道《きどう》だ。

「ンン――」

相棒の神獣ロロディーヌが反応。

喉声を鳴らしつつ触手の群れには触手の群れといったように反撃《はんげき》を行った。

相棒は、今まで六本の黒触手を主力にしていたが、その六本の黒触手を、更に細かく分散させつつ、他の体からも黒触手を放出し展開してくれた。

黒触手の群れの先端から生まれるように飛び出た骨剣で見事に死皇帝《デスリッチ》の黒触手を貫いてくれた――相棒の黒触手の群れが、次々と死皇帝《デスリッチ》の黒触手の群れを迎撃《げいげき》してくれる。

「神獣《ロロ》、ありがとう――」

「ンン――」

相棒の喉声が頼もしい。前方の宙空で激しい火花が散った。

しかし、死皇帝《デスリッチ》の黒触手のほうが圧倒的《あっとうてき》に数が多い――相棒の黒触手の群れは死皇帝《デスリッチ》の黒触手の群れに追い付かない。迎撃できずに捌《さば》き切れなかった死皇帝《デスリッチ》の黒触手の数本が俺に迫ったところで――。

「相棒、背中を借りるぞ――」

「ンン――」

相棒も俺の行動に合わせて屈《かが》んで四肢を調整してくれた。

四肢を伸《の》ばして、反動を加算させてくれた神獣ロロディーヌの背中を、片足の裏で押《お》して高く飛ぶように跳躍《ちょうやく》――俺に迫った触手を避《よ》けた。

回転しながら無事に着地するが、続けざまに飛来する死皇帝《デスリッチ》の黒触手が迫る――咄嗟《とっさ》に長柄《ながえ》の魔槍杖バルドークを上げた。

柄での防御《ぼうぎょ》ではない――穂先の紅斧刃で――八の字を宙空に描《えが》いた。

迫る黒触手を、その八の字機動の魔槍杖で斬《き》りに斬る。

一部の黒触手は紅斧刃に触《ふ》れると、じゅあっと蒸発音を立て消えていた。黒触手に対処はできるが――次から次へと黒触手が迫ってくるのは変わらない。

俺は爪先《つまさき》を意識したステップを実行――。

俺の避ける機動に合わせて追尾《ついび》してくる黒触手。

それらの黒触手の機動を読むように観察しながら、魔槍杖バルドークを振るう。

迫る黒触手を次々と打ち落とすように切断しまくった。

死皇帝《デスリッチ》の黒触手が、無数の蛸《たこ》とイカの足にも見えてくる。

そこに、もう一体のモンスター死霊法師《デスレイ》が氷の魔法を連射してきた。

氷礫だ――俺は〈導想魔手〉を発動。〈鎖〉も盾状《たてじょう》に変化させて守勢に回った。

〈鎖〉の盾で、飛来する氷礫を叩き落とす。次の氷礫は、即座に、体を捻《ひね》って避けた。

そんな俺を狙う黒触手を〈導想魔手〉で防ぐ。

しかし、氷礫と黒触手の遠距離攻撃は、さすがに捌ききれない。

俺は、腕《うで》と――胸――と足――外套にも、氷礫と黒触手を喰らう。

外套が氷礫を防ぎ、紫《むらさき》の火花が散ったが、右腕《みぎうで》と足には、氷礫が突き刺《さ》さった。

――痛い。が、痛がってはいられない。

直ぐに〈光条の鎖槍《シャインチエーンランス》〉を発動――。

続けざまに四つの〈光条の鎖槍《シャインチエーンランス》〉を射出。

宙に五つの光線の軌跡《きせき》を描く〈光条の鎖槍《シャインチエーンランス》〉は、迫る黒触手を貫くと、直進し、死皇帝《デスリッチ》と死霊法師《デスレイ》の胴体に深く突き刺さった――死皇帝《デスリッチ》と死霊法師《デスレイ》の胴体から眩《まばゆ》い青白い閃光《せんこう》が発生――同時に氷礫と黒触手の攻撃の雨が止《や》む。

死皇帝《デスリッチ》と死霊法師《デスレイ》は〈光条の鎖槍《シャインチエーンランス》〉の後部から分裂した光の網に捕《と》らわれた。

「ギュオオオォォ」

「ギュウウウウ」

と、苦しみの声をあげた。その苦しそうな死皇帝《デスリッチ》が、光の網の間から伸ばした腕に持つ黒い杖槍を掲《かか》げると、その杖槍から闇が発生——。

その闇は、どす黒い丸い円となって拡大。死皇帝《デスリッチ》自身と隣《となり》の死霊法師《デスレイ》にも、そのどす黒い丸い円が重なった瞬間《しゅんかん》、二体の胴体に突き刺さった〈光条の鎖槍《シャインチェーンランス》〉と光の網が消失。

——消えてしまった！　あ、だからか！　先ほど死霊騎士《デッドナイト》に俺が放った〈光条の鎖槍《シャインチェーンランス》〉も、今の死皇帝《デスリッチ》が持つ杖槍を基軸《きじく》とした特別な魔法かスキルによって消去されたのか。

「ガルルルゥ」

距離を取っていたレアな獣声を発した相棒。死皇帝《デスリッチ》たちを警戒《けいかい》する声だ。巨大な神獣の姿に変身を遂《と》げた神獣ロロディーヌは口を開けた。

神獣らしい大きな口から、炎《ほのお》を吐《は》き出す。

炎は一瞬《いっしゅん》でドッと膨《ふく》らんで、八咫《やた》な紅蓮《ぐれん》の炎と化した。

紅蓮の炎は、狂瀾怒涛《きょうらんどとう》の勢いを以《もっ》て死皇帝《デスリッチ》と死霊法師《デスレイ》に向かい、喰らうように飲み込むと、この五層と二つの塔付近を蹂躙《じゅうりん》する勢いで拡《ひろ》がった。

地面が溶《と》けているし、空間、あらゆるモノが蒸発したかのように見える……。

そんな威力《いりょく》が凄《すさ》まじい紅蓮の炎だが、相棒ロロディーヌは、しっかりとコントロールを行った炎でもある。俺の周りに炎は届いていない。熱は感じるが。

『さすがは、ロロ様です。王級を超《こ》える炎。ですが、怖《こわ》い』

視界に現れた常闇《とこやみ》の水精霊《せいれい》ヘルメは顔が青ざめている。

怒濤《どとう》の炎の波が収まると死霊法師《デスレイ》の姿は消えていた。

が、死皇帝《デスリッチ》は、しぶとく生き残っていた。

あの神獣の炎に耐《た》えるとは……。

爛《ただ》れた大きな頭蓋骨と真っ赤に燻《いぶ》られた全身スケルトンの姿。

しかも、体の組織が再生しつつ法衣も再生途中。

法衣は、純白的な色合いに変化。手に長杖《つえ》を持つ。

『ロロ様の炎でも生き残るなんてっ、なんてタフなのでしょう！　閣下、わたしも出撃《しゅつげき》します』

『おう』

俺の左目からヘルメが出る。ヘルメは、空中で水から人の形に変身。

蒼《あお》い両手から氷礫の魔法を死皇帝《デスリッチ》に向けて放っていた。

更に、遅《おく》れて到着《とうちゃく》した仲間たちの攻撃も始まる。

レベッカの《火球《ファイアーボール》》が頭蓋骨を直撃《ちょくげき》。
ヴィーネの光線の矢が骨の肩《かた》に刺さる。
エヴァの紫色《むらさきいろ》のオーラ的な魔力に包まれた金属の円月輪が胴体を切る。
フーの礫が骨の足に刺さる。
ママニの鉄の矢が胴体に刺さった。
ビアの投《な》げ槍が骨の足に突き刺さっていた。
死皇帝《デスリッチ》は次々と仲間から連続攻撃を受けた。
頭蓋骨は焼けただれて、光線の矢が刺さった肩が爆発《ばくはつ》。
翡翠《ひすい》の蛇弓《バジュラ》の放った光線の矢は威力がある。
光線の矢が刺さった肩の内部に緑色の蛇が浸透した瞬間の爆発だ。
その死皇帝《デスリッチ》の肩は吹《ふ》き飛《と》んだ。
骨の足は無数に穴が空いていた。再生していた白い法衣が破れた。
中身の肋骨《ろっこつ》的な太い骨をエヴァの円月輪が切り刻む。
「グォォォォォォ」
皆《みな》の波状攻撃が効いたか、死皇帝《デスリッチ》は叫び声をあげた。
だが、死皇帝《デスリッチ》は、急にくるくると回りながら魔力を放出。

そのまま三百六十度の周囲に向けて、衝撃波的な風魔法を展開させる。

――風の刃《は》？

「ンン――」

俺とロロディーヌは距離を取った。その風魔法から離れる。

飛翔していた常闇の水精霊ヘルメも離れた。仲間とは反対側に着地するや否や死皇帝《デスリッチ》に向けて氷魔法を放つが、風魔法が障壁《しょうへき》になって氷礫は死皇帝《デスリッチ》に届かず。続いて、その死皇帝《デスリッチ》が繰り出した風の障壁を崩そうと、レベッカ、エヴァ、フーが連続的に魔法攻撃《まほうこうげき》を繰り出す。ヴィーネも翡翠の蛇弓《バジユラ》に番《つが》えた光線の矢を射出して風の障壁を攻撃――。

しかし、風の障壁はヴィーネの光線の矢も弾く。

皆の攻撃を弾くか吸収する。風の障壁は消えなかった。

死皇帝《デスリッチ》の風の障壁の内部では、風の刃が激しく舞《ま》っている。

地面の四方八方に、巨大な鉤爪《かぎづめ》に抉り取られたような傷跡《きずあと》の線が幾《いく》つも発生。

あの場に残っていたら切り刻まれていた。

しかも、死皇帝《デスリッチ》の体の傷は回復している。

法衣も緑色に変化していたが再生していた。

――すげぇな。さすがは守護者級だ。尊敬に値《あたい》するほどタフで強い。

それでいて鉄壁《てっぺき》の守り。しかし、同時に、あの風の障壁の内側から俺たちに、外に向けての攻撃はできないらしい。互《たが》いに少し様子見だ。

死皇帝《デスリッチ》の眼窩《がんか》の瞳《ひとみ》が赤く縁取《ふちど》られて光った。

赤黒さとメタル感が合わさる不気味な色合い。

バルバロイの使者が放った精神的な攻撃魔法《こうげきまほう》でも繰り出している？

怨念《おんねん》が隠《こも》った瞳から恐怖《きょうふ》を感じた。だが、バルバロイの使者とは根本的に違《ちが》うか。

死皇帝《デスリッチ》の見た目からは、バルバロイの使者と同系統のモンスターと判断できるが……不死は不死でも世界が異なるような感覚を受けた。

あくまで俺の感覚だから違うかも知れないが……。

たぶん、このペルネーテの迷宮《めいきゅう》には人智《じんち》の及《およ》ばぬところがあるんだろう。

だからこそ、過去、ミラとリュクスとドワーフたちが逃げていたように、バルバロイの使者は凄《すご》い敵だったということだ。イレギュラーな存在がバルバロイの使者。

そう思考していると、奴隷たちも、遠巻きから死皇帝《デスリッチ》に向けて拾った石を投げて弓矢を射出し遠距離攻撃を加えていくが、悉《ことごと》く、風の障壁に妨《さまた》げられる。

……あの風の障壁はいつまで続くんだ。

ん？　待てよ。〈鎖〉なら通じるか？

俺は横に駆けつつ――死皇帝《デスリッチ》目掛けて左手を上げた。

手首を〈鎖〉の照準代わりに――その手首に備わる〈鎖の因子〉マークから〈鎖〉を射出――狙いは死皇帝《デスリッチ》の頭蓋骨――。

弾丸《だんがん》を超える速度の〈鎖〉が死皇帝《デスリッチ》に向かう――。

風の障壁をあっさりと突き抜けた〈鎖〉は死皇帝《デスリッチ》の頭蓋骨を貫いて、その頭蓋骨を見事に粉砕《ふんさい》した。同時に風の障壁も止まる。おぉ、凄い！　この〈鎖〉。確実に成長を遂げている。

「おぉ」

「ん、やった」

「風の障壁が消えました！」

「やったぁ」

仲間と奴隷たちから歓声《かんせい》が上がるが、ところがどっこい――。

死皇帝《デスリッチ》はまだ生きていた。

頭蓋骨は粉々に吹き飛んだが、頭部なしの死皇帝《デスリッチ》は、ゆらゆらと浮《う》かんだ状態で、長杖を掲げている。その頭部なしの死皇帝《デスリッチ》を見たレベッカが「まだ、生きているの!?」と、驚《おどろ》きをもって叫ぶ。

確かに頭部を失っても生きている死皇帝《デスリッチ》はしつこい。

だが、これならどうだ？　と両腕《りょううで》を翳《かざ》した——俺は〈血魔力〉を意識。

スキル〈血道第一・開門〉を発動——掲げた両腕の皮膚《ひふ》から血を出すと同時に〈血道第二・開門〉も意識——両腕から発生した血を活《い》かす〈血鎖の饗宴《きょうえん》〉を発動させた——。

信頼《しんらい》の証《あか》しとして、皆にも見せる形で分かりやすく……光魔ルシヴァルの力を出す。

この両腕の血を素《もと》とした〈血鎖の饗宴〉の血鎖の群れは、エクストラスキルの〈鎖の因子〉から派生したスキルの一つ。俺の体内に流れる光魔ルシヴァルの血を瞬時に血の鎖に変えるスキルだ。だから、〈血鎖の饗宴〉は、この両腕からの出血を起点に展開せずとも、体のどこからでも出血を促《うなが》せば〈血鎖の饗宴〉の発動は可能——。

そう思考した刹那——脳内にスキル獲得《かくとく》音が谺《こだま》する。

※〈魔槍血鎖師《まそうちぐさりし》〉の条件が満たされました※
※戦闘職業クラスアップ※
※〈魔槍闇《やみ》士〉と〈鎖使い〉が融合《ゆうごう》し〈魔槍血鎖師〉へとクラスアップ※
※〈血道第三・開門〉※恒久スキル獲得※
※〈血液加速《ブラッディアクセル》〉※スキル獲得※

※〈始まりの夕闇《ビギニング・ダスク》〉※スキル獲得※
※〈夕闇の杭《ダスク・オブ・ランサー》〉※スキル獲得※
※エクストラスキル〈鎖の因子〉の派生スキル条件が満たされました※
※〈血鎖探訪《ブラッドダウジング》〉※スキル獲得※

おぉお、マジか。新しい戦闘職業にスキルを獲得。

そのクラスアップとスキル獲得音と共に、左右の手から無数に出た血鎖は死皇帝《デスリッチ》の全身を囲う。血鎖は三百六十度のあらゆる角度から一斉《いっせい》に死皇帝《デスリッチ》を貪《むさぼ》り喰うように貫き刺して血鎖の囲いを縮小してゆく。

死皇帝《デスリッチ》は大きな竜《りゅう》の口にでも包まれたように全身を貫かれながら折れ曲がり圧縮圧殺されるように丸く圧し潰《つぶ》されている。

魔法を発動途中だった長杖も血鎖によって、あっという間に潰れて残骸となっていた。

この光景に、皆が皆、怯《おび》えたような表情を浮かべている。そう、死皇帝《デスリッチ》ではなく、俺に対して、皆、恐怖の感情を持っているようだ。

〈分泌吸の匂手《フェロモンズタッチ》〉を使わずとも分かる。

やりすぎたか……薄々《うすうす》気付いていると思うが、新しいスキルだと言い訳しとこ。

※ピコーン※〈因子彫増〉※恒久スキル獲得※

わお、今、死皇帝《デスリッチ》が死んだらしい。

タフな守護者級に驚くが、同時に〈鎖〉系の新スキルを獲得したことにも驚きだ。

〈鎖〉を多用したからか、相手が強かったからかは、分からないが……。

このスキルを使えば〈鎖〉をもう一つ増やせる。

すると、死皇帝《デスリッチ》の魔石と思われる極大魔石が地面に落ちてきた。

俺は〈血鎖の饗宴〉を〈鎖〉でも扱《あつか》うように消失と意識した。

瞬時に無数の血鎖は虚空《こくう》の彼方《かなた》に消え去った。

腕からの夥《おびただ》しい量の出血もぴたりと止まる。


「――にゃおん」

一鳴きした黒猫《ロロ》だ。

子猫《こねこ》の姿に戻《もど》り、可愛《かわい》く走っては肩に跳躍してくる。

「ロロ、さっきの触手の数は凄かったな、いつの間にあんなことができるようになっていたんだ？」

「ン、にゃ？」

黒猫《ロロ》は首を傾《かし》げていた。

この反応だと触手のことはあまり意識しているわけではなさそうだ。

「その両腕の傷は！　今、至急ポーションを用意します！」

焦《あせ》るヴィーネに向け笑《え》みを意識しつつ回復薬ポーションを見せるように出して飲む。

「ヴィーネ、これは大丈夫《だいじょうぶ》。今――ほら、飲んだから傷は消えた」

ヴィーネは、俺の種族が、人族ではなく、光魔ルシヴァルだと知っている。

ヴィーネにこの演技は必要ないが、仲間はまだ光魔ルシヴァルだと知らないからな。

薄々人族ではないと分かっているとは思うが、俺がヴァンパイア系と知れば、嫌《きら》われてしまうかも知れない……レベッカとエヴァも近寄ってくる。奴隷たちも来た。

レベッカは心配そうな表情を浮かべると、

「ほんとに大丈夫？」

彼女《かのじょ》の蒼い瞳に蒼炎《そうえん》がちらつく。安心させようと顔を意識して、

「あぁ、平気だよ」

と、応《こた》えると、レベッカとエヴァは微笑む。

そして、そのエヴァは、紫色の瞳を輝《かがや》かせつつ、

「シュウヤ、さっきの凄かった！　しゅしゅしゅしゅしゅーっと、血のような、紅色の鎖は、新しい技？」

トンファーを前後させて俺の血鎖の動きをトンファーで再現しようとしていた。

「おう。その可愛い、いや、血鎖で守護者級を倒すことができた」

エヴァは興奮しているようだ。鼻の孔《あな》が少し膨らんで、可愛い。

そのエヴァは頷いてから、

「ん、強いシュウヤはかっこいい！　あ、魔石を回収しないと！」

と、指摘《してき》してくれた。俺が頷くと、エヴァは天使の微笑《びしよう》で応えてくれた。

いつ見ても、癒《い》やされる表情だ。

すると、ママニたちは、姿勢を正す。そして、互いの顔を見やって、

「あ、わたしたちも」

「はい」

「そうですね」

そう語る。エヴァの言葉を聞いて、自分たちの仕事を思い出したようだ。

急いで回収作業へと移ってくれた。

第百四十章「魔宝地図《まほうちず》レベル四」

俺たちが素材や魔石の回収作業をしていると、

「先程《さきほど》は助けて頂きまして、ありがとうございました」

乱暴に助けた戦士だ。しかし、俺の〈導想魔手〉のせいで、鎧と盾《たて》が歪に変わってしまっている。少し気まずかった。

「……あ、はい。その、鎧とか、凹ませてすみません」

「え、あ、こんなのは、命に比べたら軽いもんですよ。わたしは仲間のために死を覚悟《かくご》していたのですから」

この反応だと青年の戦士の方は、俺が指摘するまで、自分の鎧の歪《ゆが》みに気付いていなかったのか。そこに、

「あああぁ、ルカがっ、生きてるっ」

「ルカが生きてるぞぉ——」

逃げていたパーティメンバーが戻ってきた。

青年の戦士の名はルカか。駆け寄《よ》って来る仲間は笑顔だ。

「アーヴ・ルレクサンド、ミミ・シビシ、スレカン・ズキササグ、サスリ、トミリュオン、クオッソ、……無事に皆に会えるとはな」

ルカさんは、仲間の名を告げながら目を潤《うる》ませる。

仲間たちも皆、笑顔だ。涙《なみだ》を流している仲間もいた。このルカさんの仲間の反応だと、置き去りにしたわけではないらしい。俺《おれ》は勘違《かんちが》いをしていた。

ルカさんは、俺に視線を移し、

「これも、貴方《あなた》のお陰です。わたしの名前はルカ・ゼン・サーザリオン。パーティ【ルシズの遊び】を率いる者です。できれば、貴方のお名前をお聞かせください」

真剣な面持ちで俺の名前を聞いてきた。

「名はシュウヤ。パーティは【イノセントアームズ】です」

「シュウヤさん、ありがとう。お礼に、これを受け取ってください」

ルカさんの掌《てのひら》には赤、黒、黄の三つの小さい宝石があった。

黄金のチェーンにぶら下がる螺旋飾《らせんかざ》りの表と裏には、古風な彫刻《ちょうこく》が施《ほどこ》されている。魔察《まさつ》眼《がん》で確認《かくにん》――魔力《まりょく》がチェーンと螺旋飾りから渦巻《うずま》いていた。

ただの黄金ではない。こりゃ相当なマジックアイテムだ。

「いや、そういうのは……」

遠慮《えんりょ》して断ると、

「……これでは駄目《だめ》でしょうか。魔法防御《まほうぼうぎょ》アップ、物理防御アップ、身体能力を引き上げる効果もあるアイテムです。五十年戦争から現在も活躍《かつやく》しているラドフォード帝国《ていこく》の特陸戦旅団を超える、戦鋼鬼騎師団が装備していた戦鋼鬼師のネックレス。わたしの家に伝わる戦利品の家宝。どうか、これを、命を助けて頂いたお礼として受け取ってください」

そんなことを言われても。金やアイテムが欲《ほ》しくて助けたわけではない。

……どうもこういうのは苦手だ。

助けた、助けられた。感謝する、感謝される。

それだけでいいじゃねぇか。とは、言えないので、

「ルカさん、それは受け取れません。感謝の気持ちだけで十分です。俺たちは死皇帝《デスリッチ》と他のモンスターを倒した。その素材や魔石も得た。それで十分」

「しかし……」

なんとかお礼をしたいという顔だ。このイケメン青年はカッコイイな。

「気になさらず。ルカさんの戦士としての姿が格好よく、眩《まぶ》しかった。そして、仲間を助けようとする心意気と、その仲間たちの笑顔《えがお》が見られただけで、十分。さ、そこに生還《せいかん》を

喜ぶ仲間たちも来ているんですから、行ってください」

「このご恩は忘れません。貴方のような紳士《しんし》たる優《すぐ》れた方に出会えたことは幸運です」

「はは、大袈裟《おおげさ》ですよ」

と、俺は笑う。

「そんなことはない！　死皇帝《デスリッチ》を倒す手際《てぎわ》、身のこなし、状況《じょうきょう》判断、すべてが凄まじい……できれば、わたしの伯爵家直属《はくしゃくけ》の幕閣として迎え入れたい思いです……後日、ペルネーテ、またはサーザリオン領にある屋敷《やしき》に来てくれませんか？　そこで直接お礼を兼《か》ねて、お話をしましょう。どうでしょうか」

ルカさんは伯爵家らしい。迎え入れるか。気持ちは嬉しい。

が、気まぐれで風来坊《ふうらいぼう》的な俺が、配下はないだろう。ないな。

「……先ほど申し上げた通り。お気持ちだけで十分です」

と、断った。

「そ、そうですか。君のような逸材《いつざい》こそ、帝国との戦争に最も必要とされるのだが……」

戦争か。今のところは興味がない。

「戦争と言われましても、野暮《やぼ》な冒険者《ぼうけんしゃ》ですから」

「分かりました。ですが、冒険者シュウヤの名は屋敷の者、全員に知らせておきましょう。

いつでも、我《わ》が屋敷に来てください」

行かないと思うが、社交辞令で、

「はい」

ルカさんは、イケメンスマイルを繰り出す。仲間たちの下《もと》に戻った。

女にもてるだろうな。集まった【ルシズの遊び】のメンバーたち。

ルカさんの帰還《きかん》に、皆、泣いて喜んでいる。

「ルカッ、よかった！　君の父上に悲しい報告をしないで済んだ」

「はは、トレン・クオッソ。君こそ、無事でよかった。帝国との戦争で死ぬ前にこんなところで死んでたまるか！　と、一番早くに撤収《てっしゅう》していたのは忘れないぞ？」

「う、だって、君が、『わたしが盾になる！　皆、逃《に》げるのだ！』と、必死に叫んでいたじゃないか……」

それを聞いたルカさんは、

「そうだな、ふっ、ははは、冗談《じょうだん》だ」

やはり、そうだったのか。

ルカを置いて、皆、素早《すばや》く逃げていたから、見捨てて逃げたと勘違いしたよ。

きっと、今の仲間たちは、断腸の思いで逃げていたに違いない。

俺は謝罪の気持ちを込めて、複雑な思いで眺《なが》めていると、

「報酬《ほうしゅう》を受け取らないなんて、シュウヤ、偉《えら》いわ。見直しちゃった」

褒《ほ》めてくれたのはレベッカ。金の睫毛《まつげ》が数回、瞬《まばた》く。

「……あぁ、当然だろう？」

「ふふ、うん！」

元気のある声が示すように、若々しい眼輪筋の動きで蒼い目が引き立つ笑顔を繰り出す。

パッチリしたエネルギッシュな蒼い目だ。

レベッカは素直《すなお》だな。真面目《まじめ》に称賛《しょうさん》してくれたから、嬉しくなった。

笑みを意識しつつ蒼い双眸《そうぼう》を見る。だが、

「あ～、調子に乗っている顔だ」

レベッカはすぐに俺の顔を指摘してくる。

「ん、たしかにシュウヤ、平たい顔で整ってる」

うぐ、エヴァ。優《やさ》しい表情を浮かべながら余計な一言を。

「にゃあ」

肩で休む黒猫《ロロ》さんも一鳴き。猫《ねこ》パンチで俺の肩をぽんぽんっと叩いてくる。

「ロロちゃんも、きっと同じことを思っているのよっ」

「わたしはご主人様の笑顔、その顔は大好きです」

おぉ、ヴィーネは偉い。

「えぇっ、さりげない告白っ」

レベッカは少し目を細めてヴィーネを睨《にら》む。

ヴィーネはそんなレベッカの視線には動じずに、勝《か》ち誇ったように俺を見ていた。

続けて、俺の傍《そば》で片膝《かたひざ》を地面について頭を下げている常闇の水精霊ヘルメも、

「閣下は至高たる存在であり偉大《いだい》なる血族であります。そして、とっても素敵《すてき》な男性です」

そう発言していた。この間の一夜は激しく攻《せ》めたからな……。

「ん、わたしもシュウヤの平たい顔が、大好き」

エヴァもさりげなく流れに乗っている。

「えぇぇぇ、精霊様に、エヴァもなのっ、それじゃ……」

なんか、どうぞどうぞ、の流れだぞ。

レベッカは顔を真っ赤に染めて、もごもごと……。

「わたしも……」

と、小声で言っていた。そんな可愛い反応を示すレベッカに少し意地悪をする。

——俺は耳を拡げるように掌を耳の裏に当てて、レベッカに傾《かたむ》ける。

「えっと、レベッカさん。もう一度、大きな声で言ってみようか？」

「……っ、もうっ、知らない！」

俺がふざけていると、分かったレベッカは怒《おこ》って背を向けた。

「はは、レベッカ。そう怒るな。ごめんな、その可愛い顔をこっちに向けてくれないか？」

そうフォローすると、背中をピクッと反応させて、笑顔で振《ふ》り返《かえ》るレベッカ。

分かりやすい。

「んふっ、分かっているじゃない？」

「ん、レベッカも調子に乗っている」

「うっ、悪かったわね。エヴァだって……紫の瞳が、綺麗よね……」

車椅子《くるまいす》に乗りながら、優しく微笑《ほほえ》むエヴァを怒れないレベッカだった。

「ん、ありがと」

そんな光景を黙《だま》って見ている俺の奴隷《どれい》たち。

何をしているんだか……的な顔だ。

彼女たちの手の上には死霊騎士《デッドナイト》、死霊法師《デスレイ》の素材と大きい魔石が載っている。回収作業を終えていた。

俺が奴隷たちに視線を向けると、彼女たちは空気を読んだのか近付いてくる。

その奴隷たちを代表して、丁寧《ていねい》な姿勢の虎獣人《ラゼール》のママニが頭を下げて、

「ご主人様、回収した品です」

と、回収品を渡してくれた。

「分かった、ありがとう」

アイテムボックスに入れておく。

「それじゃ、皆、一旦《いったん》、休憩《きゅうけい》してから魔宝地図に挑戦《ちょうせん》しようか」

「了解《りょうかい》」

「ん、賛成」

「はい」

「畏《かしこ》まりました」

キャンプを設営。石と岩を積む。エヴァが薪《まき》に火を点《とも》し、焚《た》き火《び》を起こす。

皆で、大きな布で幕テントを三張りほど作った。

魔造家《マジックハウス》は出さない。

寝台《しんだい》の数も足りないし、奴隷も含《ふく》めると狭《せま》いってこともあるが、キャンプが好きなんだ。

その代わりというわけではないが、アイテムボックスから食材を豊富に出した。

底の深い鍋《なべ》を利用する。その鍋に素材を入れて――くつくつコトコトと、クッキング～。

といった感じで、簡単な鍋料理を振る舞ったら、皆に喜ばれた。

「この汁物《しるもの》料理美味《おい》しかったぁ。この間も言っていたけど、シュウヤは調理もできるのね」

「おう。素材が新鮮《しんせん》なお陰《かげ》だな。エヴァの底の深い鍋があったからこそ。エヴァのお陰だ」

「ん、シュウヤ、そんなことない。調理の腕は中々。きっとディーもそう言うはず」

エヴァの店で働いている料理人か。あの料理は美味しかったなぁ。

「ありがと、専門の人からは厳しい意見がくると思うが。それじゃ、そろそろ休もう。ヘルメと沸騎士《ふつきし》を外へ出して警戒させておく。皆はゆっくり休むといい」

「あ、その沸騎士は見たい」

レベッカが俺の手を見ながら指摘。指輪型魔道具の闇の獄骨騎《ダークヘルボーンナイト》か。興味深そうに聞いてくる。

「よし、皆も見たいかな――」

微笑を浮かべながら闇の獄骨騎《ダークヘルボーンナイト》を翳す。

「勿論《もちろん》。ねー、エヴァッ」

「ん、興味ある」

頷《うなず》き合うレベッカとエヴァの二人。その二人は、俺の顔と、指に嵌《は》めた闇の獄骨騎《ダークヘルボーンナイト》を交《こう》互《ご》に見つめてきた。

「それじゃ……」

美人な仲間たちの期待に応えよう。腕をそれらしく伸ばす。指先でポーズを決めた。

闇の獄骨騎《ダークヘルボーンナイト》の指輪を触《さわ》って沸騎士たちを召喚《しょうかん》。

指輪から二本の魔糸が宙へと迸《ほとばし》る。その魔糸は弧《こ》を描きつつ地面と付着。

地面を沸騰《ふっとう》させる勢いの音を立てつつ、ぼあぼあとした黒い煙《けむり》と赤い煙をマントのように纏《まと》う二体の沸騎士が現れた。

「閣下。黒沸騎士ゼメタスであります」

「閣下。赤沸騎士アドモス、今、ここに。何なりとご命令を」

重厚《じゅうこう》感溢《あふ》れる声だ。二体の沸騎士は、片膝を地面につけて頭を下げている。

「おぉぉ、召喚なされたぞ！」

「召喚魔法《しょうかんまほう》!? なんというご主人様なの！　武術、魔法、戦術眼、すべてがわたしたちの想像を超えている」

虎獣人《ラゼール》のママニと小柄獣人《ノイルランナー》のサザーが感嘆《かんたん》の声を上げながら、沸騎士の行動にならうように片膝で地面に突《つ》く。

「め、面妖《めんよう》な」

蛇人族《ラミア》のビアも驚いた表情を浮かべていた。

その驚く顔もかなり面妖だと思うが、指摘はしない。

「〈召喚術〉系スキルでしょうか。魔界《まかい》の上等戦士とは……魔術師《まじゅつし》と槍《やり》使いの上位戦闘《せんとう》職業を併せ持つことは確実。希少な上位戦闘職業を持つ方がご主人様……」

美人エルフのフーの呟《つぶや》きだ。驚いているのか、瞳を散大させる。

それは、驚きというよりも、恐怖を感じている表情かも知れない。

続いて「にゃ」と軽く挨拶《あいさつ》するように、鳴く黒猫《ロロ》。

鍋料理を食い終えた黒猫《ロロ》さんだ。

お腹《なか》をぽっこりとふくらませている。その相棒は、沸騎士たちを凝視《ぎょうし》。

「ンン」

と、喉声《のどごえ》を響《ひび》かせながら、トコトコと、その沸騎士たちに歩み寄る。

沸騎士たちの、勇ましい骨の足に肉球タッチ。尻尾《しっぽ》を絡《から》ませたり肉球を押《お》し当《あ》てたりと、相棒なりの挨拶を繰《く》り返す。すると、レベッカが、眉尻《まゆじり》をピクピクと動かしつつ、

「沸騎士たち。フーの言うとおり上等戦士の見た目ね」

沸騎士たちと遊ぶ黒猫《ロロ》の様子を見て語る。あまり驚いてはいないようだ。

ま、レベッカは魔法学院の出身だ。召喚術に詳《くわ》しい先生&講師や優秀《ゆうしゅう》な生徒がいたかも知れない。魔法学院自体が不思議な場所かも知れないしな。

「そうだよ」

と、頷きつつ、沸騎士たちに向けて、

「お前たちはこのキャンプの外回りを警戒。モンスターが湧《わ》いたら知らせろ。戦ってもいいが、知らせることのほうが重要だ」

「承知！　この黒沸騎士ゼメタスの見回りの技《わざ》を、披露《ひろう》しましょうぞ！」

「我こそ！　閣下！　この赤沸騎士アドモスにお任せを」

「両方とも熱い見回りを頼《たの》む」

見回りの技、そんなもんないだろう、とは突っ込まなかった。

沸騎士たちは重低音を響かせながら、キャンプの周囲の巡回《じゅんかい》を始める。

「ん、シュウヤ、その魔道具の指輪を嵌めている指、ちゃんと動かせる？」

エヴァだ。彼女の紫《むらさき》の瞳が俺の指と闇の獄骨騎《ダークヘルボーンナイト》を凝視。

「これか、実は、硬《かた》そうに見えて柔《やわ》らかい」

と、笑いながらエヴァに指を向けた。そのエヴァはニコッと微笑みつつ——俺の闇の獄《ダークヘル》骨騎《ボーンナイト》を触る。エヴァの双眸が闇の獄骨騎《ダークヘルボーンナイト》に集中する。可愛い。

「ん、ほんと」

と、呟くエヴァ。俺はエヴァが触る指を離《はな》して腕《うで》を斜《なな》めに上げてのポージング。

「──だろう。魔界と繋《つな》がる闇の獄骨騎《ダークヘルボーンナイト》だ」

そう発言すると、エヴァは眉《まゆ》を顰《ひそ》めた。

「魔界《セブドラ》に関する物。シュウヤ……」

エヴァは心配気な表情だ。紫の瞳が揺《ゆ》らめていた。

「大丈夫。あいつらとは不思議と精神的な繋がりがある──大事な不死たる部下だ」

魔導車椅子《まどうくるまいす》に座《すわ》るエヴァに向けて、今度は両手を伸《の》ばす。

また、俺を触って心を読めと、暗にメッセージを込めた。

「んっ」

エヴァは気持ちを察したのか、俺の両手を握《にぎ》る。恋人握《こいびとにぎ》りだ。

掌の温度からエヴァの優しさを感じたような気がして、嬉《うれ》しかった。

彼女の手は一見、お嬢様《じょうさま》の白い手。しかし、実はかなり硬い。掌にはタコがいくつもある。いつも袖《そで》の中に仕舞《しま》う黒い伸びる棒《トンファー》の訓練を続けている証拠《しょうこ》だ。

エヴァは偉いな。尊敬する。美人さんだし天使の笑顔がとても好きだ。

おっぱいも実は大きいし、モミモミしたい。できたら幸せだ。

エヴァに手を触《さわ》られている間、そんなことを考えていると、エヴァは視線が泳いで、白い頬が徐々《じょじょ》に紅《あか》く染まるという反応を示していた。

「……ん、シュウヤ、えっち」

恥《は》ずかしそうに、俺の両手を放すエヴァ。

「あぁ！　シュウヤ、なに、エヴァの手を握って変なことをしているのよ」

レベッカが面白《おもしろ》がる口調で、エヴァを守るように俺の前に立ちふさがった。

「何だよ。ただ手を握り合っただけ。これからの作戦に色々と……」

「ふーん、何も喋《しゃべ》ってなかったくせに……」

「違うんだなぁ。エヴァとは目で語り合える。アイコンタクト戦術という深い連携《れんけい》術を高め合おうとしていたのだ。ふはは、レベッカ君にはまだ分からないかなぁ」

「……何か、その調子に乗った顔がぁ、むかついてきたぁぁぁっ」

レベッカは小さい手で俺の胸の鎧《よろい》を小突《こづ》くように叩《たた》いてくる。

「あっ」

「――閣下を殴《なぐ》るとはいい度胸です」

俺を守るように精霊《せいれい》ヘルメがレベッカの手を軽く叩く。

「ご主人様」

ヴィーネも俺の前に立った。

「あう、精霊様……ごめんなさい」

「閣下を殴るのはよくありません。今後は気を付けるように」

「は、はい、精霊様……」

レベッカは手をさすりながら、頭を下げていた。

「ヘルメ、大丈夫だから、目に戻っておけ」

「はっ――」

ヘルメは一瞬《いっしゅん》で、体を螺旋状《らせんじょう》の水の液体に変化させた。

そのままコンマ数秒も掛《か》からず、俺の左目に収まった。

手を叩かれたレベッカは、俺の左目に入った常闇《とこやみ》の水精霊ヘルメを見て、

「――速い。本当に左目の中に精霊様が棲《す》んでいるのね。何回も見ていたけど、やっぱり不思議。本当に生きた精霊を、意識のある精霊様を使役《しえき》している。どんな呪文《じゅもん》か想像もできない。召喚術が得意な生徒に先生の秘術も見たことある。けど……習ってきたことの理解を超《こ》えている」

そう語っていた。レベッカは白魚のような指を動かして、叩かれた手の甲《こう》をさすり続けていた。

「手は大丈夫か？」

「あ、うん」

レベッカは右手の甲を見せる。ヘルメの指の痕《あと》が赤くなっていた。

俺はそのレベッカの細い手を掴《つか》む。胸元《むなもと》へと引き寄せた。

「あっ」

「どれ――」

上級の《水癒《ウオーター・キュア》》を念じ、発動。

光を帯びた透《す》き通《とお》った水塊《すいかい》が崩れながらレベッカの手に当たる。

指の痕は一瞬で通常の皮膚の色へと戻った。

「ありがとう。でも、わざわざ魔法を使うなんて」

「かまわんだろ、無料だしな」

レベッカの手を握りながら、にこっと笑う。

「そ、そうね……」

顔を真っ赤に染めたレベッカは、俺の紫の鎧に顔を寄せてきた。

彼女からシトラス系の微《かす》かな香りが漂《ただよ》う。

優しく鼻腔《びこう》を労《いたわ》るような、いい匂いだ。素晴《すば》らしい。その瞬間《しゅんかん》、

『閣下……お手を煩《わずら》わせて、すみません』

視界に現れたヘルメが謝ってきた。

『お前の気持ちは十分に理解している。手加減もちゃんとしていたしな？』

『閣下は至高の存在。つい興奮して、レベッカにも謝りたいです』

『おう。その気持ちに応えよう』

魔力を与《あた》えると視界から消えるヘルメ。

『んっ、あっん、閣下ァアン』

魔力をたっぷりと注いでやった。

『んじゃ、これからも頼むぞ』

『はい』

「ご主人様……何をしているのですか？」

ヴィーネがジト目で、レベッカとのイチャイチャを止めてきた。

「流れってやつだ」

「な、なんでもないの――」

レベッカは恥ずかしいのか、離れていく。

「そうですか、ただの、ナガレですね。ながれ、なら、いいんです――」

ヴィーネは少し嫉妬《しっと》しているのか。口調が少しオカシイ。そのヴィーネが、俺の右腕《みぎうで》に大きなおっぱいを当てながら体を寄せてきた。素直に嬉しい。可愛いヴィーネ。

「あぁーーーー、わたしが離れたらすぐにそういうことするんだっ」

「ん、ヴィーネ、大胆《だいたん》」

レベッカとエヴァがヴィーネの反対側から俺に抱《だ》きついてきた。

エヴァは魔導車椅子に座ったままだから位置的に股間《こかん》に近い……。

こりゃ、ハーレム過ぎてヤヴァイ。

『閣下の御業《みわざ》を見た彼女たちも分かってきたのでしょう。閣下の偉大さを、ふふふふっ』

ヘルメは怒らずに喜んでいる。

皆《みな》、激闘《げきとう》の後のせいか、脳内からアドレナリンがどぱどぱ出た後遺症《こういしょう》か。

興奮が収まっていないようだ。休憩後に魔宝地図の本番があるというのに。

ここは気を引《ひ》き締《し》めて、一応、彼女たちに友情ハグを返してから、厳しい顔を作る。

ほのぼのもここまでだ。

「……皆、疲《つか》れているだろ？　そろそろ休もう。これから魔宝地図に挑戦するんだからな」

言葉での抱擁《ほうよう》を意識して話す。

「うん、そうね」

「ん」

「はい」

レベッカ、エヴァ、ヴィーネの美人な仲間たちは、冒険者としての顔色を取り戻す。

頷いてから離れた。俺も幕テント側に腰《こし》を下ろして休憩。

そう言えば、黒猫《ロロ》がいない。辺りを見回すと、いた。

黒猫《ロロ》は黒豹《くろひょう》の姿だ。沸騎士たちに、触手《しょくしゅ》で指示を出している。

一緒《いっしょ》になってパトロールか？　黒豹《ロロ》的に、沸騎士たちの親分的な気分なのだろうか。ま、放っておこう。しかし、ついに魔宝地図かぁ。

宝箱と共に出現する守護者級とは、どんな奴《やつ》なのだろうか。

死皇帝《デスリッチ》ならば、経験済みだから比較的《ひかくてき》楽だ。地図を解読したハンニバルは赤蛸闇手《ザ・シュユーク》と王鬼《キングオーガ》の名前を出していた。出現するモンスターはランダムらしいが……。ま、今は少し横になってステータスを確認だ。新しい戦闘職業とスキルをチェック。


ステータス。

名前：シュウヤ・カガリ
年齢《ねんれい》：22
称号《しょうごう》：水神ノ超仗者

種族：光魔ルシヴァル
戦闘職業：魔槍《まそう》血鎖師
筋力 22.3→22.9　敏捷《びんしょう》 23.0→23.5　体力 20.7→21.2　魔力 26.3→26.9　器用 20.3→21.0
精神 28.3→29.2　運 11.2→11.3
状態：平穏《へいおん》

それなりに上がっている。早速《さっそく》、進化した〈魔槍血鎖師〉をタッチ。

※魔槍血鎖師※
※超難関《ちょうなんかん》の複雑なる条件の達成が必須《ひっす》※
※希少で唯一無二《ゆいいつむに》の無双《むそう》なる槍使い系戦闘職業※
※鎖、武術、血、魔力、精神、身体能力のすべてが、最高水準とされる※

これだけだった。唯一無二、他にだれも就《つ》いたことのない職らしい。

この惑星《わくせい》にどれくらいの人口が存在するのか分からないが……。

ものすごくレアなのは確かだろう。もう、どこの説明をタッチしても、ウィンドウには表示されない。次はスキルの確認だ。

スキルステータス。

取得スキル：〈投擲《とうてき》〉：〈脳脊魔速〉：〈隠身〉：〈夜目〉：〈分泌吸の匂手《フェロモンズタッチ》〉：〈血鎖の饗宴《きょうえん》〉：〈刺突〉：〈瞑想《めいそう》〉：〈生活魔法〉：〈導魔術《どうまじゅつ》〉：〈魔闘術〉：〈導想《どうそう》魔手〉：〈仙魔術〉：〈召喚術〉：〈古代魔法〉：〈紋章魔法《もんしょうまほう》〉：〈闇穿〉：〈闇穿・魔壊槍〉：〈言語魔法〉：〈光条の鎖槍《シャインチェーンランス》〉：〈豪閃〉：〈血液加速《ブラッディアクセル》〉new：〈始まりの夕闇《ビギニング・ダスク》〉new：〈夕闇の杭《ダスク・オブ・ランサー》〉new：〈血鎖探訪《ブラッドダウジング》〉：new：〈闇の《ダーク・》次元血鎖《ディメンションブラッドチェーン》〉new

恒久《こうきゅう》スキル：〈真祖の力〉：〈天賦《てんぷ》の魔才〉：〈光闇の奔流《ほんりゅう》〉：〈吸魂〉：〈不死能力〉：〈暗者適合〉：〈血魔力〉：〈眷族《けんぞく》の宗主《そうしゅ》〉：〈超脳魔《ちょうのうま》軽・感覚〉：〈魔闘術の心得〉：〈導魔術の心得〉：〈槍組手〉：〈鎖の念導〉：〈紋章《もんしょう》魔造〉：〈水の即《そく》仗〉：〈精霊使《せいれいし》役《えき》〉：〈神獣《しんじゅう》止水・翔《かける》〉：〈血道第一・開門〉：〈血道第二・開門〉：〈血道第三・開門〉new：〈因子彫増〉new

エクストラスキル：〈翻訳即是《ほんやくそくぜ》〉：〈光の授印〉：〈鎖の因子〉：〈脳魔脊髄《せきずい》革命〉

かなりの数になったなぁ。まずは新しく覚えた恒久スキルの〈因子彫増〉をチェック。

※因子彫増※
※〈鎖の因子〉がもう一つ増える※
※自分の好きな場所に因子を増殖《ぞうしょく》させることが可能※
※ただし、〈因子彫増〉は一回のみ。増えることはない※

派生元のエクストラスキル〈鎖の因子〉をタッチ。

※鎖の因子※
↓特殊《とくしゅ》派生破甲〈血鎖の饗宴〉
↓〈鎖の念導〉
↓特殊派生破突〈光条の鎖槍《シャインチェーンランス》〉
↓〈因子彫増〉
↓特殊派生血探〈血鎖探訪《ブラッドダウジング》〉

↓特殊派生血闇〈闇の次元血鎖《ダーク・ディメンションブラッドチェーン》〉

↓？？？？


進化はしているし、まだ覚えられるようだ。さて、〈鎖の因子〉はどこにつけようか。

決して、ふざけて、額、腹、尻《しり》などにはつけない。

尻や額から〈鎖〉が飛び出すところを想像したら……。

かなり笑えるが、あくまで想像だけに留《とど》めておいた。

やはり、右手首が第一候補。というか、そこしかないだろう。

アイテムボックスがある右手首には少し隙間《すきま》があるから大丈夫《だいじょうぶ》だ。

早速、〈因子彫増〉を発動させる。

不思議な水音が鳴《な》り響いた直後、左手首にある〈鎖の因子〉と同じ印が目の前に浮《う》かぶ。

蛇か龍《りゅう》か鎖の螺旋《らせん》の印だ。龍の入《い》れ墨《ずみ》だろうか。

エヴァやミスティと同じく魔印とも呼べるかもしれない。

早速〈因子彫増〉で出来たばかりの〈鎖の因子〉のマークを右手首と掌の一部に移す
——その刹那《せつな》、右手の掌と手首の間に、新しい〈鎖の因子〉が刻まれた。

——よっしゃ、成功！　獲得《かくとく》した瞬間に理解できるタイプのスキルだ。

即座《そくざ》に右手首の新しい〈鎖の因子〉を意識した刹那――。

〈鎖の因子〉のマークから新しい〈鎖〉の先端《せんたん》が顔を覗《のぞ》かせた。

おぉ、出た出た！　新しい〈鎖〉君！　これは大きな武器となる。頷いた俺。そして、

――よろしくな！　と、右手に挨拶する俺。

従来の左手首の〈鎖の因子〉のマークからも〈鎖〉を射出――。

二つの〈鎖〉が宙に舞《ま》う――〈鎖〉と〈鎖〉で小さい知恵《ちえ》の輪《わ》を作る。

続いて、メビウスの帯に変えて変なマークを〈鎖〉で……作るのはやめておこう。

ここはテントで大丈夫だが、エヴァとレベッカが見たら変態とか言われそうだからな
――〈鎖〉と〈鎖〉の先端を衝突《しょうとつ》させて、どちらの〈鎖〉が勝利するのか。と、軽く遊ぶ。

ちゃんと〈鎖〉は収斂《しゅうれん》して、右手首の新しい〈鎖の因子〉マークに戻《もど》ってくれた。

左手首の〈鎖〉と同じく、右手首の〈鎖の因子〉からも〈鎖〉を射出できる――。

再び、両手首から出した〈鎖〉と〈鎖〉を操作――。

ツンツクツン――と宙空で〈鎖〉のティアドロップの先端同士を突き合わせた。

そういえば……と〈鎖〉を操作していると、懐《なつ》かしい過去を思い出す。

そう、転生直後からの地下の一年間だ……長い放浪《ほうろう》生活だったが……。

あの暗闇《くらやみ》と孤独《こどく》の生活は、この〈鎖〉があるから助かった面がある。

この〈鎖〉によって、俺は精神的にも肉体的にも助けられたんだよなぁ……。

ありがとうな、左手首の〈鎖〉さんよ——と、〈鎖〉を操作して頷かせる。（おうよ）と。

テントの中で童心に戻ったかのように、〈鎖〉で人形遊び的な遊びを続けた。

さて、遊びはここまで。次の新しいスキルをチェックだ。

※血液加速《ブラッディアクセル》※

※光魔ルシヴァル血魔力系〈血道第三・開門〉により覚えた独自スキル※

※光魔ルシヴァルの血の細胞《さいぼう》を使いあらゆる組織を活性化。身体速度を加速させる※

まぁ名前通りでシンプル。だが重要なスキルだと分かる。

血液を使った速度アップ。これは〈魔闘術〉の魔脚《まきやく》に加えて、更《さら》なる引き出しが増えたのと同じ。微妙《びみょう》なタイミング差を生み出せる。

近接戦におけるコンマ何秒かの駆《か》け引き、アドバンテージを得られるのは非常に大きい。

コンマ数秒の判断力が戦いの肝《きも》……必殺技《ひっさつわざ》よりも重要かもしれない。

俺《おれ》の槍技《やりわざ》に組み込んでいける……さて、次をタッチ。

※始まりの夕闇《ビギニング・ダスク》※

※光魔ルシヴァル血魔力《まりょく》時空属性系〈血道第三・開門〉により覚えた特殊独自スキル※

※闇の心象異次元世界を周囲に発生させる。その心象世界エリアに居る相手ならば自由に指定して精神侵食《しんしょく》を開始し悪夢を植え付ける。更に、精神の抵抗値《ていこうち》が低い場合、精神汚《お》染《せん》された相手は瞬時《しゅんじ》に気が狂《くる》い死にいたる※

こりゃ、まさにヴァンパイア、しかも、普通《ふつう》ではない技。次をタッチ。

※夕闇の杭《ダスク・オブ・ランサー》※

※闇の心象異次元世界を任意的に作り、そこから瞬時に闇杭《やみくい》を発生させる※

※指定範囲《はんい》は視界内のみ※

※〈始まりの夕闇《ビギニング・ダスク》〉により発生した闇の心象異次元世界から杭を無数に出現させることも可能※

飛び道具、攻撃《こうげき》は勿論だが、牽制《けんせい》の短剣《たんけん》として使えるか。次。

※血鎖探訪《ブラッドダウジング》※
※光魔ルシヴァル血魔力系、エクストラスキル〈鎖の因子〉、特殊派生血探※
※血鎖に血を垂らすか血が付いた物体を鎖の先端で貫《つらぬ》けば、その血に関するモノを、血鎖の先端が示すだろう※

探索《たんさく》系スキルか。水脈占《うらな》い的なダウジング。進化したら鉱脈とか探知できるようになるかも知れない。行方《ゆくえ》不明者を捜すのにはぴったりだ。

私立探偵《たんてい》カガリの異世界探偵事務所を立ち上げるか？　助手はヴィーネ。

と、冗談的に考えたが、冒険者の依頼があるか。無くても、盗賊ギルドもある。賞金稼ぎもいるし、探偵事務所は誰かが作っているだろう。さて、次もチェック。

※闇の次元血鎖《ダーク・ディメンションブラッドチェーン》※
※〈始まりの夕闇《ビギニング・ダスク》〉と関係※
※光魔ルシヴァル血魔力時空属性系、及《およ》び、エクストラスキル〈鎖の因子〉の特殊派生血闇※
※暗黒の次元世界の心象異次元ごと標的の破《は》壊《かい》を狙《ねら》う※

説明はこれだけでタッチしても詳細《しょうさい》は出ない。

要するに、時空属性が絡んだ〈始まりの夕闇《ビギニング・ダスク》〉からの派生、コンボ用の必殺技か？　限定されるが〈血鎖の饗宴〉のパワーアップ版と考える。

早速、次の戦いで試《ため》してみたい。楽しみだ。

そこで――ステータスを消して、両手をさっと動かし、枕《まくら》にしながら――。

目を瞑《つぶ》った。寝《ね》られないと思うが……。

少しだけ、〈瞑想〉しながら休憩だ。


数時間後、メンバー全員が塔《とう》の入り口に集合していた。

前衛と後衛に分かれて、配置済み。


因《ちな》みに、俺は数分で〈瞑想〉をやめて目を覚ましては……。

黒猫《ロロ》&常闇の水精霊ヘルメ&沸騎士たちのパトロールに加わった。

キャンプ周りから塔の入り口周辺に湧いた毒炎狼《グロウウオルフ》、骨術士《マジクボーン》、死霊騎士《デッドナイト》を狩《か》りまくる。

そうして、依頼《いらい》の量を超える素材、中型魔石、大型魔石を大量に集め終わっていた。

「よし、この魔宝地図を使うぞ、皆、覚悟《かくご》しろ――後衛の準備もいいな」

「――ははっ」

「ん！」

「はい」

「閣下、準備完了《かんりょう》です」

「承知」

「がんばります」

「――うん、了解！」

向かいの遠くに魔法使《まほうつか》い系を配置。最初は距離《きょり》を保つ作戦だ。

俺は頷くと、魔宝地図をアイテムボックスから出す。

Ⅳと五層の文字がくっきりと浮かぶ。

二つの塔と墓場の絵が強調表示されて、X印がはっきりと目の前の位置と重なる。

あそこに地図を置けば、宝箱が出現するらしい。

最後に皆とアイコンタクト。相棒も「ンン、にゃお～」と鳴いてくれた。

俺は頷いて、深呼吸――。さぁぁぁ、置くぞ！　と意気込みながら――。

魔宝地図を地面に置いた刹那――。

その地面、空間から魔素《まそ》が噴出《ふんしゅつ》――大きい金箱が出現した。

直《す》ぐに、その金箱の背後に巨大《きょだい》な骨馬三頭が引く巨大《きょだい》古代戦車が出現。

迫力《はくりょく》のある巨大古代戦車に乗るのは、これまた巨人《きょじん》的な大きさの大型骸骨騎士《がいこつきし》だ。

死皇帝《デスリッチ》やバルバロイの使者とは違うタイプ。

大型の骨騎士タイプ、バルバロイの使者と似ているが――。

巨大古代戦車の車輪には尖《とが》った骨付きの刃《は》がついている。

古代ローマの戦士が乗るような戦車だ。

同時に、風のような音、奇妙《きみょう》な嘶《いなな》きも響く。再び、バルバロイの使者を想起するが、あのようなプレッシャーはない。更に死霊騎士《デッドナイト》が数十体出現。

死霊法師《デスレイ》も続けて二体、三体と出現。

酸骨剣士《クラッシュソードマン》と骨術士《マジクボーン》も数十体。

重なるように金の宝箱の周りに出現。またまた酸骨剣士《クラッシュソードマン》が出現――モンスターが重なりすぎて、互《たが》いにぶつかって倒《たお》れている。

巨大古代戦車に弾《はじ》き飛《と》ばされる酸骨剣士《クラッシュソードマン》たちは無残。

が、瞬《またた》く間《ま》に、金箱の周辺に再出現する酸骨剣士《クラッシュソードマン》も多い。

俺は右手に魔槍杖《まそうづえ》バルドークを召喚させた。一歩、二歩と風槍流の歩法から――。

湧いた瞬間の死霊法師《デスレイ》へと――〈刺突〉の魔槍杖を繰り出す。

死霊法師《デスレイ》は反応できず。魔槍杖の紅矛《ほこ》が死霊法師《デスレイ》の青い法衣《ほうえ》ごと胴体《どうたい》を貫いた。青い法衣は一瞬で燃えた。

肋骨《ろっこつ》的な太い骨も散る。死霊法師《デスレイ》のあらゆるモノが崩《くず》れた。

――魔槍杖を引き抜《ぬ》きながら一旦距離《いったんきょり》を取った。

神獣ロロディーヌは、六本の触手と尻尾を同時展開。

酸骨剣士《クラッシュソードマン》と骨術士《マジクボーン》たちを薙《な》ぎ払《はら》う。

敵集団を遠くへ吹《ふ》き飛ばしていた。沸騎士たちも動く。

黒沸騎士ゼメタスが死霊騎士《デッドナイト》に斬《き》り掛かった。

骨盾《たて》と黒々とした蒸気を纏う鎧ごと、骨馬と衝突しつつ死霊騎士《デッドナイト》を押し倒す。続いて、転倒《てんとう》した死霊騎士《デッドナイト》の首を赤沸騎士アドモスが刎《は》ねた。

黒沸騎士ゼメタスと赤沸騎士アドモスの以心伝心の凄《すご》い連携だ。

素晴らしいコンビネーション。そこに蛇人族《ラミア》のビアが叫ぶ。

ビアは死霊騎士《デッドナイト》と死霊法師《デスレイ》の攻撃を一手に引き受けるように挑発《ちょうはつ》のスキルを発動させていた。その絶妙《ぜつみょう》のタイミングで――。

後衛の仲間が放った氷礫《つぶて》、光線の矢、《土　槍《アースジャベリン》》と円月輪、《火　球《ファイアーボール》》が死霊騎士《デッドナイト》と死霊《デス》法師《レイ》たちと衝突。骨馬ごと死霊騎士《デッドナイト》たちは吹き飛んだ。

フォローに動く急襲前衛《アサルト・バンガード》のサザーとママニの動きを注視しつつ、巨大古代戦車に乗った大型骸骨騎士に向けて左手首から〈鎖〉を放った。

ところが、速い〈鎖〉を大型骸骨騎士はしゃがんで躱《かわ》しやがった。

巨大古代戦車の力で速度が上がっているのか？　ボス的な強い守護者級だからか。

俺は〈鎖〉を操作。何度も宙でくねらせつつ弧を描《えが》くように〈鎖〉の先端を大型骸骨騎士に当てようと操作を続けた――が、大型骸骨騎士は連続で〈鎖〉を避《よ》けた。

一撃《いちげき》でも〈鎖〉が直撃《ちょくげき》すれば、こちらのものだと思ったが甘《あま》かった。

大型のくせに、反応速度が異常に速い――狙いを戦車に切《き》り替《か》えた。

〈鎖〉を骨製の巨大古代戦車に衝突させることに成功――。

即座に、その車輪へと〈鎖〉を何重にも絡ませる。

巨大古代戦車を大型骸骨騎士ごと、宝箱から引き離すように右側へと誘導《ゆうどう》させる――。

〈鎖〉で引っ張った――よっしゃ。巨大古代戦車は右側に転がる。

死霊騎士《デッドナイト》と骨術士《マジクボーン》などのモンスターは転がる巨大古代戦車に巻き込まれて潰《つぶ》れて倒れた。

「――凄い！　閣下の〈鎖〉ちゃん！」

遠くで氷礫を連射しているだろうヘルメの声が気持ちいい。
当然、巨大古代戦車を引っ張る骨馬たちも潰れた。
乗っていた大型骸骨騎士も地面に投げ出された。
——巨大古代戦車は魔力を消失しつつ塵状《ちりじょう》に分散し消えた。
が、骨術士《マジクボーン》などが新しく湧くように出現。
この二つの塔の周辺はモンスターがよく湧くらしい。
しかし、もし、消えた巨大古代戦車の突撃《とつげき》を受けていたらと思うと、恐怖《きょうふ》を覚える。
きっと鎧将蟻《オフィサー・アント》の突撃以上に混乱が生じていたはず。
一方、巨大古代戦車から投げ出された大型骸骨騎士は、まだ健在だ。
あまりダメージを受けていない様子。
四本の骨の腕が握る太い長剣《ちょうけん》を地面に刺《さ》して起き上がった。
背後の骨術士《マジクボーン》などを従える様子からして……。
守護者級らしく、めちゃくちゃ強そうだ。四つのフランベルジュも強力な武器か。
頭蓋骨《ずがいこつ》に罅《ひび》が増えたように見えたが、気のせいか。
漆黒《しっこく》の眼窩《がんか》にはオレンジ色の炎《ほのお》が灯《とも》る。魔眼《まがん》的なオレンジの双眸《そうぼう》を睨《にら》む。
さて、あの大型骸骨騎士をさっさと片付けるとしよう。どう考えてもボス級。

そして、金箱の周囲には、大型骸骨騎士以外にも、モンスターがわんさかいる。

今も、新しく出現したモンスターの大群……地図を解読してくれた、ハンニバルが警告した言葉を想起したが……俺は相棒と仲間を信じている！

そして、俺もアキレス師匠《ししょう》から教わった風槍流を信じる。

新スキルもある！　今こそ、光魔ルシヴァルとしての新スキル――。

〈血液加速《ブラッディアクセル》〉を発動だ。

――血魔力〈血道第三・開門〉。

第百四十一章「未知の守護者級」

〈血液加速《ブラッディアクセル》〉を活《い》かす！

〈血道第三・開門〉を示す俺の足から出血した光魔ルシヴァルの血。

その光魔ルシヴァルの血が、瞬く間に、魔竜王《まりゅうおう》産のグリーブを覆《おお》い足裏に集結した。

不思議と俺の光魔ルシヴァルの血は地面に付着しない——そのグリーブの底で地面を強く抉《えぐ》り蹴《け》るように、前傾《ぜんけい》姿勢のままグンッと——前方へと加速。大型骸骨騎士に突進《とっしん》——。

——風を纏《まと》い、その風を肩《かた》で切る一陣《じん》の風——。

——そんな勢いを感じるほど〈血液加速《ブラッディアクセル》〉は速い。

勿論《もちろん》〈脳脊魔速《切り札》〉には劣《おと》る。が、魔闘脚《あし》よりは確実に速い——。

大型骸骨騎士の黒い甲冑《かっちゅう》の表面には魔法《まほう》の文字が刻まれている。

俺のエクストラスキルの〈翻訳即是〉で読めない文字。

あの黒い鎧はバルバロイの使者は身に着けていなかった。

四つの太い骨の腕と二つの太い足。

それらの上下の二対の腕が握る武器は蒼《あお》い光を放つフランベルジュの長剣。

――先に仕掛《しか》ける。

――唯一無二の戦闘《せんとう》職業の〈魔槍血鎖師〉の力を示してやろう。

大型骸骨騎士は上腕のフランベルジュを胸前でクロスさせる。

下の腕が握るフランベルジュは下がった。

二重にクロスした防御《ぼうぎょ》の構えを取るが、その防御を崩す。

魔槍杖バルドークで大型骸骨騎士の胸を突《つ》くフェイントを行いつつ〈光条の鎖槍《シャインチェーンランス》〉を近距離《きんきょり》から五発連続で発動――。更に《連氷蛇矢《フリーズ・スネークアロー》》も発動。続いて、両手首から〈鎖〉を放つ。

守護者級の所以《ゆえん》か、大型骸骨騎士はリュクス的な魔剣《まけん》師の所作で対抗《たいこう》。大柄《おおがら》だが素早《すばや》い。

上下の骨の手が握る四つのフランベルジュが躍《おど》る――。

五つの〈光条の鎖槍《シャインチェーンランス》〉を、それらの四つのフランベルジュが、正確に弾《はじ》いては斬る。凄い剣術《けんじゅつ》と力だ。守護者級は強い！

そんな守護者級の大型骸骨騎士の頭蓋骨に《連氷蛇矢《フリーズ・スネークアロー》》が衝突――あれ、フランベルジュは魔法をスルー？

効いた？　いや、しゅぽんって、音は響《ひび》かないが、そんな印象で《連氷蛇矢《フリーズ・スネークアロー》》の魔法は頭蓋骨に吸収された。

が、二つの〈鎖〉は大型骸骨騎士の胴体に突き刺さった！

即座に〈鎖の念導《くさりのねんどう》〉を意識――この両手首から大型骸骨騎士に伸《の》びた二つの〈鎖〉を操作――大型骸骨騎士に刺さった二つの〈鎖〉で、この大型骸骨騎士の拘束《こうそく》を試みる――。

上手《うま》くいけぇぇ―と、俺の意思が宿った二つの〈鎖〉は、大型骸骨騎士の体に瞬時に絡《から》みつく――よっしゃ成功、雁字搦《がんじがら》めというには弱いが十分だ――。

大型骸骨騎士は慌《あわ》てたように頭部と四つのフランベルジュを振《ふ》るう。

自らの体に絡む二つの〈鎖〉を、何とか振りほどこうと、

「ウゴァァァ」

藻掻《もが》き叫《さけ》んでは、フランベルジュの根元で〈鎖〉を斬ろうと試みる。

が、俺の〈鎖〉は斬れない。

「そのままノコギリ作業を続けてろ!!」

俺はそう叫びつつ突貫《とっかん》――〈鎖〉が体に絡む大型骸骨騎士と間合いを詰《つ》めた。

槍圏内《やりけんない》に入るや否《いな》や――。

左足の踏《ふ》み込みから、いきなり〈闇穿・魔壊槍〉を発動。

紅と黒の魔力を発した魔槍杖バルドークの〈闇穿〉が大型骸骨騎士の甲冑をぶち抜く。

その刹那、壊槍グラドパルスが魔槍杖の背後に出現――。

圧縮された空気が連続的に爆発《ばくはつ》したような音を轟《とどろ》かせる。

その多重音と空気と魔力を空間ごと吸い寄せる螺旋状の穂先《ほさき》を持つ大型の壊槍グラドパルスは、圧倒的《あっとうてき》な存在感を以《もっ》て魔槍杖バルドークを越《こ》えると、瞬く間に、大型骸骨騎士の左上半身を派手にくり抜いた。勢い余った壊槍グラドパルスは、大型骸骨騎士の半身を残したまま直進するや否や死霊法師《デスレイ》と骨術士《マジクボーン》をランスの穂先に吸い寄せ、巻き込んで木っ端《こっぱ》微塵《みじん》に破壊。次に、湧《わ》いたばかりの死霊騎士《デッドナイト》をも、豪快《ごうかい》に骨馬ごとぶち抜いてから奥《おく》の空間も抉り取ると、凄《すさ》まじい音を立てて虚空《こくう》に消えた。

「グォオォォオオッ――」

一瞬で、左上半身を失った大型骸骨騎士は仰《の》け反《ぞ》り倒れながら苦しそうに叫ぶ。

「凄まじい攻撃です！」

サザーが見ていたようだ。大型骸骨騎士の悲鳴を聞いたからか？

そして、巨人級の、まさにザ・モンスターの迫力のあるボスが、のたうち回るほどの威力《りょく》だからな。俺も恐怖を感じた壊槍グラドパルスは……。

魔槍杖バルドークの魔力を吸っていたようだ。

寒気を覚えながら〈血液加速《ブラッディアクセル》〉を解除。

その寒気を伝えるように〈始まりの夕闇《ビギニング・ダスク》〉を発動――。

瞬く間に、俺から闇の次元世界が構築された。俺の意識と闇が繋《つな》がる。

〈始まりの夕闇《ビギニング・ダスク》〉は、地を這《は》う闇の亡者《もうじゃ》の如く――。

荒野《こうや》の迷宮《めいきゅう》ごと、大型骸骨騎士を闇の晦冥《かいめい》世界へと誘《さそ》う。

俺は力を感じた。闇の底知れぬ力を――強烈《きょうれつ》な闇の高揚《こうよう》感で、

「フハハハッ――」

これは、俺自身も精神が汚染されたとも言えるノか?

まぁ、いい――と、闇に侵食されているはずの大型骸骨騎士を見た。

スキルを使わずとも視界がクリアだ。

大型骸骨騎士の眼窩に宿るオレンジの光が揺《ゆ》れ動《うご》く。

先ほどと違う。どことなく光が小さく見えた。

〈闇穿・魔壊槍〉を喰《く》らった影響《えいきょう》か、今の〈始まりの夕闇《ビギニング・ダスク》〉の効果の精神汚染もあるだろう。だが、守護者級の大型骸骨騎士だ。

闇属性系のモンスターでもあるから、〈始まりの夕闇《ビギニング・ダスク》〉に抵抗はしているか。そんな大型骸骨騎士の下から〈夕闇の杭《ダスク・オブ・ランサー》〉を躊躇《ちゅうちょ》なく発動――闇の世界から生まれ出た〈夕闇の杭《ダスク・オブ・ランサー》〉は大型骸骨騎士の背中を持ち上げた。その背中を貫通《かんつう》する無数の〈夕闇の杭《ダスク・オブ・ランサー》〉は大型骸

骨騎士の胸元《むなもと》から飛び出ていった。

——串刺《くしざ》しどころではないな。だが、〈夕闇の杭《ダスク・オブ・ランサー》〉が貫いても、大型骸骨騎士の眼窩の光は残る。さすがは守護者級。タフだ。

「お前がタフなのは間違《まちが》いない！　だが、アディオス《サヨナラ》だ！」

——〈闇の次元血鎖《ダーク・ディメンションブラッドチェーン》〉を発動。

意識と繋がる闇世界から紅《あか》い流星雨のような血鎖が無数に現れる。

血鎖の群れは、周囲の〈始まりの夕闇《ビギニング・ダスク》〉ごと、大型骸骨騎士を貫いた。同時に周囲から鏡が割れたような音を響かせた。

〈血鎖の饗宴〉を超《こ》えた〈闇の次元血鎖《ダーク・ディメンションブラッドチェーン》〉を浴びた大型骸骨騎士は一瞬《いっしゅん》で消える。

血鎖が貫いた穴から迷宮の元の世界を覗かせた。変化が面白《おもしろ》い。〈始まりの夕闇《ビギニング・ダスク》〉も消えた。普通の五層の迷宮エリアに戻る。

二つの塔の出入り口がある金箱が出現した場所だ。

大型骸骨騎士が持っていたフランベルジュが一本、地面に落ちた。魔石はない。〈始まり《ビギニング》の夕闇《・ダスク》〉を発生させて、〈闇の次元血鎖《ダーク・ディメンションブラッドチェーン》〉でモンスターを巻き込むように倒すと消えてしまう可能性もあるのか……。

魔石はいつでも採れるからいいが、アイテムはもったいなかったかな。

ま、落ちた剣《けん》だけでも回収しようか。

あのフランベルジュなら、ヴィーネ、サザー、ママニも使えるだろう。

第二王子に売るのもいいか。

蒼い光を帯びたフランベルジュをアイテムボックスの中に仕舞《しま》う。

まだ金箱の付近では仲間たちが戦っている。

死霊騎士《デッドナイト》も健在。酸骨剣士《クラッシュソードマン》と骨術士《マジクボーン》は大量だ。死霊法師《デスレイ》はいない。

さすがに、あの氷礫の魔法を連射してくるモンスターは優先的に倒されたようだ。

宝箱から離《はな》れた位置で戦う神獣ロロディーヌが見えた。長い尻尾《しっぽ》で酸骨剣士《クラッシュソードマン》と骨術士《マジクボーン》たちを転倒させては、その転倒させたモンスターを踏みつけて潰す。更に、高く跳躍《ちょうやく》して骨術士《マジクボーン》の攻撃を避けると、宙空の位置から出した触手骨剣で骨術士《マジクボーン》を貫いた。

神獣ロロディーヌは、その宙空から酸骨剣士《クラッシュソードマン》たちに向けて触手骨剣を連続的に繰《く》り出した。次々と酸骨剣士《クラッシュソードマン》を蜂《はち》の巣状態に。酸骨剣士《クラッシュソードマン》を踏みつけるように着地して粉砕《ふんさい》。

が、周囲は骨術士《マジクボーン》だらけ。そんな骨術士《マジクボーン》たちに向けて放射状に触手展開。その触手から出た骨剣が骨術士《マジクボーン》たちを見事に貫いた。その触手を自身の首に収斂させる。

触手骨剣に突き刺さっていた骨術士《マジクボーン》を引き寄せると――。

巨大な尻尾を振るって、引き寄せた骨術士《マジクボーン》の集団をあらぬ方向に次々と弾き飛ばして倒していた。目の前に残っていた酸骨剣士《クラッシュソードマン》には頭部から丸呑《まるの》みするように噛《か》み付《つ》きを実行。

むしゃむしゃと酸骨剣士《クラッシュソードマン》の骨を食べていた。

歯が丈夫《じょうぶ》なロロディーヌ。よし、俺も乱戦に交ざるとしようか。

〈始まりの夕闇《ビギンニング・ダスク》〉は使わない。仲間の精神に影響を与《あた》えてしまう。〈闇の次元血鎖《ダーク・ディメンションブラッドチェーン》〉も強力ではあるが……アイテム類と魔石ごとモンスターを粉砕してしまう。

この場合は壊《こわ》さないことを意識した〈血鎖の饗宴〉か〈鎖〉だろう。

が、両方とも控《ひか》えておこう。――〈血液加速《ブラッディアクセル》〉は発動だ――。

この〈血液加速《ブラッディアクセル》〉は魔闘脚以上に使える。

〈魔闘術〉と組み合わせて使用すれば、速度の緩急《かんきゅう》でフェイントに使える。

速度の緩急こそが戦いの要《かなめ》。強敵相手との戦いで真価を発揮するはずだ。

今後、俺の戦いを左右する重要なスキルが〈血液加速《ブラッディアクセル》〉だと予想できる――。まだ見ぬ強敵を想像しながら、

「皆《みな》――守護者級は片付けた！　残敵を掃討《そうとう》する！」

皆に気合いを促《うなが》すつもりで叫んでから、標的を睨む。

標的は骨術士《マジクボーン》！　その骨術士《マジクボーン》目掛《めが》けて――走《はし》り幅跳《はばと》びをイメージしつつ魔槍杖を縦に振るった。――骨術士《マジクボーン》の頭部に紅斧刃《べにおのば》をぶち当てた。そのまま紅斧刃は骨術士《マジクボーン》の体を両断。

「おぉお」

「――さすがはご主人様！」

俺は骨術士《マジクボーン》の残骸《ざんがい》を払うように魔槍杖の角度を上げて、皆の様子を確認《かくにん》――酸骨剣士《クラッシュソードマン》たちが多い。その酸骨剣士《クラッシュソードマン》に向けて前進。

一歩二歩ではなく前方斜《なな》めへと、浮き上《あ》がるような加速から――。

その酸骨剣士《クラッシュソードマン》の吹き溜《だ》まりへと――。

魔槍杖を迅速《じんそく》に振るった――〈豪閃〉を発動。

魔槍杖を振るった前方に、紅い疾風《しっぷう》と化した風が見えた気がした。

一度に数匹《すうひき》の酸骨剣士《クラッシュソードマン》を屠《ほふ》った。

着地と同時に――爪先《つまさき》を意識しつつ半回転。当然、魔槍杖バルドークも返す刀というように振るい回す。〈豪閃〉ではないが紅斧刃の棟《むね》を酸骨剣士《クラッシュソードマン》の胴体に喰らわせた。肋骨を打撃《だげき》で破壊。

続いて、あるイメージをしつつ左手首の〈鎖の因子《くさり》〉マークから〈鎖〉を射出。

長く伸びた〈鎖〉をイメージ通りに操作――。

イメージは大盾だ。フーとレベッカ用に障害物としての大盾を〈鎖〉で造る。

沸騎士《ふつきし》たちがいるから、この〈鎖〉製の大盾は必要ないかもしれないが――。

目の前の骨術士《マジクボーン》を〈刺突〉で倒して魔槍杖を引き抜きながら――大柄のビアを見た。前線で奮闘《ふんとう》する蛇人族《ラミア》だ。そのビアは、大きな盾で酸骨剣士《クラッシュソードマン》の骨剣を防御。反撃《はんげき》に強烈な頭突《ずつ》きを用いて、酸骨剣士《クラッシュソードマン》を破壊。

続いてビアは「キショァアア」と奇声《きせい》を発しながら骨術士《マジクボーン》目掛けて跳躍――太い腹で圧殺するように骨術士《マジクボーン》にのし掛《か》かった。骨術士《マジクボーン》を押《お》し潰して倒すビア。強い。

続いてビアは「なんの――」と振り向《む》きざまに剣を振るっては酸骨剣士《クラッシュソードマン》の胴体を両断――が反側にいた酸骨剣士《クラッシュソードマン》の振るった骨剣を「うげぇあ」と脇腹《わきばら》に喰らっていた。ビアは傷を負った。俺が〈鎖〉でビアをフォローする前に、

「――ビア！」

そんなビアに向けて虎獣人《ラゼール》のママニと小柄獣人《ノイルランナー》のサザーが回復薬ポーションを投げた。ポーションを浴びたビアは嬉《うれ》しそうに、

「キショァアア」

と、咆哮《ほうこう》。ビアの傷はポーションで瞬く間に回復。

そして、ポーションを投げたサザーとママニが、互いに呼吸を合わせるように前進。

「サザー、牛追双《そう》――」

「うん、任せてママニ！」

ママニがサザーに戦術の名を告げた？

二人は互いの位置を交換《こうかん》するように左右に移動を繰り返《かえ》しつつ武器を振るう。

互いのタイミングを合わせた連続的な攻撃だ。

俺は爪先半回転避《よ》けを実行しつつ二人の動きを追っては目の前の酸骨剣士《クラッシュソードマン》を魔槍杖バルドークで薙ぎ倒す――。

ママニとサザーは――前進と後退を繰り返す。それは何年も連《つ》れ添《そ》ったコンビの攻撃。酸骨剣士《クラッシュソードマン》と死霊騎士《デッドナイト》を牽制しつつ、着実に攻撃を加えて反撃の機会を与えずに互いの隙《すき》を埋《う》めるように倒す。

続いて「ボクは剣なら負けない！」と力強さのある言葉から、体を捻《ひね》ったサザー。

サザーは剣の角度を維持《いじ》しながら華麗《かれい》に跳《と》ぶ。

斜め遠くにいた酸骨剣士《クラッシュソードマン》へと瞬時に近寄った。

放物線を描くようにくねらせた軌道《きどう》の剣刃で、その酸骨剣士《クラッシュソードマン》の右手を切断するや返した剣刃で酸骨剣士《クラッシュソードマン》の首を薙ぐ――熟練した武芸者の動きだ。

ママニも短剣で他の酸骨剣士《クラッシュソードマン》を連続して突く。

直後、パッと姿を消したようにスライディングキック。

ママニは酸骨剣士《クラッシュソードマン》の片足を削《けず》ると、下段蹴《げ》りから右回し蹴りの連続した蹴りを喰らわせて吹き飛ばす。

二人は酸骨剣士《クラッシュソードマン》たちを翻弄《ほんろう》しては確実に倒した。

後方のエヴァも紫《むらさき》の魔力で包んだ金属針の群れを酸骨剣士《クラッシュソードマン》に衝突させた。酸骨剣士《クラッシュソードマン》は全身が針鼠《はりねずみ》的な針だらけの姿となって倒れる。レベッカも距離を取った位置から――。

ビアを包囲した酸骨剣士《クラッシュソードマン》に《火球《ファイアーボール》》を衝突させた。酸骨剣士《クラッシュソードマン》は吹き飛ぶ。

レベッカは、魔法使いとしての戦術眼が良い。前衛をタイミングよく助けている。俺や相棒とパーティを組んでいた時も、魔法を撃《う》つタイミングは素晴《すば》らしかった。だから、魔法学院で成績が良かったと自慢《じまん》していた言葉に嘘《うそ》はないと良く分かる。

ヴィーネも後衛の射手として正確に攻撃をモンスターに加えている。

弓道的《きゆうどう》な射法の『打起し』と『引分け』に『会』の所作が自然体だ。

その翡翠《ひすい》の蛇弓《バジュラ》を構える所作は超絶《ちようぜつ》に渋《しぶ》い。

弓道の衣装を着せたい。そのヴィーネが、また素晴らしい所作から光線の矢を放つ――。

骨術士《マジクボーン》の胴体に光線の矢が刺さる。

骨術士《マジクボーン》の体内に小さい蛇が浸透《しんとう》した刹那《せつな》、その骨術士《マジクボーン》は爆発。続けて、他の骨術士《マジクボーン》の股間《こかん》にも光線の矢が刺さる。モンスターに金玉はないが、見事骨術士《マジクボーン》の下半身を吹き飛ばした。

そんな姿勢正しいヴィーネだが、弓道的姿勢を崩す――。

敵も味方も動く状況《じょうきょう》だから当然だ――。振り向きざまに酸骨剣士《クラッシュソードマン》を黒蛇で薙ぐ。続けて近寄った酸骨剣士《クラッシュソードマン》を黒蛇で袈裟《けさ》懸《が》けに処した。

更に、刀系の黒蛇ではなく、光を帯びた翡翠の蛇弓《バジュラ》を使う。

その翡翠の蛇弓《バジュラ》をヴィーネは、目の前の酸骨剣士《クラッシュソードマン》に向けて迅速に振るった――光る弦《げん》を喰らった酸骨剣士《クラッシュソードマン》の頭部は溶《と》けるように両断された。

二つに分断されてゆく酸骨剣士《クラッシュソードマン》を見ずにヴィーネは涼《すず》しげな表情のまま可憐《かれん》に横回転――翡翠の蛇弓《バジュラ》を構えつつ横回転の動きを止めた。

同時にレーザー風の光の弦に指を添えた刹那――。

その指元に光線の矢が自動的に生まれる。

――死霊騎士《デッドナイト》に、その光線の矢は向いている。

翡翠の蛇弓《バジュラ》の光の弦と、光線の矢が出現する間《ま》が抜群《ばつぐん》だ。

ヴィーネは光の弦を引く前の仕草といい、その全部の所作が洗練されている。

細い両腕《りょううで》に薄緑《うすみどり》色の魔力オーラを纏う。翡翠の蛇弓《バジュラ》を構えるダークエルフだ。

そのヴィーネの前方には、ママニとサザーがいる。

死霊騎士《デッドナイト》を速度を活《い》かして囲む二人。

虎獣人《ラゼール》のママニ。小柄獣人《ノイルランナー》のサザー。

二人には獣人《じゅうじん》だからこその呼吸感がある？

軽戦士系の戦闘職業を持つ二人だからこその動きか。

重量感のあるビアとは、また違う戦士の連携《れんけい》。

その戦士《いくさ》二人の間を、電光石火の速さで光線の矢が通り抜けた。

ヴィーネの翡翠の蛇弓《バジュラ》から放たれた光線の矢だ。

その光線の矢の狙いは騎乗《きじょう》する死霊騎士《デッドナイト》ではなく——下の骨馬の頭部だった。見事、骨馬の頭部を射貫いたヴィーネ。

骨馬は、悲鳴のような断きを発すると、頭部が爆発。

骨馬はバラバラになって消失した。騎乗していた死霊騎士《デッドナイト》は前のめりになって地面とキス。

死霊騎士《デッドナイト》の上半身は地面に抉られながら転がる。

刹那、その転がる死霊騎士《デッドナイト》に皆が集中攻撃——。

凄まじい攻撃を受けた死霊騎士《デッドナイト》は塵も残らず一瞬で消失。

しかし、見事なヴィーネの弓術《きゅうじゅつ》だ。

ヴィーネが日本の平安時代末期に生きる十一男《なん》だったら『源氏の三与一《よいち》』と呼ばれていたかも知れない。リスペクトをヴィーネに送ってから——。

最後の骨術士《マジクボーン》に詰め寄《よ》った――。

《氷刃《フリーズソード》》で骨術士《マジクボーン》の肩口《かたぐち》から胸半ばまでを斬った刹那――〈闇穿〉を発動。

左足の踏み込みから、右腕《みぎうで》ごと闇が覆う魔槍杖の穂先が骨術士《マジクボーン》の胴体を穿《うが》つ――骨術士《マジクボーン》の胴体は派手に爆発して散った。

――よーし。金箱の周りに湧いたモンスターのすべてを倒した。


「やったぁぁぁぁぁぁぁ」

「倒したっ」

「おおぉぉぉぉ」

「当然ですっ」

「やりましたわっ」

「にゃおおん」

レベッカと奴隷《どれい》たちはハイタッチ。

凄い喜びようだ。常闇《とこやみ》の水精霊《せいれい》ヘルメと黒猫《ロロ》も喜ぶ。

エヴァも魔導車椅子《くるまいす》を変形させて、

「ん、やった」

と、小趾《しょうし》外転筋の横に車輪が付いたようにも見えるタイプで前進しながら喜んでいる。

「――ご主人様っ、やりました！」

従者のヴィーネも俺《おれ》の隣《となり》に走り寄ると、膝《ひざ》を地面に突けて頭を下げていた。

「あぁ、やったな」

沸騎士たちも側に寄る。皆、無事だ。

「閣下！　最初は活躍《かつやく》しましたぞ」

「我ら沸騎士、最後は防御に徹《てっ》していました」

「おう、ご苦労さん」

ビアは胸元がはたけて、鎧《よろい》がぼろぼろになっていたが……。

「主、大勝利である！」

勇ましい蛇人族《ラミア》としての言葉を放つ。ヘルメは拍手《はくしゅ》。

「閣下、作戦は完了ですね」

「おう。ヘルメも魔法を沢山《たくさん》撃っただろう。消耗《しょうもう》したんじゃないか？」

「はい。ですので……」

「分かっている。おいで」

「はい！」

水状態に変化したヘルメはスパイラルの放物線を描いて俺の左目に収まった。
『ごくろうさん、魔力《まりょく》をあげよう』
がんばったから、ご褒美《ほうび》だ。
いつもより、多めに魔力をヘルメに注ぐ。
『あぁぁっん、う、嬉しいですっ』
『よし、こんなもんでいいだろう』
『あ、ありがとうございます』
常闇の水精霊ヘルメの声は、つい前にエッチした感のある濃厚《のうこう》で高い声だった。
一瞬、思い出して……いや、まずは、あの金箱の中身を確認だ。
『ふふ、閣下、また素敵《すてき》な夜を……』
と、耳元からヘッドフォンジャックされたように煩悩《ぼんのう》が刺激《しげき》された。
ヘルメはプロの声優さんかよ！　そんな脳内、意識内のイチャイチャは顔に出さず。
「……鍵《かぎ》がかかっているか」
「ご主人様、わたしが調べてみますか？」
ヴィーネが顔を上げて、そう言ってきてくれた。
「頼《たの》む」

「はいっ」

ヴィーネは金色に輝《かがや》く宝箱へと近寄っていく。

「にゃあ」

ヴィーネのあとを追う黒猫《ロロ》さんだ。

「ご主人様、わたしたちは素材と魔《ま》石の回収を行います」

虎獣人《ラゼール》のママニだ。

奴隷たちを代表したつもりなのか、そんなことを話してきた。

「わかった」

奴隷たちは、それぞれに、大きい袋《ふくろ》を持つとママニに続く。

モンスターの死骸《しがい》と魔石の回収を行ってくれた。気が利《き》くやつらだ。

「ご主人様っ、罠《わな》を解除して、鍵も開けました」

おぉっ。さすがヴィーネ。

この間の銀箱を開けた時よりも時間は掛かったが、金箱の鍵も罠も解除するとは！

やはり、素晴らしい鍵開けスキルを持っている。

「ありがとうヴィーネ。助かるよ」

手を金箱の縁《ふち》に当てながら中身を見ていたヴィーネは、振り向く。

「は、はい！」

少し焦《あせ》った印象を受けたヴィーネの足下《あしもと》に相棒が顔を寄せていた。

相棒も興奮してヴィーネを褒《ほ》めるように頭部を何回も擦《す》りつけている。

罠を外す器用さと知恵《ちえ》。その手先の器用さを支える基本の能力が極《きわ》めて高いからこそ可能な鍵開けスキルだと思うし……素直《すなお》にヴィーネは凄い。その開いた金箱に近寄った。

「ンン」

ヴィーネを褒めていた相棒は、金箱の蓋《ふた》に頬を当てていく。

匂《にお》い付け作業か。または『この、はこ～。わたしたちの物にゃ～』という感じかな。

「ロロ、開けるから退《ど》いてな」

「にゃお」

黒猫《ロロ》は機嫌《きげんよ》良く鳴き声を発すると、匂い付け作業をやめてくれた。

そして、俺は改めて大きい金箱の横で、片膝《かたひざ》を地面につけているヴィーネに対して、

「――よくやってくれた、ヴィーネ」

と、労《ねぎら》いの言葉を投げかけた。

「はいっ、ご主人様の役に立てて、嬉しいです」

ヴィーネは顔を上げた。銀色のフェイスガード越《ご》しに優《やさ》しい視線を寄越《よこ》す。

「うん、本当にヴィーネは凄い。鍵と罠を外す作業はこなれてる。優秀《ゆうしゅう》」

レベッカもヴィーネの手腕《しゅわん》に感心していた。

「ありがとうございます。鍵開け、罠解除は、それなりに経験しておりますので」

「経験かぁ」

「ん、ヴィーネがパーティに加わってくれてよかった」

エヴァも宝箱の側に来ると、ヴィーネを褒めている。

前に、ヴィーネの心を読んで警戒《けいかい》を促していた視線ではない。信頼《しんらい》している優しい表情だ。そのエヴァと視線を合わせてから、

「よし、この金箱だが、俺が開けていいか？」

「もち、の、ろん、で、勿論！」

「ん、当然」

「はいっ」

美女三人からの許可も出た。早速《さっそく》、開ける。大きい金箱の蓋を持って――。

と、背後から小声でレベッカが「鼻血が出そう」とか呟《つぶや》いていたが――。

聞こえないふりのまま――金のずっしりと重い蓋を開けた。

煌《きら》びやかな魔力の光――。眩《まばゆ》い――魔法の品々の数が、もの凄《すご》い――。

キタキタ、来たよっ、キターッ。

巨大《きょだい》な物体。これは後にして……まぁ焦らずに見ていこうか……。

まずは武器系から。

一対《いっつい》の、お揃《そろ》いの青い鞘《さや》付きの長剣。

巨大な赤ブドウ色の鞘で幅《はば》の広い長剣。両手剣か？

鞘の端《はし》から中身の剣の色が見えていた。シャムシール系の黒い剣か。

黒い鎖と繋がる手裏剣《しゅりけん》のような大型円盤《えんばん》武器。

波紋《はもん》が黒い両手斧《おの》と刃《は》先《さき》が黄色い短槍と短剣《たんけん》。

先端《せんたん》に赤黒い魔宝石が嵌《は》まる長杖《つえ》。

先端に黄土色の魔宝石が嵌まる短杖。

黒光りする鋼の矢《や》束《たば》、なぜか農民フォーク。

防具系も見ていこう。

大きい方盾《たて》、小さい丸盾、麦わら帽子《ぼうし》、黒い魔法文字が刻まれたハーフプレート、薄《うす》く金色に輝く鎖帷子《くさりかたびら》、銀糸のワンピース三着、子供用の蒼い服、貝殻《かいがら》の髪飾《かみかざ》りが数個、貝殻の水着が十セット、真珠《しんじゅ》のネックレス、黒と白の魔宝石が目立つ腕輪《うでわ》、ピアス、ローマ兵が被《かぶ》るような兜《かぶと》、戦国武将が装着していそうな喉輪《のどわ》と面頬《めんぽお》、鉄板のような佩楯《はいだて》。

後は、新品の未解読魔宝地図、ポケットが大きい胸ベルト、紐付《ひもつ》きの小型のポーチが二つ、釣《つ》り竿《ざお》、宝石類と、金塊《きんかい》、銀塊《ぎんかい》、大量にある濃い緑色のインゴットと黒鋼のインゴット。

次は意図が不明な盆栽《ぼんさい》のような植木《うえき》鉢《ばち》、絵が収められる大きな額縁《がくぶち》。

額縁は、魔法絵師の人を見ているから知っているが、植木鉢とは……。

そして、ある意味一番目立つ、中型冷蔵庫と小型冷蔵庫。王子のところにあった。

宝箱も大きいが、この冷蔵庫もかなりデカイ。

ま、金箱だから、なんでもありだな。

しかし、俺が知る冷蔵庫とは見た目がかけ離れている。

魔石を収める部位もそうだが、岩の表面的にゴツゴツと窪《くぼ》んでいる箇所《かしょ》もあった。

そして、禍々《まがまが》しい魔力は、どの品にも感じないから、呪《のろ》い系統はないと判断。

植木が見た目的に怪《あや》しいが……まぁいいや。

と、考えてから、仲間たちに向けて、

「見ないのか？」

「あ、うん、最初は一人でじっくりと見たいのかなーって」

「――見る」

エヴァは簡潔に言うと、魔導車椅子《まどうくるまいす》を操作して金箱に近寄る。箱の縁に手を掛けて中身を覗《のぞ》いた。

「あっ、エヴァ、ずるいっ」

エヴァに少し遅《おく》れてレベッカも金箱に小さい顔を突っ込む。

「では、わたしも」

ヴィーネは淡々《たんたん》としながら、金箱に近寄る。俺は頷《うなず》く。

「わぁ……」

「ん、凄い……」

「こ、これは……」

皆の反応は分かる。量と質が銀箱の時とは比べ物にならないからな。

「魔宝地図もあるじゃない。凄すぎるわ、金箱！」

「ん、鑑定《かんてい》しないと分からない」

「はい。エヴァ様の言う通り、鑑定《かんてい》次第《しだい》といったところですが、なにしろ、金箱ですから、もっと下の階層の地図……要するに死に地図の可能性が大です」

「それは少し残念。でも、鑑定をするんでしょ？」

レベッカは俺に話を振る。蒼い双眸《そうぼう》は輝いて見えた。期待感が溢《あふ》れている。

「あぁ、すぐに鑑定してもらうかは分からないが、まぁそのうちにな」

「うん！　また一緒《いっしょ》にやりましょう、ね！」

レベッカは細い二《に》の腕《うで》に、ちっこい力瘤《ちからこぶ》を作る。

「おう。だが、今は、そのお宝をどう分ける？」

「……そ、そうね、前と同じように欲《ほ》しいもの言ってもいい？」

はは、そう言うと思った。

「いいよ。俺たちはイノセントアームズ、もう大事な仲間だからな」

「やったぁぁ」

レベッカは、凄く嬉しそうな顔をしてはしゃぐ。

エヴァも天使の微笑《ほほえ》みでレベッカを見ていた。

ヴィーネは宝箱の中身を凝視《ぎょうし》している、気になったものでもあるのだろうか。

「ヴィーネ、どうした？」

「はい、この植木鉢の特殊《とくしゅ》な樹木。伝説のアイテムかもしれません。【第八位魔導《まどう》貴族サーメイヤー家】が所有していたとされる〝生きて喋《しゃべ》る植物〟の可能性があります」

伝説⁉　確かに魔力を宿している。植木は少し動いたようにも見えた。

あ、枝も少し動いた。そこには小さい青白い実が生《な》っている。

『不思議なアイテムです』

精霊ヘルメも興味があるのか、宝箱の中で平泳ぎのように足を動かしながら言っている。

「ヴィーネ、この植木、名前とか分かるの？」

「確か、名前は千年の植物《サウザンドプラント》」

「千年か。どんな効能があるんだろ」

「成長すれば、喋って動けるようになるとか。実を食べれば魔力が増えるとも伝えられています。青白い実から作られる秘薬は魔力回復薬としても、魔力を増やすアイテムとしても珍重《ちんちょう》されて、高い値段で売買されていました。これが魔導貴族サーメイヤー家が富豪《ふごう》である理由の一つと言われています」

ヴィーネは流暢《りゅうちょう》に語る。鑑定屋ですか？　とツッコミは入れないが、聡明《そうめい》だ。

『あの実は美味《おい》しそう。閣下、今度でいいので、その実をください』

欲しいのか。複数個生っているから一個ぐらいはあげてもいいが。

『考えとくよ、暇《ひま》になった時に話してくれ』

『はい』

そういえば、これヴィーネの過去話に少し出てきたな。

要するに超越者《スーパー》な盆栽だ。

「……そんな代物《しろもの》なら自販機《じはんき》代わりに、この植木は家に置いておこう」

置いたときにヘルメに一個あげればいいかな。

「じはんき？　が分かりませんが、いいですね」

「ん、凄い植木。物知りヴィーネは偉《えら》い！」

「えーっと、これと額縁。これもいいなぁ。わぁ！　ネックレス……」

レベッカはいつも通り。蒼《あお》い双眸が＄マークに見えた。宝箱を物色中。

その嗜好《しこう》はハッキリして好ましい。

「さ、俺たちも選ぼう」

「はい」

「ん」

この中で一番欲しいのは……あまり使わないと思うが……。

刃先が黄色い短槍《やり》かなぁ。いや植木鉢か。伝説の品らしいからな。

レベッカの興奮が鎮まったところで、

「……それで、決まったか？」

「うん」

「決まった」

「はい」

美女たちの視線は、それぞれの目的の品一点に注がれている。

「それじゃ、レベッカから」

「――これっ」

レベッカの白い指が差したのは赤黒い魔宝石《まほうせき》が埋め込んである長杖。

やはり、この杖か。

「エヴァは？」

「んっ」

エヴァの細い手が伸《の》びた先には濃緑のインゴットがあった。また金属系か。

「ヴィーネは？」

「はいっ」

ヴィーネの青白い指先が差したのは、黒と白の魔宝石が目立つ腕輪。

「分かった。各自、希望のアイテムを取ってくれ。鑑定する前だが、試《ため》すだろうし」

皆、手に取って身に着けていく。

「俺はこの植木と短槍をもらう」

二つの品はアイテムボックスへと直行。短槍は使わない可能性もある。その時は、ビアにでも渡《わた》すか、ただの投《な》げるための槍アイテムにするか。

「さて、まだまだあるが、どうするか」

エヴァも首を縦に振《ふ》る。

「ん、沢山《たくさん》ある」

宝箱にあるポーチと胸ベルトを見て、予想しながら話す。

「そうだな、このポーチと胸ベルトはもしかして、アイテムボックスか？」

「あっ、そうみたい」

「はい、確かにそうだと思われます」

三つあるし、彼女《かのじょ》たちに渡しておこうか。

「それじゃ、三つあるし、ヴィーネ、エヴァ、レベッカ、アイテムボックスを取っていいいよ」

「ええ、いいの？」

「シュウヤ、ふとっぱら。でも、わたしも持ってる」

ハーネスから取り外せる銀製の筒《つつ》容器。

「エヴァは持っていたな」

「ご主人様、よろしいのですか？」

レベッカとヴィーネは遠慮《えんりょ》している顔だ。

「いいよ。仲間だ。パーティに持っている人が増えれば、それだけ回収も多くできる」

「ん、確かに、レベッカとヴィーネが持つのは賛成」

エヴァも同意。

二人にアイテムボックスを持つことを勧《すす》める。

「ありがとう。わたし、イノセントアームズとして、がんばるから」

レベッカは遠慮勝ちにポーチを手に取ると、掲《かか》げながら宣言していた。

「では」

ヴィーネは胸ベルト型のアイテムボックスを取る。

「……わぁ、これもこれも入っちゃう。すごい」

「これが、アイテムボックス」

二人とも、手に持っていたアイテムを入れたり出したりしている。

俺が右腕に持つアイテムボックスとは根本的に違《ちが》うようだ。

彼女たちが持つポーチ型と胸ベルト型のアイテムボックスは、容量とか詳《くわ》しい表示は出ない。後は、貝殻の髪飾りが数個と真珠のネックレス。

これも美女たちにプレゼントしよう。

髪飾りを取る。貝殻の水着は何も言わずにスルーしておいた。

「それじゃ、三人ともこっちにおいで」

ヴィーネ、エヴァ、レベッカは近寄ってくる。彼女たちに貝殻の髪飾りを挿《さ》してあげた。

「あ、ありがと」

「ん」

「嬉しいです」

三人とも、なんとも言えない照れた表情を見せるから、俺も照れてしまった。

「この真珠のネックレスはどうしようか」

「じゃんけん、ぐー、ちょき、ぱー。ですか?」

この惑星《わくせい》セラの南マハハイム地方の文明圏《けん》も、じゃんけんは同じか。

「了解《りょうかい》。勝負よっ、エヴァ、ヴィーネ」

「ん、負けない」

エヴァはレベッカとヴィーネの足や腕をさりげなく手で触《さわ》っている。

なるほど……負けたくないらしい。

「わたしもですっ。ご主人様の愛を独《ひと》り占《じ》めしてあげます」

一人、ヴィーネの意気込みに違うお熱が入っているが、聞こえない振りをした。

「せーの、じゃん、けん」

「ぱー」「ぐー」「ちょき」

あいこか。

「もう一度よっ」

「ん」

「はい」

結局、二回引き分けのあとエヴァが勝った。

「ん、勝ったっ」

「悔《くや》しい、負けてしまいました……」

「エヴァ、強いわね」

「それじゃ、これはエヴァの物、エヴァ――」

車椅子に座《すわ》るエヴァの首に真珠のネックレスをかけてあげた。

「あぁ……」

後ろからヴィーネとレベッカの溜《た》め息《いき》が聞こえる。

「……シュウヤ、ありがと――」

わお！　柔《やわ》らかい感触《かんしょく》を頬に得た！

「はうあっ」

頬にちゅっとキスを受けた。嬉しいが、驚《おどろ》きつつエヴァを見る。

エヴァの顔は赤いが、うっとりとした表情だ。

「あああぁ」

「なんって、卑怯《ひきょう》なっ」

レベッカとヴィーネは叫《さけ》んでエヴァを睨《にら》む。

頬の感触を忘れないように、思わずにこにこしてしまう。

そのまま離《はな》れたくないエヴァから離れた。

「ご主人様、のちほど、わたしも……」

「ちょっ、エヴァとヴィーネまで……わたし、だって……」

非常に照れくさい空気になったから、話を変えるとしよう。

「ところで……残りの宝だが、高級戦闘奴隷《せんとうどれい》たちに分けちゃっていいか？【スロザの古魔術屋】での鑑定前だが」

少し間が空く。さすがにいきなり変えすぎたか。

「……わたしは構わない。強くなればそれだけパーティが強くなる。皆《みな》のためになる」

微妙《びみょう》に、俺からスルーを受けたレベッカだったが、皆を見て、笑顔《えがお》を見せると、話に乗

っていた。魔法学院での経験があるからな。

「ん、わたしも」

「ご主人様に従います」

レベッカとエヴァは特に反対しなかった。当然か。高級奴隷の戦闘《せんとう》を間近で見ている彼女たちだ。戦力アップは歓迎《かんげい》。よし、許可はもらったから彼女たちが装備できそうなアイテムを選ぶとしようか。

「それじゃ、選ぶから――」

一対の青い鞘が特徴的な剣身も青い長剣《ちょうけん》は、剣士《けんし》系のサザー。

シャムシール系の黒い幅広《はばひろ》な長剣は、ビア。

短剣と、黒い鎖《くさり》と繋《つな》がった巨大手裏剣《きょだいしゅりけん》のような大型円盤武器は……。

この二つの武器は器用そうなママニだな。

先端に黄土色の魔宝石が嵌まる魔法の短杖は、そのまま魔《ま》法使《ほうつか》いのフー。

防具の大きい方盾と、大きいハーフプレートと、佩楯《はいだて》風の特殊金属っぽい下半身用の鎧と、ローマの兵っぽい印象を抱《いだ》くコリント式ヘルムをビアに。

薄い金色に輝く鎖帷子に、喉輪と面頬はママニかな。

子供用の薄い蒼い服はサザー。銀糸のワンピースをフーへ。

それらの選んだ品を金箱から外へと出してから――この金箱ごと回収するとして、蓋を下ろす――蓋は大きい中型の冷蔵庫にぶつからずあっさりと閉じた。

この金箱の蓋、いや金箱か、大きさ的に、どう考えても冷蔵庫の上部に蓋が引《ひ》っ掛《か》かると思ったが、この金箱自体が異次元空間か。または内側の金属が柔らかいのか。

ま、気にしても仕方ない――アイテムボックスの腕時計の文字盤を守るガラス的な風防に浮かぶディスプレイを、指で操作――格納を押《お》してから、皆に向け、

「――この金箱のアイテムは全部出さない。地上の【スロザの古魔術屋】で出すとしよう。今は、この金箱ごと回収する――」

と、言いながら金箱を持ち上げた……重いが、片手で持てた。

この金箱をアイテムボックスへと――ぶち込む。ちゃんと金箱はアイテムボックスに入った。前の銀箱は全部取り出すと、直《す》ぐに消えてしまったが、今回は回収できた。

「金箱を片手だけで、凄い」

「ん、怪力《かいりき》のシュウヤ！」

そんな二人の言葉は無視して笑顔を送る。俺は、奴隷たちの様子を見た。

もう素材と魔石を集め終わっていた。

皆、整列中。その所作は高級戦闘奴隷っていうより、熟練の傭兵《ようへい》を感じた。

各自が持つ袋は膨《ふく》らんでいる。すると、ママニが、

「ご主人様、集め終わりました」

ママニに続いて、フー、ビア、サザーが、袋と背嚢《はいのう》を預かる。

「――おう、ありがと」

大きい魔法袋《まほうぶくろ》に纏《まと》めてから、アイテムボックスへと放《ほう》り込む。そして、

「お前たちにも報酬《ほうしゅう》がある」

「ほ、報酬ですか？」

「僕《ぼく》たちに？」

「え」

エルフのフーも皆と同様に驚いていた。

蛇人族《ラミア》のビアだけは平然としたままだ。口から長い舌を伸ばしつつ、

「我にくれるのか？」

そう発言。俺は頷いて、

「そうだよ、こっちに来い」

地面に分けておいたアイテムに腕を向けた。その腕の動きに反応した黒猫《ロロ》が、

「にゃあ」

と、鳴きつつ猫《ねこ》パンチをアイテムに当てていた。

「わぁぁ」

「こ、これは……」

「こんなに」

「我好みの盾がある」

彼女たちにプレゼントする理由を説明しながら――。

各自にアイテムを渡した。戦士然としたビアもだ。目許《めもと》が綻《ほころ》ぶ姿は意外に可愛《かわい》い。

奴隷たちは満足そうだ。背中を見せ合って装備の感想を告げている。

その様子を見て、俺も嬉《うれ》しくなった。そんな皆に向けて、

「皆、体にぴったりだ。前の装備品は、俺が預かろう」

と、アイテムボックスに入れた。

「このような装備をわたしたちのために……ご主人様！　ありがとうございます」

そう言ってくれたのは虎獣人《ラゼール》のママニ。

顔の下半分は面頬が覆《おお》う。胴体《どうたい》は、薄い金色の鎖帷子を装着中。

弓と矢筒を背負い、腰《こし》には短剣を差す。その勇ましい姿は、まさに戦国に生きる武者。

虎《とら》の武者か。大型円盤武器も胸元《むなもと》に携《たずさ》えている。

大型円盤武器の縁と裏から黒い鎖が出ていた。円盤の中に黒い鎖を格納できるようだ。あの黒い鎖を伸ばせば大型円盤武器の〈投擲《とうてき》〉が可能。

または黒い鎖を振り回《まわ》した時の遠心力を活《い》かす、モーニングスター系の攻撃《こうげき》も可能なはず。

「ご主人様っ、ありがとう。わたし、がんばります」

フーは、銀製のワンピース。銀製の糸か特殊な繊維《せんい》を使ったワンピースだろう。

短い魔杖《まつえ》は先端に黄土色の魔宝石が嵌まる。その短杖の魔宝石の輝きで胸元が輝いて見えた。素晴《すば》らしいおっぱい大名である。

「僕も！　ご主人様へ永遠の忠誠を」

サザーは種族的に、子供用の蒼い服が似合う。一対の長剣を背中に装着。

背が低いからでもあるが、背中の二振りの長剣が、大太刀に見えた。

「我は幸せだ。最高の主である」

そう言ってくれたビアの見た目はかなり変化。

兜はぴったりと頭部に嵌まっている。大柄な上半身に合うハーフプレート。右手はシャムシール系の黒剣《けん》を握《にぎ》る。

左手に大きい方盾を持つ。下半身の蛇腹《じゃばら》を守るのは、鉄板の佩楯《はいだて》が幾重《いくえ》にも重なったような金属防具。硬《かた》さと柔らかさを併せ持つレアメタル系金属かも知れない。ただでさえ丈《じょう》夫《ぶ》な皮膚《ひふ》持ちのビアだ。完璧《かんぺき》な前衛騎士《きし》かも知れない。

ま、これで傷を作りやすい前衛のビアが硬くなれば戦いやすくなる。

「皆、イイ感じだ。さて、冒険者《ぼうけんしゃ》的に、あの二つの塔《とう》の内部に上層部も気になる。が……それはそれ、これはこれ。俺たちの今回の目的は魔宝地図。お宝も得たし、凱旋《がいせん》気分で地上の家に戻《もど》るとしようか！」

「「はい！」」

二つの塔以外にも、邪神《じゃしん》の遺跡《いせき》が少し気になるが寄り道はせず。

水晶《すいしょう》の塊《かたまり》の転移可能なエリアまで進む。皆で、新武器を試しつつ戦術を練りながら——。

モンスターを狩《か》り進めて来た道を戻った。

第百四十二章「アイテム鑑定からまったりタイム」

休憩《きゅうけい》を交えて荒野《こうや》を進んだ俺たち。途中《とちゅう》、沸騎士たちが先行しすぎた。

毒炎狼《グロウウォルフ》と酸骨剣士《クラッシュソードマン》から急襲《きゅうしゅう》を受ける。

毒の炎をもろに浴びてボロボロになった沸騎士たち。

が、俺たちの新しい武具の実験大会となって、それらのモンスターを殲滅《せんめつ》した。

「にゃごおお」

沸騎士たちのボス気分の黒猫《ロロ》さんが怒《おこ》った。

両前足の猫パンチを沸騎士たちにバシバシと当てていた。

肉球の弾力《だんりょく》を受けた沸騎士たち、表情は頭蓋骨《ずがいこつ》だから分からないが双眸が煌めいた。

「閣下、ロロ様、面目《めんぼく》なく……」

「我らは責任を取り、切腹をおこないます！」

「――私も続くぞ、アドモスッ」

「「ぐぉぉぉぉ」」

本当に腹を掻っ捌《さば》いて、魔界《まかい》に帰っていく沸騎士たち。

お前らは侍かよ！　とツッコミを入れたくなった。

「にゃ？　にゃぁぁ」

黒猫《ロロ》は切腹した沸騎士たちを見て驚いたようだ。

触手《しょくしゅ》を俺に伸ばして『またきえた』『どこ？』『さみしい』と、気持ちを伝えてきた。

「ロロ、気にするな、またすぐ戻ってくる」

「にゃあ」

黒猫《ロロ》は触手を収斂《しゅうれん》しつつ俺の肩《かた》に戻ると、頬をぺろっと舐《な》めてくる。

一方、皆は沸騎士たちが消えた光景に唖然《あぜん》としていた。

「……あの騎士たち、勝手に死んだの？」

「真面目《まじめ》なんだ、と思う。インターバルが少しあるが、また呼《よ》び戻せるから安心してくれ」

「そうなんだ。呼び戻せるのね、見た目通り不死」

「ん、不思議……」

「ご主人様、潔《いさぎよ》い騎士たちなのですね、雄《おす》なのですか？」

「どうだろう……雌《めす》って感じではないな」

雌の強さを重視するヴィーネらしい問いだ。そんなこんなで……。

地上に転移が可能な、水晶の塊が鎮座《ちんざ》する場所に到達《とうたつ》。もう直ぐだ。

その水晶の塊をタッチ、無事に地上に帰還《きかん》――。

冒険者ギルドで依頼《いらい》の報告と魔石の精算を済ませた。

依頼達成数は三十六になる。Bランクのことを聞こうと思ったが、後回しにして、ぞろぞろと奴隷《どれい》たちを伴《ともな》いギルドを出た。

皆で【スロザの古魔術屋】に向かう。扉《とびら》の鐘《かね》を鳴らしつつ入った。

ギルドに出していない大きい魔石はエレニウムストーンとして……暇な時にアイテムボックスに納めたいところだ。そんなことを考えながら――。

古魔術屋としての雰囲気《ふんいき》抜群《ばつぐん》の地下に向かう階段を下りた。

カウンターへと向かう。少し涼《すず》しい空気で魔力《まりょく》が漂《ただよ》う。

いい匂いだ。その匂いで誤魔化《ごまか》しているような怪しい魔力溜《だ》まりが……あちこちにあるが指摘《してき》はしない。ここの店は、どこか違う異世界に通じているのかも知れない……。

とバチッという音が響《ひび》いた。『ブブバッ』と店の奥《おく》から聞こえたような気がしたが、気のせいだろう。そこで、アイテムボックスを操作――カウンター上に金箱を出現させた。

「こ、これは――」

さすがの渋《しぶ》い店主も金箱を見て、驚きの顔を見せた。

「店主っ、ふふーん、わたしたちがゲットした金箱よっ」

レベッカが鼻息を荒《あら》くして自慢《じまん》。細い腰とお尻《しり》を突《つ》き出《だ》した形。

くっ、いちいち魅力的《みりょくてき》だ。

「素晴らしい、金箱を直接回収とは……どこかの、有名なトップクラン入りでも果たしたのですかな？」

「ノンノン、違うわ。わたしたちはクランには入っていない。普通《ふつう》のパーティ、無邪気《イノセント》な武器団《アームズ》よ」

店主は首を何回も縦に振る。レベッカに乗せられたか、関心を示す顔色に変わる。

と、瞳《ひとみ》がギラギラと輝《かがや》く。表情が冴《さ》えた店主……。

俺《おれ》をチラッと見ては、レベッカを見て微笑む。

「それはそれは、その名を覚えておきましょう。では、この金箱の中身の鑑定をご希望なのですね？」

「うん、後ろのカッコイイ彼《かれ》に聞いて、うちのリーダーだから」

レベッカはウインクをしながら腕を伸ばし、話をバトンタッチしてきた。

「はい。では、リーダーの方、鑑定はどのアイテムを？」

「まずは、仲間たちが持っているアイテムから……」

そうして、仲間と奴隷たちが装備していたアイテム類を鑑定してもらう。

レベッカが持つ赤黒い魔宝石を持つ長杖。

見た目通り火属性の杖で炎を生み出すことに長《た》けている。

名前が〝グーフォンの魔杖〟というユニーク級アイテム。

第五階層の水晶《すいしょう》の塊へ向かう時に、火球、炎柱、火炎《かえん》の壁《かべ》を連続で使用しているのを見ていた。それから、三人の美女たちが髪《かみ》に装着中の貝殻の髪飾り。

魔法威力《まほういりょく》上昇《じょうしょう》と魔力消費軽減効果があり、中々にレア度が高いアイテムだった。ユニークではない普通のマジックアイテムだが……。

お洒落《しゃれ》にも使えて性能のいいマジックアイテム。値段はその分跳《は》ね上《あ》がります。と、スロザはファッションにも詳しいのか力説。

ピアスと貝殻の水着も名前のない普通のマジックアイテム。

効果は装着すると泳ぎが速くなるらしい。俺は説明を受けている間……貝殻の水着を彼女たちに着せて写真を撮《と》っては、即席《そくせき》バレーボール部を作って、けしらかんおっぱい重力審査《しんさ》会《かい》を作って、海馬におっぱいさんを永遠の記憶《きおく》として残したいとか。不埒《ふらち》でアホなことを妄想《もうそう》していた。

「……シュウヤ？　貝殻をじっと見てどうしたの？」

レベッカが俺の視線を不思議に思ったらしく、聞いてきた。

「あぁ、いや、その、泳ぎが速くなるなんて素晴らしいなと」

「ふーん、この貝殻も一応は防具のようだけど……シュウヤ、またエロイことを考えていたんでしょう？」

ハハ、ばれてーら。

「当然だ。レベッカにも着て欲しいかな、と」

「この貝殻を？」

「そう、貝殻だけ」

「……変態」

「ん、レベッカは着ないの？　わたしはシュウヤが望むなら着てもいい」

「おぉっ」

さすが、エヴァ様、天使の微笑《びしょう》で大胆《だいたん》にも着てくれると言ってくれた。

「ちょっ」

レベッカは驚いてエヴァを見る。

「ご主人様、今、着替《きが》えますか？」

『閣下、このような貝殻がお好きなのでしたら、わたしも身につけますが』

ヴィーネとヘルメがそう言ってくる。少し混乱しながらも嬉しくなった。

『ヘルメにも今度着てもらうよ』

『はい』

念話でヘルメに告げてから、ヴィーネとエヴァのほうを見る、

「二人が着てくれるなら嬉しい」

「ちょっと、待ってよ……負けないいんだからっ――わたしも着るわよっ」

レベッカは焦《あせ》ったような仕草と顔つきで、着る宣言をしてくれた。

「おぉ……」

だが、レベッカの場合、隠《かく》す……。

「あーーっ、何か、変なことを想像していたでしょ！」

「ん、えっちぃな、シュウヤ」

「ご主人様……」

「ゴッホン、まったく、いちゃいちゃと……次の鑑定に移ります……」

渋い禿《は》げ店主に注意された。皆、黙《だま》った。

持っていないとは思うが、45口径の銃《じゅう》を向けられたくはないからな。

続いてエヴァのアイテムの鑑定に移る。

彼女が選んだインゴットは、緑皇鋼《エメラルファイバー》という魔力浸透度《まりょくしんとうど》が極《きわ》めて高いレア金属。この間の銀箱から手に入れた鉱物より確実にグレードは上らしい。売れば大金になるとか。

因《ちな》みに、俺がエヴァの首に掛けてプレゼントした真珠《しんじゅ》のネックレスは、魔法防御《まほうぼうぎょ》上昇《じょうしょう》の効果があるマジックアイテムだった。続いてヴィーネの品を鑑定。

ヴィーネの選んだ腕輪《うでわ》は、闇《やみ》属性と風属性の魔宝石が埋《う》め込まれてある。

スロザは、

「これは素晴らしい、伝説級《レジェンド》、名前はラシェーナの腕輪。魔法威力上昇効果、更《さら》には、闇の魔宝石からはハンドマッドという腕型の小さい闇精霊《やみせいれい》を数体呼び出せますし、風の魔宝石からは風属性の透明《とうめい》な盾《たて》を任意の場所に出現させることができます」

「おぉ、やはり、優秀《ゆうしゅう》だったか」

「ん、帰りの戦闘でもかなり効果的だった」

「うん、闇の手たちを出していた魔道具の腕輪ね」

エヴァとレベッカは素直《すなお》に称賛《しょうさん》している。

「ありがとうございます。これで、ご主人様や皆様に貢献《こうけん》できるでしょう」

ヴィーネも嬉しそうだ。次は奴隷たち。

ママニが装備する金色に輝く薄《うす》い鎖帷子《くさりかたびら》には名前はない。

が、身体能力引き上げ、物理防御上昇、魔法防御弱上昇の効果があった。

喉輪《のどわ》は、声質を高める効果と、物理防御《ぼうぎょ》弱上昇効果。

面頬にも、物理防御弱上昇と魔法防御弱上昇の効果。

武器の黒鎖と繋がった大型円盤《えんばん》武器にはアシュラムという名前があった。

この武器も帰りがけに使っていたのを見て知っているが、モーニングスター系の鎖を用いて大型手裏《しゅり》剣《けん》を直接ぶつけるといったやり方や、〈投擲〉系に使える。

盾にも使えてかなり優秀な武器だ。

大型手裏剣は鋼。その鋼だが、珪酸《けいさん》構造に硫黄《いおう》と窒素《ちっそ》を加えた鋼とダイヤモンドの強度を併せ持つカーボロイ風の未知の素材が、この大型手裏剣を構成する鋼の素材に使われていたりするかも知れない。

ま、とにかくカッコイイ。

フーが装備している銀糸のワンピースは物理防御弱上昇と魔法防御上昇。

黄土色の魔宝石が嵌《は》まる短杖《つえ》は、土系統の礫《つぶて》、土槍を詠唱《えいしょう》なしで使っていた。

優秀な短杖だと思っていたが……やはり、鑑定してもらうと、バストラルの頬という土精霊《せいれい》の名がつくアイテムだった。

サザーの小さい蒼い服はプロロングルスという名がつく。

効果は身体速度弱上昇、物理防御弱上昇らしい。

だから、少し動きが速くなったのか。サザーが背負う魔法の剣。

その一対《いっつい》の青い長剣にも名がついていた。

イスパー＆セルドィン。双子《ふたご》の水の妖精《ようせい》の名前らしい。

切れ味抜群《ばつぐん》の長剣らしく、切れ味を増す魔法効果があるとか。

『ヘルメ、店主は水の妖精の名前を述べているが、知っているか？』

『いえ、精霊や妖精も多種多様に存在してますので、知りません』

続いて、ビアの防具は全部名無しの普通のマジックアイテム。

古代ローマの兜《かぶと》は物理防御弱上昇。

上半身に装着した大きいハーフプレートも物理防御弱上昇。

下半身を守る佩楯《はいだて》が、物理防御弱上昇と魔法防御弱上昇の品だった。

方盾も物理と魔法の防御弱上昇が掛かっているとか。

「こちらの赤ぶどう色の鞘《さや》付きのシャムシールの黒剣はユニーク級で、名がシャドウストライク。刀身が黒いだけに闇属性の力を持つ者が魔力を込めれば、闇のオーラを発生させて、身体能力を弱上昇させる効果があります」

ビアは闇属性は持っていないはず？

が、もともと強力な切れ味の巨剣だと思うし、彼女にはちょうどいいだろう。

ヴィーネと属性が合うが、重いから無理か。

続けて、麦わら帽子《ぼうし》、大小ある冷蔵庫、植木、短槍も鑑定《かんてい》してもらう。

冷蔵庫は見た目通り魔石がエネルギー源。素材を冷やせる魔道具だ。

これはオークションに出せば、かなりの高額で売れると言われた。

が、俺の家に置く予定なので売らなかった。

小さいほうは、第二王子にでも売りつけてやろう。続いて植木を鑑定していくと、

「おぉ、これも伝説級《レジェンド》です。神話級《ミソロジー》に近いアイテムですよ。千年の植物《サウザンドプラント》、わたしはこのタイプは初めて見ました。見た目は植木ですが、魔力を与《あた》え続けると成長するとあります。これほどの品なら地下オークションで売られるべきと思われます、わたしも買い取りたいです。大商人にも伝《つて》がございますから紹介《しょうかい》しますが、どうしますか?」

渋い店主は珍《めずら》しく少し興奮した口調だった。

「いや、必要ない。これは売らないと思う」

第二王子にも売らない、自分の家に設置するかもしれない。

「……そうですか、残念です。続いて、この短槍を鑑定しますね……これは、雷《かみなり》属性の効果を持つ短槍です。刃《は》に使われているのは雷状仙鋼と言われている未知の金属で【雷状

ヶ原】で三百年間鍛《きた》え上げられた、特殊《とくしゅ》金属らしいです。名前は雷式ラ・ドオラ。雷神《らいじん》の名前がついていますが、伝説級《レジェンド》ではなくユニーク級ですね。刃先《はさき》には雷系の魔力が込められています」

雷属性だけど、痺《しび》れる効果とかはないのか。

微妙だ。魔槍杖《まそうづえ》もあるし、登録して使うかはわからない。

「次の、麦わら帽子は身体能力がアップして体が少し柔らかくなるようです」

「柔らかくとは？」

「単に、極僅《ごくわず》かですが柔軟性《じゅうなんせい》が上がるということです。武術街の闘技《とうぎ》大会に出場する方には人気が出るかもしれません」

それだけか。今度、王子のところへ持っていこう。

続いて、額縁《がくぶち》、短剣《たんけん》、釣《つ》り竿《ざお》、農民フォーク、黒鋼インゴット、黒光りする矢束、小さい丸盾、黒い波紋《はもん》を持つ両手斧《おの》、守護者級が持っていた蒼い光を帯びたフランベルジュを鑑定してもらった。

「額縁は、マジックアイテム。名はありませんが、額縁の重さを軽減させる効果があるようです。魔法絵師専用アイテムですね」

店主がカウンターの端《はし》に置くと、レベッカが触ってアイテムをチェックしていた。

「――やっぱり、これも無理かぁ」

「レベッカは魔法絵師じゃないだろう？」

「うん、なりたかったんだけどね」

レベッカは苦笑いをしていたが、明らかに残念という顔だ。

「次の品は、小さい丸盾。これはユニーク級、名はクリゴーの咆哮《ほうこう》。効果は挑発《ちようはつ》効果の上昇と物理防御弱上昇ですね。短剣は雷精霊《かみなりせいれい》ボディーの息吹《いぶき》が掛かっているだけの、属性が雷属性のマジックアイテムです。この釣り竿は魔界の釣り人が使っていた物らしいですが、名前はなし。効果は魚が僅《わず》かに吸い寄せられるだけです。農民フォークは名前はなし、黄金の持ち手に刃が白金でできた超高価《ちようこうか》アイテムですね。魔法効果は不明です。ありきたりですが、幸運が訪《おとず》れるとか、かもしれません。少なくともマイナス効果はありませんね。次の黒いインゴットは魔柔黒鋼《ソフトブラックスチール》、これもレア金属の一つですね。魔金細工師、鍛冶屋《かじや》は喉《のど》から手が出るほどに欲《ほ》しい金属です。五十本の矢束はユニーク級。闇の精霊サジュの祝福が掛かっています。名はサジュの矢、この矢を喰《く》らった相手に一時的に暗闇《くらやみ》効果を与えるようです」

釣り竿はボンにプレゼントかな。エヴァは黒金属を選択《せんたく》しなかったが、エヴァにプレゼントしようかな。それとも、ザガにあげるか。それとも、ミスティに……。

あ、ミスティは俺の家がどこにあるか知らないか。ま、宿経由でいずれ来るだろう。盾は売るか、矢は、ママニに持たせるか。一射手でもあるようだし。

「……次のこの両手斧の名はデグロアックス。魔界の魔将デグロが魔界大戦時に愛用していたとされる代物《しろもの》らしいです。伝説級《レジェンド》。筋力上昇効果は絶大ですが、敏捷性《びんしょうせい》減少効果があります……。呪《のろ》いの品の第二種危険指定アイテムと同類ですね。次のフランベルジュはユニーク級、名前はウォルド。剣刃《けんば》で傷を負わせると、僅かですが、氷による追加ダメージを与える魔法《まほう》が掛かっています。水の精霊ウォルドの加護を得た魔法剣《まほうけん》ですね。ユニーク級ですが優秀です」

伝説級《レジェンド》だが、呪い効果でいまいちな両手斧か。フランベルジュは想像通りかな。

「ありがとう。これで、だいたい鑑定してもらったかな」

鑑定料《かんていりょう》をカウンター上に置いた。

「はい」

店主は金を受け取っている。

「あとは……ピアスだが、欲しい人はいる？」

「ん、いらない」

「わたしもいらないわ」

「耳に複数の穴はあけたくないです」

エヴァ、レベッカ、ヴィーネはいらないらしい。

奴隷たちは何も言わないが、まぁいらないだろ。

「ママニたちは、ピアスは？　丸盾は使いたいか？」

「要《い》らないです。短剣と鎧《よろい》にアシュラムで十分です」

「わたしもいらないです」

「ボクも同じく」

「我もいらん」

ということで……金箱ごと、ピアス、額縁、小さい丸盾、宝石、金塊《きんかい》、銀塊《ぎんかい》を纏めて買い取ってもらった。農民フォークも結構高く売れた。すべて合わせると莫大《ばくだい》な金だ。その場で金貨を分ける。皆アイテムボックスに急いで金貨を入れていた。それにしてもこの店主……意外に、金持ちだ。

狭《せま》いとはいえ、こんな一等地に店を構えているのも頷《うなず》ける。

大商人とも繋がりがあるようだし、噂《うわさ》通りの大物なのだろうか。

「店主は渋い顔に似合わず、金持ちねぇ」

レベッカが俺の気持ちを代弁してくれた。

「ええ、はい、〝コレクター〟には負けますがね」

レベッカと会話する主人が鷹揚《おうよう》に語った瞬間《しゅんかん》、

「……ブブバッ」

何だ？　変な声が店主の腰辺りから聞こえたような……。

「はは、気にしないでください」

「そ、そうですか」

店主は珍しく焦った表情を浮《う》かべている。

腰から禍々《まがまが》しい魔力が漏《も》れているが、指摘はしなかった。

因みに……ポーチ型のアイテムボックス、銀糸のワンピース一着、魔力を帯びた釣り竿、大量にある魔柔黒鋼《ソフトブラックスチール》は俺がもらった。

今度、これらをザガ＆ボン＆ルビアの店に行った時にでもあげようかな、と。

この間は忙《いそが》しそうだったから話さなかったが……。

家を買ったことも報告しておきたい。

王子用に……麦わら帽子、小型冷蔵庫、デグロアックスの両手斧、ウォルドの魔法剣辺りを持っていこうか。鑑定と買い取りを終えたイノセントアームズこと俺たちは、ほくほくと満足した表情を浮かべながら、スロザの店をあとにした。皆で、俺の家へ戻る。

仲間たちは装備類を外し、リビングルームでくつろぎタイムとなった。

奴隷たちにも来てもいいんだぞと伝えたが……。

『大部屋と庭のお掃除《そうじ》をします』と、丁重《ていちょう》に断りママニを先頭に離れた。

高級奴隷だけに戦闘以外でも働くつもりらしい。

その際に、今回の特別報酬だ。と、高級奴隷たちへ金貨を配る。

彼女《かのじょ》たちは拒否《きょひ》らずに、敬礼をしながら受け取ってくれた。

戦闘だけで十分なんだが、今度、専門のハウスキーパーでも雇《やと》うか。

メイドさん。へへ、綺麗《きれい》な女のメイドさんを……。くつろぎながら、卑猥《ひわい》な妄想をしていると、

「……ねね。わたし、歩いている途中で、怖《こわ》くなってきちゃった」

レベッカだ。弛《ゆる》んだ表情で椅子《いす》に深く腰掛《こしか》けながら話していたが……。

途中で、怯《おび》えた表情に変化していた。

「どうして？」

「だって、凄《すご》い大金なんだもん。金貨はアイテムボックスの中に入れてあるけどさ……生まれてこのかた、こんな大金を持ち歩いたことなかったから……」

そりゃそうか。

依頼と金箱を含《ふく》めて、宝石、金塊と銀塊だけでも、もの凄い大金になったからなぁ。

「心配なら俺が預かってもいいんだぞ？」

「あ、シュウヤなら安心かも」

「俺は歩く銀行じゃないから、すぐに下ろせないかも？」

少しふざけて言う。

「ふふ、わかってるわ。でも、シュウヤなら安心して預けられる。これほど安全な聖魔銀行はこの世に一つしかないと思う」

「ん、確かに、レベッカに完全同意」

「そうですね、ご主人様ですし、襲《おそ》い掛かってくる泥棒《どろぼう》は全員が、股間《こかん》を潰《つぶ》されて死ぬでしょう」

彼女は前の出来事を覚えていたらしい。

「それで、俺が預かるか？」

「ううん」

「レベッカ、ギルドの銀行と聖魔銀行に、倉庫街にある有名商会の荷物預かり店も信用できる」

レベッカの隣《となり》にいるエヴァが、真面目に助言している。

「そうね、ただ、さっきと言葉が矛盾《むじゅん》しているけど、大金を持ち歩く感覚も味わいたかったの……バカみたいでしょ」

「ううん、そんなことない。わたしも店の売上金を持ったとき、そんな感じだった」

微笑《ほほえ》む二人。そういや、お茶とか出していなかった。

アイテムボックスから、水差しを出す。中身は黒い甘露《かんろ》水。

すると、ヴィーネが気を利《き》かせた。ゴブレットを出してくれた。

「あ、黒い甘露水?」

「飲んでいい?」

「どうぞ。前に飲みたいと言っていただろ」

「うん、ありがと、わたしが入れるね」

レベッカが二つのゴブレットに黒い甘露水を注ぐ。

「ん、頂きます」

エヴァはゴブレットを口へ運んで飲む。

「美味《おい》しい」

「うん、お代わりが欲しいかも」

「いいよ、全部飲んで」

まだ大量にある。レベッカは空になったゴブレットに甘露水を入れていた。

「これ、色々な物に使えるのよね。紅茶の砂糖代わりとか」

「ん、料理にも」

「うんうん」

そこからはお菓子《かし》の旨《うま》い店の話に移行。

大鳥《おおとり》の卵料理が美味しい店の店長が変わった人族だとか。

エヴァが、「今度わたしの店に来て」と皆《みな》を誘《さそ》ったり、ヴィーネも「珍しい書籍を売る雑貨店ならわたしも知りたい」と会話に加わっては、アクセサリーの店をレベッカが皆に勧《すす》めたりする。ガールズトークだ。

俺は一人……膝《ひざ》の上で寝《ね》ている黒猫《ロロ》を撫《な》でながら黙っていた。

ヴィーネとエヴァとレベッカの楽しそうな話を聞くだけでも何か、幸せな気分になれた。

ま、相棒の喉を梳《す》くのも幸せなんだが……。

と、時間的に昼過ぎか。くつろいだところで腹が減ってきた。

鍋《なべ》を迷宮《めいきゅう》の中で食ったきり何も食べていなかったし……。

昼飯でも作って、ランチタイムとしゃれこむか。

皆も腹が減っていないか、割り込む形だが、聞いてみるかな。

「――なぁ、盛り上がってるところ悪いが、皆、腹は減ってないか？」

「ん、減った」

「わたしも！　ぺこぺこ、ぺこりーなよ！　美味しそうな食事の話をしていたし。ちょうど美味しいもの食べたいなぁ～て、思ってたとこ」

「にゃ、にゃ、にゃんおぉ」

起きていた相棒がレベッカのおかしな言い方に反応していた。

「はい。わたしもお腹《なか》が空きました」

「それなら、外に食べに行くのもいいが、俺が何か作ろうか？」

「うん！　どんな料理なの？」

レベッカが身を乗り出して、楽しげな表情を見せながら聞いてきた。

「まだ決めてないが、肉と野菜を使った料理かな」

パンもあるし、ハンバーガー的なもんでいいだろう。

「ん、楽しみ」

「ご主人様、この間の？」

エヴァは微笑み、ヴィーネがそう聞いてくる。

「そう。似ている料理。んじゃ向こう《キッチン》で作ってくる」

「手伝うわよ」

「ん、わたしも」

「わたしもです」

三人とも手伝いたいらしいが、必要ないな。

「料理的に三人も必要ないが、それじゃ、キッチンルームにある調理台の上に食器と、こっちの机にゴブレットとかを用意しといてくれ」

「了解《りようかい》」

「ん、わかった」

「はい」

「にゃ」

皆、納得顔《なつとくがお》。

先にヴィーネが動き、エヴァも魔導車椅子《くるまいす》を変形させて食器棚《しよつきだな》へと移動していた。

「あ、わたしもっ」と、レベッカも続く。黒猫《ロロ》も反応。

皆が動くからか、真似《まね》をするように彼女たちの足下《あしもと》を行ったり来たりしている。

しかし、三人で食器を持っても仕方ないと思うが、まぁいい。

俺は微笑しながらキッチンに向かった。

新しく手に入れた冷蔵庫を取り出して設置。魔石もセット。

野菜、フルーツ類、卵などの食材を冷蔵庫の中に入れておく。

竈《かまど》に火をつけて、油を引いたフライパンを二つ準備。

調味料とスライスしたパンもこちらの調理台に用意してっと。

彼女たちが調理台の上に大きな皿を多数、並べてくれた。

彼女たちに対して笑顔《えがお》を向けてから……。

卵、小麦粉、玉葱《たまねぎ》、トマト系の野菜、レタス系の野菜、隠し味《あじ》に黒い甘露水も用意。

トマトと玉葱を細かくスライス――。

続いて、それらと一緒《いっしょ》に、適量の水と塩を合わせてフライパンに――。どばっとかけて、まぜて、まぜて、ぐつぐつと煮《に》込んでいく。

「シュウヤの手さばきが、凄いのだけど」

「ん、この間の鍋料理で、実力は折り紙つき」

意味が違うがこの世界に折り紙とかあるのかな。と考えながら、ルンガ肉の余りを使う。

挽《ひ》き肉《にく》を大量に作り、黒い甘露水少々と卵と少量の小麦粉を加えて混ぜ合わせていく。

「にゃ」

小麦粉と肉を混ぜたことが不思議だったのか、黒猫《ロロ》が足を伸《の》ばして、一緒に小麦粉と肉を混ぜようとしてきた。

「ロロちゃんっ」

すかさず、レベッカが黒猫《ロロ》を抱《だ》きしめた。

後頭部にキスをお見舞《みま》いしてから、胸前で抱っこ。

「はぁ～、癒《い》やされる。なんて可愛《かわい》いのっ」

「ん、次はわたしの番」

「ロロ様が、おもちゃに……」

とか言っているが、黒猫《ロロ》の肉球をさり気なく揉《も》んでいるヴィーネさんだ。さて、料理に集中しないと。前はキャベツを使ったが、今度は刻んだ玉葱だけだ。

ハンバーグのタネを幾《いく》つも作った。煮込んでいたトマトと玉葱のソースはいい感じ。

水分が飛んでこってりとしたトマトソースが出来上がっていた。

短剣の剣先《けんさき》を赤いソースへと突っ込む。

赤くなった刃先を舌でねっとりと舐めて味の確認《かくにん》。

うむ。殺し屋気分で刃をぺろ～りと、変顔を浮かべて舐めた。

「舌を切らないでよ？　変顔はおいといて、味は美味しそうね」

「ん、トーマーのいい匂《にお》い」

トマトではなくトーマーなのか。何気にカルチャーショックだよ。

だが、シンプルなトマトソースは完成だ。

よし、今度は別のフライパンでハンバーグを焼く。

焦《こ》げないように気をつけて、蒸《む》すことをイメージしながら何個もいい感じに焼いていく。

残った肉汁《にくじゅう》をトマトソースと混ぜてソースを完成させた。

最後にパンとレタスの上にハンバーグを載せて、作ったトマトソースをかけて出来上がりだ。三つの皿の上にできたハンバーガーを用意。

「運びます」

「頼《たの》む」

「ん、行こう」

「楽しみね、リビングで食べましょっ」

料理を盛った皿を持ちリビングに皆で向かう。各自、皿を並べた。

「食べるわよー」

「ん、肉料理、楽しみ」

「ご主人様っ、唾《つば》が自然と出てきてしまうぞ」

ヴィーネは少し素になっていた。

「食べようか、タレと肉は美味《うま》いと思う」

「いただきますっ」

「ん……美味しい」

「……パンが硬《かた》いけど、肉と汁《しる》が合わさっておいしい」

「にゃおん」

よかった。味は大丈夫《だいじょうぶ》みたいだ。

三人と一匹《ぴき》が喜んで食っている様子に満足。

黒猫《ロロ》は口周りの髭《ひげ》が赤くなっていた。

「……シュウヤは？」

「あ、今、食べるよ」

「美味しいんだから、温かいうちに食べちゃわないとっ」

何故《なぜ》か、レベッカは母のように偉《えら》ぶる。

そんなレベッカには返事をせず、皆と一緒に食べる。

「……うまい」

ハンバーガーというより、ハンバーグだが、まぁこんなもんだろ。

途中《とちゅう》、メロンのようなフルーツも出して、皆で食べながら、黒い甘露水に氷を入れたジュースを飲む。こうして和気藹々《わきあいあい》と楽しく午後のひと時を過ごしていった。

「それじゃ、そろそろ日が暮れるし店に戻《もど》る」

「わたしも一緒に家に帰るわ」

エヴァとレベッカは背伸《せの》びをしながら、椅子から立ち上がる。

「了解、送ろうか？」

「ううん、さっき少しレベッカと話していた店に寄るから」

「ふふ、楽しみ」

エヴァとレベッカは仲良くお買い物らしい。

「分かった。それじゃ、また迷宮へいく時に誘うよ」

「うん、時々というか……毎日、暇《ひま》だったらこの家に来ていい？」

「前にも言ったろう。いいってな。この鍵《かぎ》を渡《わた》しとく――」

懐《ふところ》から家の合い鍵を取り出し、レベッカとエヴァへ投げて渡した。

「――ありがと」

「――ん、わたしもできるだけ、来たい」

レベッカとエヴァは鍵を受け取った。

「遠慮《えんりょ》なく来い。店の仕事に影響《えいきょう》がないようにな」

「ん」

エヴァは天使の微笑を見せる。リビングの外へと魔導車椅子《まどうくるまいす》を動かしていった。

遅《おく》れてレベッカもエヴァの魔導車椅子を後ろから押《お》して進めていく。

「それじゃあねー」

レベッカはエヴァにごにょごにょと語りかけて笑わせ、「せーの！」と声をかけると、

「ん！」と、エヴァの声が響《ひび》く。レベッカは魔導車椅子を後ろから押すことを楽しみながら、
段数が少ない階段を乱暴に下りていった。

エヴァは仰《の》け反《ぞ》るような姿勢で振《ふ》り返《かえ》る。

驚《おどろ》いた顔付きだったが、レベッカを見て笑っていた。

二人はそのまま仲良く笑い合いながら中庭を進む。

何か、本当に楽しそうだ。ほっこりする。大門が開いて見えなくなった。

さて、風呂《ふろ》経由でメルたちに会いに【迷宮の宿り月】へと向かうか。

カザネが接触《せっしょく》したいとか。その件を進めるのは……少し、億劫《おっくう》だが仕方あるまい。

「……風呂に入り、迷宮の宿り月に向かう」

『閣下、わたしの能力でお掃除します』

『いや、すまんな、今回は普通《ふつう》に入る』

『はい』

ヘルメとの念話はすぐに終わらせる。

「分かりました。食器を片付けて掃除をしておきます」

「おう、まかせた」

ヴィーネは笑顔で頷く。

大きなお盆《ぼん》にトーマーのソースが残った皿とゴブレットを重ねてキッチンルームに運ぶ。

彼女にこんな雑用はさせたくないな。やはり、メイドのような存在を雇うか。

武術街だから泥棒は少ないと思うが、一応は、家に誰《だれ》かいたほうがいいだろうし。

泥棒が来たら来たで面白《おもしろ》そうだが。

美人な泥棒さんなら大歓迎《かんげい》だ。野郎《やろう》の場合は、悪・即《そく》・斬《ざん》。いや、悪・即・突か。

「にゃお」

「ロロ、風呂に入るぞー」

黒猫《ロロ》は尻尾《しっぽ》をふりふり振ると、歩いて俺《おれ》についてきた。

一緒に樹の螺旋《らせん》階段を上る。

二階からベランダ経由で小さい塔《とう》の中にあるバスルームに移動。

装備類を脱《ぬ》いで、すっぽまん。バスタブで横になりながらお湯を入れた。

黒猫《ロロ》は跳躍《ちょうやく》してバスタブに乗り込む。

「にゃおん、にゃっ」

狭い縁《ふち》に乗ろうと、変な挑戦《ちょうせん》を繰《く》り返していた。

滑《すべ》ってはバスタブの中に落ちて、お湯に濡《ぬ》れる姿が面白く、とても可愛い……。

「……ロロ、変な挑戦を止めるぞ、体を洗うからな」

「にゃおあ」

いつもと声質が変わる黒猫《ロロ》さん。滑っている黒猫《ロロ》の首を掴《つか》んで、抱っこ。

頭部のお毛毛をチュッとしてから、鼻先をツンと突《つ》いて、石鹸《せっけん》を使い、あわあわの力で、相棒の胴体《どうたい》をゴシゴシと洗ってあげた。

「ンンン」

相棒も慣れた調子だ。が、急に不満そうな面を見せると、俄《にわか》に後《うし》ろ脚《あし》でバシバシと俺の太股《ふともも》を蹴《け》りつけてくる。痛かったが、我慢《がまん》した。俺もフルチンダンスを実行しながら、体を洗い、さっぱりパンパンしてから——お湯に浸《つ》かる——ふぅぅ。

いい湯だなぁと、前世の頃《ころ》を思い出し、歌を思い出す。

少しまったりしてから外へと出た。皮の布で体を拭《ふ》いて身なりを整える。

黒毛が濡れて体が痩《や》せて見えた黒猫《ロロ》さんだったが——。

そのふさふさな黒毛を皮の布で拭いている最中に黒猫《ロロ》は走って逃《に》げてしまった。

「――ロロ、先に一階に行ってるからな」

「ンンン」

相棒は喉声のみの返事。ベランダの先、屋根に向かう。

黒猫《ロロ》なりの遊びがあるんだろう。

近所の野良猫《のらねこ》やら、おしっこ&擦《す》りつけの匂いによる縄張《なわば》り争いはあるはずだ。

と、黒猫《ロロ》がゴルディーバの里でも行っていたであろう争いを想起した。

微笑みながら……ティア型のアーチを潜《もぐ》る。暖炉《だんろ》の間を通ってから螺旋階段を下りた。

一階へ戻った。

「ご主人様、出発なさいますか？」

「ヴィーネも風呂に入っていいぞ。俺のあとで汚《よご》れているが、陶器《とうき》桶《おけ》には、まだお湯が入ってるから」

「あ、すみません、では、急いで入ってきます」

「おう」

ヴィーネは走って螺旋階段を上っていった。

そのまま中庭へ出る。風呂上がりだが……軽い訓練をやろうか。

中庭の中央の訓練場に移動。そこで、深呼吸――。

ふぃぃぁ～と、変な気合い声を発しながら、外套《がいとう》を勢いよく左右に開く。

風を感じるように両腕《りょううで》を左右へ伸ばしてからの――。

魔槍杖を右手に召喚《しょうかん》。シャキーン。と、音が鳴った気分となった。

石畳《いしだたみ》に睨《にら》みを利かせた瞬間、腰《こし》を沈《しず》める。

体全体の捻《ひね》りを意識しつつ息を吐《は》く――と同時に魔槍杖を前方へ押し出《だ》す――。

〈刺突〉を繰り出す――紅《あか》い穂先《ほさき》が虚空《こくう》を穿《うが》つ。

アキレス師匠《ししょう》から『武法は呼吸に通じる。吐く息と吸う息。呼吸法は魔闘術と関《かか》わる大事なことだ』と教わった。魔闘術も深い。阿吽《あうん》の心は惑星《わくせい》セラにもある。

そこで、体重を前方に傾《かたむ》けることを意識したステップワークの確認をしながら――。

左手に魔剣《まけん》ビートゥを召喚。魔剣で斬《き》り上げと斬り下げを連続で敢行《かんこう》――。

魔槍杖で横から迫《せま》った敵を、薙《な》ぎ払《はら》う。

敵の胴体をぶち抜《ぬ》く想定のまま、くるくると体が横回転。

次は、爪先《つまさき》と踵《かかと》の体重移動、これは重要だ。指先の爪《つめ》までも、魔力《まりょく》の配分を意識する。

そのまま中庭から大門近くまで風槍《ふうやり》流の歩法を意識しながら――回転をストップ。

魔剣を消して、風槍流の技《わざ》『枝預け』の要領で、両手持ちの魔槍杖へと移行させた。

続いて、魔脚《まきやく》で石畳を強く蹴って跳躍――。

大門近くの壁《かべ》に足をつけたところで、その壁を走る。

イメージは忍者《にんじゃ》。重力に抗《あらが》えるぎりぎりの勢いで走《はし》り抜け、壁を蹴った。

身を捻りながらの三角跳び。視界の景色から俺が今どんな方向を向いているのかを瞬時《しゅんじ》に理解しつつ――隅《すみ》にある芝生《しばふ》の地面へと魔槍杖を振り下ろした。

紅斧刃《べにおのば》を芝生と衝突《しょうとつ》させてしまった。芝生が捲《まく》れ、土が弾《はじ》け飛《と》ぶ。

ヤバッ、調子に乗って寸止めせずにぶち当ててしまった。

急ぎ捲れた土をかき集めて、強引《ごういん》に埋《う》める。

――ふぅ、こんなもんでいいだろう……。

訓練はこの辺にして、奴隷《どれい》たちの様子でも確認しておくか。

中庭を歩きながら魔槍杖をくるくると掌《てのひら》で回転させてから仕舞《しま》う。

扉《とびら》を押し開《ひら》いて、中に入ると、奴隷たちは中央の机に集まって談笑《だんしょう》していた。

机に食事の跡《あと》が見える。だれかが作ったらしい。奥《おく》の調理場から、食材の匂いが漂う。

「あ、ご主人様」

フーが最初に気付く。他の奴隷たちも俺に気付いた。

一斉《いっせい》に立ち上がると走りよってくる。

「よっ、皆は食事を終えたところだったのかな」

皆、リラックスした面持《おもも》ちだ。装備品は軽い物しか装着していない。

「はい！　掃除を終えたので、皆で休んでいました」

「はいっ」

「そうです」

「そうだ」

蛇人族《ラミア》のビアは長い舌を伸ばして奴隷らしくない口調で話しかけてくる。

「そこの食材もこのまま放置すると腐《くさ》るだろうから、本館にある冷蔵庫に食材を入れて自由に使うといい」

「ありがとうございます」

「主人は気が利く、素晴《すば》らしい」

「はい、わたしたちは幸運です、命を救ってもらい、装備まで……」

メイドについて少し、彼女たちに聞いてみるか。

「なぁ、メイド的な使用人を雇おうと思うんだが、お勧め的な商会はあるか？」

「はい」

金髪《きんぱつ》のエルフ、フーがいち早く挙手をして答えてくれた。

「それは？」

「商会から推薦紹介《すいせんしょうかい》してもらうのも一つの手。使用人ギルドを利用するのがいいかと。そこなら、様々な使用人たちが登録しています。すぐに雇い入れることが可能です」

へぇ、使用人ギルドか。商会からの推薦《すいせん》もいいかもしれない。

例えば、キャネラスに紹介《しょうかい》してもらえれば……。

この間の【ユニコーン奴隷商館】で働いていた銀髪《ぎんぱつ》の渋顔《しぶがお》使用人……。

モロス。彼《かれ》のような執事《しつじ》を紹介してもらえるかもしれない。

「わかった。お前たちを扱《あつか》った【ユニコーン奴隷商館】のキャネラスに頼めば、それなりの使用人を紹介してもらえるのかな？」

「はい。それは確実でしょう」

フーは力強く保証してくれた。すると、

「――ご主人様っ」

「ヴィーネ」

彼女は焦燥《しょうそう》感を顔色に出したまま、寄宿舎の入り口に立っていた。

「どうした？」

「見当たらなかったので、不安に……」

置いてかれたと思ったのか。銀仮面は装着しているが、まだ少し銀髪が濡れていた。

「大丈夫。ヴィーネを置いてはいかないさ」

「はいっ」

彼女は素直《すなお》にほっとしたような笑みを浮かべる。可愛い顔だ。

「迷宮から直だし、疲《つか》れているなら寝ていいんだぞ？」

「大丈夫です。迷宮内で休憩《きゅうけい》しました。大も小も済ませました。何より、わたしはダークエルフ。この程度は負担になりません。きつい時はハッキリと言いますので」

彼女は少しプライドが傷付いたのか、不機嫌《ふきげん》気味？　それとも……。

「そっか」

留守は奴隷たちに任せるとして、

「お前たち、俺たちは外に出かける。この家の留守を頼んだ。母屋《おもや》で食事も自由にするといい」

「分かりました」

「はい」

「承知した、食う」

「お任せください」

ヴィーネと一緒に踵を返して寄宿舎を出た。中庭を歩きつつ大門に向かう。

「ンンン、――にゃおおん」

黒猫《ロロ》だ。本館の母屋のほうから走ってきた。

「遅《おそ》いぞ、ロロ」

「にゃ」

黒猫《ロロ》は俺の足に頭をすり寄せる。

やや遅れてヴィーネの足にも小さい頭を寄せてきた。

相棒は、耳を当てるように後頭部を寄せては胴体と尻尾も寄せて尻尾を足に絡《から》ませる。

甘《あま》えるのが上手な黒猫《ロロ》だ。

「ロロ様……」

ヴィーネは嬉《うれ》しかったようだ。パンティが見えそうなくらいに両膝《りょうひざ》を曲げた。

姿勢を低くしながら黒猫《ロロ》の頭部を撫でていた。

「……外へ出るぞ」

と、言いながらもヴィーネの悩《なや》ましいゾーンを、俺の視線が捉《とら》えていたことは……神のみぞ知る。

第百四十二章「始まりの夕闇《ビギニング・ダスク》」

神獣《しんじゅう》ロロディーヌに乗って空を飛ぶように【迷宮の宿り月】に到着《とうちゃく》。

もう夜だ。手前のオブジェからの淡《あわ》い光の点滅《てんめつ》が軒《のき》と壁を射《さ》し丸い月を象《かたど》る。

が、通りに溢《あふ》れた影《かげ》はレールのように伸びていた。その影のレールをひた走る野良猫たちが愉《たの》しげな影絵《かげえ》を展開する。ランタンのオブジェは、独特で誘蛾灯《ゆうがとう》のようにも感じた。

すると、蝉《せみ》の鳴き声が響く。ゼッタの蝉かな？

風情《ふぜい》を感じながら神獣ロロディーヌから飛ぶように降りた。

ヴィーネも降りながらよろけたが体勢を整えている。

馬か獅子《しし》に近い神獣の姿から、黒猫の姿に戻った相棒は、いつもの肩に納まった。宿り月の玄関扉《げんかんとびら》を開けて入る。癒やしの歌声が出迎《でむか》えた。シャナの歌声だ。相変わらず素晴らしい声。

耳から大脳までを優《やさ》しく撫でられているかのような……。

凄《すさ》まじい癒やしの効果。歌声に誘われて食堂へと向かう。

ステージでシャナが歌っていた。シャナは腕《うで》を広げるポーズを取りながら、声を高めた。

周囲のボルテージが上がった。美人の歌手さんでもあるからな。当然か。

すると、シャナは新しく入ってきた俺たちを見て、『あ、発見』というように頭部を僅《わず》かに傾ける。

可愛くウインクを繰り出してきた。周りの客が、更《さら》にざわついた。

「今、おれにウインクした」

「いや、俺だ」

「俺だ、俺だ」

「かわいい、あの目はわたしに向けられたのよっ」

「違うわ、わたし！」

騒《さわ》ぎとなったが、自然と客たちは歌声に魅了《みりよう》されたように、静かになる。

歌い手のシャナの声に夢中。さて、メルはどこかな……視線を巡《めぐ》らせると、

「シュウヤさん、よかった。急いでこっちに来てください」

メルだ、食堂の奥にある扉の前にいる。表情は険しい。

ヴィーネとアイコンタクトしてから、メルに近寄った。メルは扉を開けて、

「すみません。此方《こちら》です」

と、促《うなが》した。俺たちは頷《うなず》いて、扉の先にある螺旋階段を下る。

地下の大部屋の前に到着。その扉を潜《くぐ》って、ひんやりとした地下空間に入った。

会議室的な円形の地下空間。広いが、中央の床《ゆか》が窪《くぼ》んでいるのは前と変わらない。

「それで、何かあったのか？」

「はい。あの、ですね……今、戦争中なのです」

いつものメルらしくない。言いにくかったようだ。

「……戦争？　闇《やみ》ギルド同士か？」

「はい。三つの組織から喧嘩《けんか》を売られている状態なのです」

「なるほど、で、カザネの件はどうなった？　俺はそれで来たんだが」

敢《あ》えて戦争の話題はスルーした。

「向こう側にシュウヤさんの主旨《しゅし》は伝えました。ですが、わたしたちは戦争中で忙しい」

「……そんな顔をしないでください。シュウヤさんが関わりたくないのは分かります。でも、吸血鬼《きゅうけつき》のヴェロニカが天敵との戦いに敗れて傷を……」

あのヴェロニカが……

「ポルセンとアンジェも狂騎士《きょうきし》相手では分が悪い。そして、狂騎士とその仲間は強い。このままでは、〝食味街〟と〝市場街〟の縄張りを取られてしまう。そして、いずれは、こここにも敵が押し寄《よ》せてくるかもしれない。この宿には、マギットがいますから、大丈夫とは思いますが……とにかく戦況《せんきょう》が芳《かんば》しくないのです。今は少しでも戦力が欲《ほ》しい。ですからシュウヤさん――厚かましいお願いですが、わたしたちを助けてください。お願いします」

メルは頭を下げて両膝を床に突けた。土下座ではないが、神に祈《いの》りでも捧《ささ》げるような仕種《ぐさ》だ……参ったな。総長、団長、盟主、頭、リーダーとしてのプライドを捨てたか。

しかも美人にここまで頼まれたとなると……。ヴィーネは冷然とした表情でメルを見つめていた。

しかし、メルがさりげなく指摘《してき》した白猫《ねこ》のマギットは、ここを守る秘密兵器か。

首輪に嵌《は》まった、あの魔宝石的なアイテムが関係している？

さて、そんなことより、今か。どうするか。面倒《めんどう》な戦いはごめんだが……。

今までの誼《よしみ》もある。人情的に【月の残骸《ざんがい》】に助太刀《すけだち》したい。あ、そうだ……思いついた。

「……助けてやってもいい。しかし、条件がある」

「な、なんですか？」

そのタイミングで、ヴァンパイア系として光魔ルシヴァルとして目に力を入れる。

「……俺の軍門に降《くだ》れ」

「いきなりですね。忠誠を誓《ちか》えと？　貴方《あなた》が【月の残骸】の総長、または盟主に？」

メルは俺の双眸《そうぼう》をジッと見る。意中を読もうとしているんだろう。

そのメルは、迷うように、顔を逸《そ》らして逡巡《しゅんじゅん》している。

蜂蜜《はちみつ》色の髪《かみ》が揺《ゆ》れていた。顔色からして、動揺《どうよう》しているはず。

『閣下、素晴らしいお考えです。軍勢を作る気持ちがあったのですね！　ふふ』

『少し違うが、ま、仲間のためだ』

視界に現れた常闇《とこやみ》の水精霊《せいれい》に、そう念話で気持ちを伝えてから、目の前のメルに対して、

「勿論《もちろん》、忠誠は誓ってもらう。しかし【月の残骸】の総長はあくまでメルさん。貴女《あなた》だ」

あえて、さん付け。メル的には『毒を以《もっ》て毒を制する』つもりなのかも知れない。

んだが、俺を利用するつもりなら……。

お前も利用させてもらうという皮肉も込めたつもりだ。

そして、ヘルメにも告げたが【月の残骸】を支配下に置けば……エヴァとレベッカにも陰《かげ》ながら守りの人員を配置しておける。強さ的にエヴァには必要ないとは思うが……。

一度レベッカが誘拐《ゆうかい》されてしまっている。その【梟《ふくろう》の牙《きば》】には対処したつもりだが……。

何が起こるか分からない。だから、彼女《かのじょ》たちを不幸な目に遭《あ》わせたくない。

イノセントアームズの仲間たちを、彼女たちを守りたい。

「それはどういう……」

メルの真剣《しんけん》な眼差《まなざ》しが、俺の真意を見定めようとしているのだろう。

「どうもこうもない、【月の残骸】のすべてを俺がもらう。しかし、実際に俺の手足となって動くのは貴女だ、ということだよ」

俺の種族は光魔ルシヴァル。光でもあり闇でもある。ま、悪人だ。

そして、わくわくしている闇側の自分がいる。

「……本当に【月の残骸】を救ってくださるのですね？」

問うように聞いてくるが、メルの茶色の瞳《ひとみ》は揺れて、まだ迷いの色が見えていた。

少し涙《なみだ》目になっている。

「あぁ、手出しする奴《やつ》は根絶やしに。ヴィーネもついてくるよな？」

「無論です。至高なるご主人様。敵対する闇ギルドを根絶やしにしましょう」

なんか、ヘルメの口調に似ている。真似したのかな。

『閣下、ヴィーネは見所があります。そして、戦いに赴《おもむ》かれた際には、わたしもお使いください ね』

『分かった。使うか分からないが頼むかも知れない』

『はい』

小型ヘルメは、その場でくるくる踊《おど》るように回って消えていく。メルは俺を凝視《ぎょうし》。とくに左目を凝視してくる。右目の横の頬には、カレウドスコープの金属素子があるから右目のほうに注目するなら分かるが……メルは俺の左目に宿るヘルメに気付いた？

メルには、ヘルメの姿は見えていないとは思うが……。

魔察眼《まさつがん》が優秀《ゆうしゅう》なら、ある程度の差異は分かるか。そのメルは、

「……解《わか》りました。ですが、返事は結果を見てから。で、宜《よろ》しいですか？」

曖昧《あいまい》だな。俺がすべてを片付けたあと、掌を返す可能性もありか。

いや、そんなことはしないはず。メルたちは結構芯《しん》がある。

メル自身も気風がいい女性だし、ヴェロニカは俺に〈血魔力〉を教えてくれたヴァンパイアの先輩《せんぱい》だからな。ロリババアだが、俺の進化を促してくれたヴァンパイアとしての姉的な存在でもある。カズンさんの料理も美味い。ポルセンとアンジェも知り合いだ。

だから、正直、この闇ギルドのメンバーたちを気に入っている。

「いいだろう。前線の食味街に向かうとして、戦っている相手の組織名は？」

「【覇《は》紅の舞《まい》】、【夕闇の目】、【黒の手袋《てぶくろ》】の三つの組織ですが、新たに雇《やと》い入れた強者もいるようです」

【夕闇の目】の狂騎士なら一度、相対したことがある。ミラとリュクスは元気かな。

「カザネのグループとの関係は？」

「ありません。【アシュラー教団《あそこ》】は中立の立場を守ることが多い。だからこそシュウヤさんに構う姿を見せる【アシュラー教団】の行動に異質さを覚えていますが……」

そのメルの言葉を聞いて、城塞《じょうさい》都市ヘカトレイルの貴族街を巡ったことを思い出す。

春の季節。ポポブムとの旅だ。

その貴族街には【キーラ・ホセライの占《うらな》い屋。運命神アシュラーの導き】の宣伝看板が置いてあった。他にも【魔金細工店ジル】の〝指輪は天下の回り物〟や、オセベリア芸術大賞五八九……と彫《ほ》られた看板もあった。

今年は、オセベリア歴五百八十九年ってことだろう。

「そのカザネと俺は会っているからな。で、その【アシュラー教団】だが、他の地域、他の都市に跨《また》がる一大宗教組織と聞いた。ならば巨大《きよだい》な影響力《えいきようりよく》があると思えるが……」

「そうですね。各地に宗教組織としての影響力を持ちます。しかしながら、ペルネーテではあくまでも【星の集《つど》い】の配下。【アシュラー教団】ではありますが【戦狐《いくさぎつね》】というグループです。縄張りも極《ごく》小さい範囲《はんい》。そして、八頭輝《はっとうき》という名目たちを守る立場であり、年末のオークションを円滑《えんかつ》に進める集団。要は都市ごとに違う【魔術《まじゆつ》総武会】的な側面もあるということです」

「【魔術総武会】か。宗教組織の【アシュラー教団】は魔法《まほう》ギルドとの繋《つな》がりもあるってことかな？　分かった。それじゃ食味街に行こうか」

「はい。少々お待ちを」

メルは通路の一室に駆《か》け込んで数分後、若干《じやつかん》息を切らしながら地下の会議室に戻ってきた。急いで装備を整えたようで、しっかりした戦闘《せんとう》装束だが、軽装で、鎖骨《さこつ》から覗《のぞ》かせる肩紐《かたひも》が魅力的《みりよくてき》。胸から下げたベルトに短剣《たんけん》類が収まる。

月と猫のバックルが可愛い腰ベルトには長剣《ちようけん》と短剣《たんけん》がぶら下がる。

小物類が備わるアイテムボックスらしき小さい箱もあった。

魅惑的《みわくてき》な太股と細く長い足が綺麗《きれい》だ。筋肉もあり、無駄《むだ》がないヴィーネと比べるのは失礼だが、それほどに洗練されている。魔力が漂《ただよ》うグリーブ系の戦闘靴《せんとうぐつ》も渋い。

そのメルは、俺に対して、足をわざと見せてくる。

俺の視線に応《こた》えようする気概《きがい》もいい女だ。

そのメルは、踵から足首にかけて、どういうわけか、大きな穴が空いていた。

「——行きましょう、此方です」

メルが案内してくれたのは、俺たちが下りてきた螺旋階段ではない。

会議室から岩の階段を上がった先にある通路だった。

ランタンが灯《とも》された地下通路。その洞穴《ほらあな》は沢山《たくさん》ある。

「知っていると思いますが、この穴は街の至る所に通じています」

と、メルが歩きながら教えてくれた。すると、風を感じた。

洞穴の斜面《しゃめん》を駆《か》けた生暖かい風か——そんな風の後を追うようにホラ貝的な音が洞穴の至る所から響いてきた。メルが行き止まりで足を止める。

「この上です」

と、指先を上に向けた。縦の穴か……天辺《てっぺん》は昏《くら》い、ここからでは上のほうが見えないが、目の前の壁には梯子《はしご》があった。その梯子にメルは足を掛《か》けた。

「梯子は少し湿《しめ》ってますが、頑丈《がんじょう》です。行きましょう」と梯子を登るメル。

俺も「分かった」と梯子に足を掛けて登った——。

「ンン」

相棒も壁の梯子に肉球タッチ。ヴィーネも俺の下から続く。

その際に、メルの魅力的な太股とお尻《しり》さんが見えてしまう。

一瞬《いっしゅん》、視線を外すが——足を止めたメルのお尻さんが——。

俺の顔と衝突。柔《やわ》らかい！

「あっ、すみません。滑りやすいので」

「気にするな」

黒パンティをしっかりと拝見した。

「にゃお」

「あぅ」

相棒からも肉球アタックをお尻と太股に受けていたメルだ。

急いで駆けるように梯子を登るメルが可愛《かわい》く見えた。

そのメルが足を止めた。再び、メルのお尻に顔が当たる寸前で、俺も足を止めた。

メルの真上には、マンホール的な木製の蓋《ふた》があった。

蓋と繋がるロープが垂れている。メルは、腋《わき》を晒《さら》すように、腕を上げて自身の蜂蜜色の髪を退《ど》かすように、そのロープを下に引っ張った。その途端《とたん》、蓋が左右にパカッと開いた。

突風《とっぷう》的な風が前髪《まえがみ》を揺らす。

メルの香水《こうすい》と体臭《たいしゅう》が鼻孔《びこう》を刺激《しげき》する。

「――地上に出ます」

メルは梯子を伝って地上に出た。俺とヴィーネも続いて、地上に出た。

当然、夜。月と街の明かりで、視界は良好――。

俺には夜用のスキル〈夜目〉があるから、あまり昼と変わらないが。メルが、

「ここは宿り月の南東、食味街は、ここから東――第二の円卓《えんたく》通りの近くです」

「了解《りょうかい》、案内してくれ、ロロも変身を」

「にゃ」

メルの足に頭部を擦りつけていた黒猫《ロロ》さんだ。

瞬《また》く間《ま》に黒馬ロロディーヌへと変身を遂《と》げた。

「こ、これは……きゃっ」

ロロディーヌは六本の触手《しょくしゅ》で俺たちを捕《つか》まえると、素早《すばや》く自らの背中に乗せる。

「あわわ、乗ってしまった……」

メルは慌《あわ》てている。

「ロロ様に、鞍《くら》は必要ないのです」

「あ、はい、そのようですね、太股で挟《はさ》む黒毛の感触《かんしょく》といい普通の馬とは違《ちが》います。背中の筋肉が自然と私に合わせてくれているのでしょうか……素晴らしいです。神獣様……」

相棒に乗った感想を寄越《よこ》すメル。フィット感は抜群《ばつぐん》だろう。

で、フィットだがもう一つ、ある重要事項《じこう》がある。

そう、ヴィーネ《ヴィーネ》の巨乳とメルの巨乳さんだ。ダブルで俺の背中にフィット中。

前門の青白巨乳と後門の白巨乳《メル》。

虎《とら》と狼ではないが、素晴らしい巨乳サンドイッチだ。

「……俺の部下になるのなら、この程度で驚いていては務まらんぞ」

鼻の下を伸《の》ばしながら、偉そうに語ってみた。

「そうですよ」

真正面から、俺を抱《だ》くヴィーネも、そう自慢気《じまんげ》に喋《しゃべ》っていた。

そのヴィーネからバニラ系の香《かお》りが漂う。

女としての色気がダイレクトに俺の股間《こかん》を刺激する。

若干反応してしまうが、これは男として仕方がない！

「そのようですね……はぁ」

メルの呆《あき》れるような声にビクッと反応してしまったが、表情を引《ひ》き締《し》めて、

「場所を指示してくれ」

「はい、このまま東へと真《ま》っ直《す》ぐに、お願いします」

「ロロ、全速力ではなく、速歩程度でいいからな」

相棒の黒毛を優しく撫《な》でながら、指示を出す。

「にゃおん」

といっても、そのトロット《速歩》が速いんだが——。

メルは黒馬《ロロ》の走る速度に驚いた。

――俺の腰を抱く力が強まった。背中さんの柔らかい膨《ふく》らみが嬉しい。

あまり指摘はしないが、正直、この柔らかい感触を受けて喜ばない男はいないだろう。

そして、東に到着。血の匂《にお》いを感知。手綱《たづな》を緩《ゆる》める。

相棒も速度を落として常歩で進む。「ガルルゥ」とレアな唸《うな》り声《ごえ》を上げていた。相棒も
血の匂いと闇ギルド同士の抗争《こうそう》を感じ取ったようだ。

「どこだろう」

「……もう近くです。そこの通りを右に曲がった先が食味街となります。もうここは戦場。

敵の構成員がいるかもしれません」

……確かに魔素《まそ》の気配が至る所にある。

「激戦区はどこだ」

「上です――」

メルが指を伸ばした先を見る。建物の屋根瓦《やねがわら》の上で、多数の人影《ひとかげ》が舞《ま》う。

――闇ギルドの人員たちが戦う姿を、はっきりと視認《しにん》。

刀と刀の衝突。鍔迫《つばぜ》り合いを制した人物が相手を蹴り倒《たお》す。

その蹴った人物が倒した人物に詰《つ》め寄って、頭部に刀を突いて止めを刺《さ》した。

が、その人物の胸元《むなもと》に刃《は》が生えた。背後の他の者から攻撃《こうげき》を受けたか。

「本当だ。降りるぞ」

「はい」

メルは降りた直後、腰を抜かしたように倒れてしまったから支えてあげた。

「あ、ありがとう」

「いつものことだ――」

相棒の機動に少しは慣れているヴィーネも、まだヨタヨタしているからな。

周囲を見てから、メルの背中から手を離して、そのメルを見ながら、

「激戦の戦いに加わるとして、何か、仲間だと分かる目印はないのか?」

「あります。二つの月マークを記した布の腕章《わんしょう》。魔力が宿るマフラーとワッペン。それ以外は敵となります」

「了解した」

「はい。ここに三つの腕章があります。装着を」

俺とヴィーネは腕章を腕に巻きつけた。

ロロディーヌは中型の黒豹《くろひょう》に変身。首輪もあるが、その首に腕章をくくりつけた。

「相棒、お洒落《しゃれ》さんだな」

「ンン、にゃ」

「ふふ」

「よし、二人とも、戦いに交ざるが、心構えはできているか?」

「ンン、にゃお」

「はい!」

黒豹ロロディーヌとヴィーネは元気よく返事を寄越す。俺は頷いた。

「ベネットも屋根の上かと。わたしもすぐに向かいます」

「夜だから、間違《まちが》えて仲間の兵士をやったらごめんな」

「……間違えないように、お願いします」

メルは俺のふざけた口調が気に食わないのか、視線を鋭《するど》くさせる。

怖《こわ》い視線だ。冗談《じょうだん》ではなく、本当に気をつけないとな。

「分かっているさ。さ、屋上の敵を倒すとしよう。ヴィーネ――」

「はっ」

外套を開いてヴィーネを抱き寄せつつ左右の手首から〈鎖《くさり》〉を射出――。

建物の屋根と反対側の建物の上部に〈鎖〉を突き刺した。

その〈鎖〉を収斂《しゅうれん》しつつメルを置いて素早く上昇《じょうしょう》――。

「あっ」

メルの声が下のほうから聞こえたが俺《おれ》たちは屋根に着地――。

両手から伸びていた〈鎖〉を直ぐに消す――。

ロロディーヌも建物に突き刺した触手を体に収斂させた反動で一気に上がった。

俺やヴィーネと離《はな》れた位置に着地。

「ご主人様、わたしは左の集団を」

と、ヴィーネは左側に走った。

「おう」

敵は突然《とつぜん》の闖入者《ちんにゅうしゃ》の出現に動きを止めていた。

ヴィーネと相棒の動きに連動する形で仲間の【月の残骸】の兵士が反撃《はんげき》を開始。

その間に【月の残骸】以外の敵の姿を確認《かくにん》。

「にゃご――」

相棒も攻撃を開始したと分かる。

さて、近い連中は黒装束と鉢巻《はちま》きを装着した十数人。

派手な赤帽子《あかぼうし》をかぶる銅鎧《よろい》の集団。

黒装束は【梟の牙】の幹部モラビを彷彿《ほうふつ》とさせる。

総髪《そうはつ》で青白いマントを羽織る大柄《おおがら》な武芸者もいた。

その総髪の武芸者の頭部には、六面体の魔宝石が回る。

赤帽子、黒装束、鉢巻き、総髪の武芸者、それらの集団の中には、総髪の青白いマントの武芸者以外にも魔闘術を駆使《くし》した手練《てだ》れが結構いる――。

俺は右手に魔槍杖《まそうづえ》を召喚。左手に魔剣ビートゥを召喚。

――飛来した短剣を魔槍杖バルドークの柄《え》で払う。

その短剣を〈投擲《とうてき》〉してきた黒装束の敵を一瞥《いちべつ》――。

二刀流。肩に刀の棟《むね》を乗せた強者。その黒装束が、

「槍使いか剣士《けんし》か。見ない顔だな。【月の残骸】の新手か？」

「そうだが、お前は？」

「俺はシャチ。飛剣二刀流のシャチだ」

「で、シャチさんとやら、もう短剣は寄越さないのか？」

「飛び道具が主力ではないからな」

……そうかい。さて、このシャチと、仲良くお喋りしている暇《ひま》はなさそうだ。

先に仕掛《しか》けるとしようか――魔槍杖の穂先を、その黒装束のシャチに差し向けた。

「――お？」

魔闘脚で前進――斜《なな》めに傾いた瓦屋根《かわらやね》の上を迅速《じんそく》に駆けた。

二刀流のシャチも、やはり強者。俺の動きに応えて前傾《ぜんけい》姿勢から袈裟懸《けさが》けに斬ってくる。

「速い」

その袈裟《けさ》斬りを避《よ》けつつ魔槍杖バルドークの〈刺突〉を繰《く》り出《だ》した。

シャチは「うぉッ」と声を発して体勢を崩《くず》しながらも、俺の〈刺突〉を右手の刀の鎬《しのぎ》で防ぐ――火花が散った――見事な武器と反応だ。

が、火花を浴びつつ前に出た俺は魔槍杖バルドークを同時に捻《ひね》って、そのシャチの刀を紅矛《ほこ》と紅斧刃に引っ掛けつつ左手の魔剣ビートゥを振《ふ》り抜いた。

ビートゥの赤い刃が体勢を崩したシャチの首に向かう。

が、シャチは仰《の》け反《ぞ》って赤い刃を避けるや左手の刀を返す――。

俺の下半身を狙《ねら》い斬ろうとする。咄嗟《とっさ》に魔槍杖を傾けた。

紫《むらさき》の柄の螻蛄《けら》首で、下から迫る刀を受け流した――。

更に刹那《せつな》の間で〈魔闘術〉を全身に纏《まと》う――〈槍組手〉を活《い》かす！

魔槍杖バルドークでシャチを押《お》し込みつつ風槍流『左風落とし』を実行。

左手の魔剣ビートゥを消去するや否《いな》や「え？」と驚《おどろ》くシャチの襟《えり》を左手で掴《つか》む。

その左手を手前に引くと同時にシャチの右足の脛《すね》を左足で払《はら》い蹴《け》った。

「――な⁉」

シャチは横に倒れる――屋根にシャチの頭部がぶつかる寸前に振った魔槍杖バルドークの紅斧刃がシャチの頭部ごと瓦屋根の一部を抉《えぐ》り飛ばした。

散った瓦《かわら》の一部が細かな礫《つぶて》となって散る――。

「――シャチさんが！」

「そ、そんな」

「――皆《みな》、要心しろ」

敵の集団が警戒《けいかい》を強めて、武器を構え直す。

『閣下、何かが来ます――』

ヘルメの警告の刹那、耳元に風音を察知――耳に激しい痛みを覚えた。

即座《そくざ》に頭部を傾《かたむ》け回避《かいひ》行動を取った。俺を狙った短剣が――瓦屋根に突《つ》き刺さっていくのを視界に捉えつつ爪先《つまさき》半回転を止める。

そして、半身の姿勢のまま、その短剣を寄越した野郎《やろう》を睨《にら》んだ。

――赤帽子の男か。両手の周りには、幾《いく》つも短剣が浮《う》く。

それらの浮いた短剣類は腕輪《うでわ》と魔線で繋がった状態。師匠《ししょう》やカリィが扱っていた導魔術《どうまじゅつ》系の能力ではない。腕輪と短剣のマジックアイテム効果で短剣を浮かせているのか。

続けて、その赤帽子の男は、ニヒルに嗤《わら》いながら短剣を寄越す。

俺は――魔闘術の配分を変えた。爪先と踵《かかと》の魔力《まりょく》配分も微妙《びみょう》に変化させつつ風槍流《ふうやり》『案《か》山《か》子《し》通し』を実行――肩に通した魔槍杖バルドークの柄で〈投擲〉の短剣を防いだ。

続いて風槍流『案山子独楽《ごま》』を意識。俺は赤帽子の男目掛《めが》けて前進。

赤帽子の男との間合いを詰めながら視線でフェイク。右腕《みぎうで》も微妙に動かす。

「チッ」

相手が反応したところで左肩《ひだりかた》を少し下げた。

狙いは魔槍杖バルドークの竜魔石《りゅうませき》で赤帽子の腹だ――他からは、回転した案山子が赤帽子の男を攻撃しているように見えるかも知れない。

そうして、赤帽子の男の鎧に竜魔石が吸い込まれると、その鎧と腹は陥没《かんぼつ》。

俺は『案山子独楽』の回転を左足の膂力《りょりょく》だけで止めた。

前のめりになった赤帽子の男は「ぐあぁ」と悲鳴を上げながらも、両手で自身の腹をぶちぬかんとする魔槍杖バルドークの柄を叩《たた》く。紫色《むらさきいろ》の柄から衝撃《しょうげき》が伝わった。

が、魔槍杖バルドークはびくともしない。

赤帽子の男は、「こなくそがぁぁぁ」と浮かせた短剣で反撃を寄越す――。

頬と首をその飛来した短剣の刃が突き抜《ぬ》けて痛いが、構わず魔槍杖に魔力を通して隠し《氷の》

剣《爪》を繰り出した。

竜魔石から伸びた氷の爪が赤帽子の腹に刺さる。

同時に風槍流『案山子通し』をもう一度行った。回転は先ほどと逆方向——。

当然、赤帽子の男の腹をぶち抜いた竜魔石から如意棒《にょいぼう》の如く伸びた氷の爪《隠し剣》が男の腹を横に割《さ》いた。

「腹がぁぁ」

と叫《さけ》びながら倒れた赤帽子の男は、腕輪と連動した短剣を飛ばす。

が、それらの反撃は乱雑だ。短剣類は味方と瓦屋根に突き刺さって誤爆《ごばく》。

最後の何本かの短剣は夜空で虚《むな》しく火花となって散った。赤帽子の男は、事切れる。

赤帽子の短剣野郎《たんけんやろう》は倒したが、まだまだ敵は多い。

ヴィーネと相棒の戦う様子を把握《はあく》しながら——。

魔槍杖バルドークの隠し剣《氷の爪》を消去。

その短い間に前方の黒装束の男を凝視——他と同じく剣士か。

俺は左肩を下げて後頭部と両肩《りょうかた》に通していた魔槍杖の長柄《ながえ》を、その下げた左肩と左脇《ひだりわき》の間に落としては、左腕《ひだりうで》に魔槍杖バルドークを携《たずさ》えて、半身の姿勢を取った。

すぅと空気を鼻で吸う。そして、口からふぅと息を吐《は》く。

風槍流の呼吸法を実践《じっせん》しつつ掌握察《しょうあくさつ》を実行――周囲との距離《きょり》を測った。

にじり寄ってくる黒装束の男を凝視――。

その直後、俺は魔脚《まきゃく》で瓦屋根を蹴った。黒装束の剣士の間合いを崩す狙いの直進だ。

黒装束の剣士は、急いで、俺の頭部を貫《つらぬ》こうと長剣を繰り出す――。

構わず右足で瓦屋根を潰《つぶ》すような踏《ふ》み込みから〈刺突〉を発動――。

俺の左腕が一本の槍と化した魔槍杖バルドークの〈刺突〉は強力だ。

魔槍杖の穂先《ほさき》が、その長剣を弾《はじ》きつつカウンター気味に黒装束の剣士の腹を捉え派手に穿《うが》つ。そして、その腹に突き刺した魔槍杖を素早く真横に引いた。

刹那、短剣の刃がチラつく。後方に跳《と》んで飛来してきた短剣を避けた――。

同時に、紅斧刃《べにおのば》にこびりついた臓物ごと魔槍杖バルドークを消去。

すると、左から魔素と殺気を察知――。

俺は左手に魔剣《まけん》ビートゥを召喚《しょうかん》しつつ爪先半回転を実行――殺気を感覚だけで避けた。

半身の姿勢のまま殺気の相手を視認。

攻撃してきたのは、短剣を寄越した奴ではない。髪がほどけた黒装束の剣士。

その剣士は返す刀で俺の首を狙う。その白羽を爪先半回転で避けた。

「ちょこまかと！」

そう叫びつつ黒装束の剣士が再び振るった鋭い白刃《しらは》が、爪先半回転中の俺を追うように伸びると、髪と鼻先を斬られた。鼻がすこぶる痛いが、その白刃を寄越した黒装束の鳩尾《みぞおち》を魔剣ビートゥの刃が捉えていた。鎖帷子《くさりかたびら》ごと腹を掻っ捌《さば》く。

「ゲェ――」

赤い鮮血《せんけつ》が散った。手応《てごた》えはバターでも切るような感触。剣術《けんじゅつ》はあまり関係ないだろう。

俺の種族の力と魔剣の鋭さだ。その魔剣ビートゥを消去。

両手に魔槍杖バルドークを再召喚すると、目の前に鉢巻きの剣士が迫《せま》った。

鉢巻きの剣士の形相は怖い。

が、構わず――魔槍杖バルドークを横に振るう〈豪閃〉――鉢巻き野郎の首を一閃《いっせん》。

相手の喉《のど》はぱくりと割れた。切断した首から血飛沫《ちしぶき》が迸《ほとばし》る。

その血飛沫を一瞬で吸い寄せつつショルダータックルだ――。

首を押さえた鉢巻き野郎を、俺は肩で突き飛《と》ばしつつ魔槍杖を右手に持って前進――。

次の狙いは赤帽子の男。その男は、俺が左手を上げたフェイクに掛かる。

そのまま長剣で俺の左手を貫こうとした。

甘《あま》過ぎる！　剣と槍の間合いの違いが分からないのか――と、半ば怒《いか》りに似た勢いのまま赤帽子の男の肩口《かたぐち》に魔槍杖バルドークの紅斧刃をぶち当てた。

肩から胸半ばまでが潰れた異音が響《ひび》くと同時に重たい手応えを右手に覚える。

右半身が潰れた赤帽子の男は苦悶《くもん》の表情を見せつつ仰向《あおむ》けに倒れた。

刹那、鉢巻きを装着した剣士が刀を振るいつつ目の前に躍《おど》り出《で》る。

魔素の遮断《しゃだん》からの迅速な一閃――。

俺は咄嗟に屈《かが》んで一閃を避けたが、額に痛みを覚えていた。

痛みと血飛沫と恐怖《きょうふ》で背筋が強張《こわば》ったが――。

アキレス師匠の〈導魔術〉を想起。複数の手練れの剣士が扱《あつか》うような長剣の類《たぐい》……。

あの師匠の扱う〈導魔術〉系のスキルのほうが怖かった。

鉢巻きを装着した剣士は間合いを保つ。

丁度いい。額の傷が癒《い》えるのを感じつつ魔槍杖バルドークの持ち手を短くした。

過去に戦ったオゼ・サリガンの短剣《たんけん》技術と歩法を活かすとしようか。

反復横跳《よこと》びとは違うが、横への歩きから急激に前へと――。

オゼ・サリガン風の剣突《フラッシュ》を繰り出した。

――短剣としての魔槍杖で鉢巻きを装着した剣士の胸を穿つ。

と、その魔槍杖バルドークを引くと同時に鉢巻きを装着した剣士の胸元に前蹴《げ》りを喰《く》らわせた。剣士は蹴りの衝撃で転がる。

その転がってきた仲間の死体を蹴り飛ばした大柄な男が、
「そこの槍使い！　俺が相手だ……」
そう発言。青白いマントを拡《ひろ》げると二剣を晒《さら》す。魔剣か。
総髪の男は嘲笑顔《ちようしようがお》だ。
魔剣の切っ先を、体の前で揃《そろ》えて中段に構えた。頭部の周りに六面体の魔宝石が光る。
六面体と両手の魔剣は魔線で繋がっている。
総髪の男から武芸者としての圧力を感じた。
その総髪の男は前傾姿勢で前進しつつ「〈龍皇ノ闘法《りゆうこう》〉」とスキルを発動。
六面体と繋がる魔剣から魔力が溢《あふ》れて迸る――。
俺は後退。風を孕《はら》んだ二振りの魔剣を避けた。
その直後――「――逃《に》げるのか？」と、その二つ魔剣がぶれて加速。
大柄な男自身も青白いマントから魔力を放出させると加速してきた。
即座に〈血道第三・開門〉――。
〈血液加速《ブラッディアクセル》〉を発動。
二つの魔剣が喉と腋に迫ったが、俺は仰け反って避けた。
すると、六面体が二つの魔剣と重なった。その魔剣から魔刃《まば》が迸る。

飛来した魔刃を魔槍杖の柄で弾くと、前進してきた総髪の男は俺の肩口を狙う。

その魔剣に魔槍杖バルドークの紅斧刃を衝突《しょうとつ》させた。火花散る間もなく――。

上から下に、下から上に――淀《よど》みない魔剣の連続攻撃。

続いて魔刃の飛来――魔刃を喰らいつつも何合と打ち合った。

半身になっては魔力を巧《たく》みに操作しつつ魔槍杖バルドークを大木のような体にぶち当てるが、体格に見合わないリュクスを超《こ》えた動きで対応された。

魔剣をクロスしながらの、フェイクを交えた――魔刃が厄介《やっかい》だ。

耳と右腕の一部が抉られた。掠《かす》めただけでも、首と頬の肉が弾《はじ》け飛ぶ。

普通《ふつう》の人族なら死んでいる。

『閣下に傷を……強者です！　わたしも戦います』

『ありがたいが、こいつはサシで倒す』

ヘルメに思念で応える間にも、右から迫る魔刃を避けたところに、蹴り技《わざ》がきた。

――魔槍杖バルドークの柄で蹴りを防ぐ。

直ぐに二つ魔剣の連続的な攻撃が始まった。

総髪の魔剣師が扱う二つの魔剣が、別の生き物のように見えた刹那――。

『導魔術の武器に惑《まど》わされるな。突くのは武器ではなく相手だ』

相手は〈導魔術〉を使わない武芸者だが……。

アキレス師匠の言葉が脳裏《のうり》を掠めたところで――。

全身の魔闘術を操作しつつ微妙に魔力配分を変えた。

普通の突きを防御《ぼうぎょ》させてから、魔槍杖の〈刺突〉を繰り出した。

その魔槍杖の紅矛の〈刺突〉を余裕《よゆう》の間で交差させた魔剣で受けた総髪の男。

「――風槍流の技術と魔力操作か。体の回復が異常に早いのは吸血鬼《きゅうけつき》か？　が、俺の魔刃は光属性が混じるから違うはず――」

と喋りながら魔剣を払う。その魔剣を扱う総髪の男から膂力をひしと感じた。

魔槍杖バルドークを押し返《かえ》した総髪の男は嘲笑《ちょうしょう》しつつ――

「魔闘術だけではあるまい？　なんの闘法を用いている？」

余裕が出たのか、俺に切っ先を向けて、そう聞いてきた。

「さあな――」

俺は切り札〈脳脊魔速〉を発動――。

同時に〈闇《やみ》穿・魔壊槍〉を繰り出す。

魔槍杖バルドークの〈闇穿〉が、嘲笑している総髪男の顔を穿つ勢いで魔剣と魔剣の間を貫くように突出――反応が遅《おく》れた総髪の男。

青白いマントごと、その分厚い胸元を貫いた。

その刹那――出現した壊槍グラドパルスが直進。

俺の加速状態に合わせて加速したように見える壊槍グラドパルス。

闇ランスは、そのまま魔剣ごと総髪の男の上半身をくり抜く。

と、壊槍グラドパルスは風を纏うように、総髪の男の死体と瓦屋根を巻き込みながら夜空の虚空《こくう》に消えた。壊槍グラドパルスの威力《いりょく》は凄《すさ》まじい。

魔壊槍というスキル名が示すように、まさに、魔界《まかい》の壊《こわ》し屋的威力。

「なんだ、あの消えたランスは！　雇った蒼《あお》の魔剣師が……しかし、力を消費したはずだ。今の内に仕留めるぞ。シャヒア、ラゾン、行くぞ」

「おう、喰らえやぁぁ」

「急に、なんなのよ！」

更《さら》なる敵が迫る。小柄《こがら》な剣士は俺の胴《どう》を薙《な》ぐように剣を振るう。

俺は盾代《たて》わりの魔槍杖の柄で、剣刃《けんば》を受けつつ左手に出現させた魔剣ビートゥを伸ばす。

小柄な剣士の喉元《のどもと》を一突《ひとつ》き――喉から空気が漏《も》れる音が響くと、そのまま背後に倒れていった。

「シャヒアが！」

「くそが！」

俺は爪先を軸《じく》に体を横回転させる。

足場が悪い屋根だろうが、どこだろうが、俺には関係ない。

【修練道】の訓練のほうが厳しかった――。

俺の左右から首と肩口を狙う袈裟斬りを見ながら――体を横回転させた。

二つの切っ先を避けた回転の勢いを魔槍杖に乗せて、黒装束男の首に紅斧刃を吸い込ませて首を刎《は》ねるや「――あっ」飛んだ頭部が、微《かす》かな声を洩《も》らした。

俺は流れる動作を止めず回転を維持《いじ》したまま、次の剣士を狙う。俺の肩口を斬《き》ろうとした剣士だ。その剣士の頭部目掛けて「天誅《てんちゅう》だ！」と叫びつつ魔剣ビートゥを振り下《お》ろし、頭蓋骨《ずがいこつ》を粉砕《ふんさい》――その赤い魔刃のビートゥから闇の遠吠《とおぼ》え的な声が響いた。

「槍剣野郎《やりけんやろう》が！　これで死ねや〈瞬冷刃〉――」

そのスキルの刃は俺に届かない――。

俺の魔槍杖の紅斧刃が、その槍剣野郎と罵《ののし》った男の鉢巻きごと頭部をぶった斬っていた。

「ぎぇ――」

頭部は潰れつつも半分が斜め下《した》へとずれ落ちた。

「くそが！」

そう叫ぶ黒装束男に向けて左右の手から〈鎖〉を射出――。

同時に中級：水属性の《氷矢《フリーズアロー》》を念じる。

銃弾《じゅうだん》のような速さで突き進《すす》む〈鎖〉は、黒装束男の胴体《どうたい》と足を突き抜けた。

体が捻れて倒れた男の顔面に《氷矢《フリーズアロー》》が突き刺さる。

よーし、大半は潰した。が、他の屋根で戦っていた奴《やつ》らが、

「――新手の武芸者に集中しろ」

「おう！」

「【月の残骸《ざんがい》】は手練れを雇ったか！」

「蒼の魔剣師がいない、倒されたようだぞ！」

黒装束を着た奴と赤帽子をかぶった敵、三人が向かってくる。

迎《むか》え撃《う》つのではなく、逆に打って出た。

走りながら左手の魔剣を消す。魔槍杖を屋根に突き刺した。

棒高跳《ぼうたかと》びの要領だ。片手で握《にぎ》る魔槍杖で体を支えながらの飛び蹴りを敢行《かんこう》。

真正面から突っ込んできた黒装束男の胸を潰すように蹴りを喰らわせた。

「――ぐあッ」

「くそ、サッシュ！　が、今だ、狙え！」

「おらぁぁ」

敵は俺の蹴り終わりの隙《すき》を狙って、左右から剣突を伸ばしてくる――着地後、蹴りの体重を支えていた魔槍杖を持ち上げるように、ドライブスイングを行う。

下から斜め上へと向かう紅色の炎《ほのお》――。

「なんだこりゃ、炎の門だと⁉」

魔槍杖バルドークの穂先は紅色の矛と紅斧刃だ。

そして、今は夜。奴らには、炎で彩《いろど》る扇状《おうぎじょう》の門が誕生して見えたらしい。

続いて、叫ぶ左右の男たちに魔槍杖を振り下ろした。

百八十度の扇状に振り抜いた紅斧刃の軌道《きどう》が、その男たちの下腹部を捉《とら》える。

そのまま一気に胴体を両断。鎧なぞ最初から無かったかのようにぱっくりと下腹部が裂《さ》けて臓物が散っていた。彼《かれ》らは仰け反りながら倒れて転がっていく。

「ぎえ」

「ごぉ」

迸った返り血を飲みながら、周囲を確認――もう、俺の近くには敵はいない。

ぺろっと血を拝借しながらヴィーネと黒猫《ロロ》の姿を確認。

銀髪《ぎんぱつ》を揺《ゆ》らしながら接近戦で戦うヴィーネの姿が見えた。

翡翠《ひすい》の蛇弓《バジュラ》は使わずに、黒蛇を軽《かろ》やかに使う。
赤帽子をかぶった敵を袈裟斬りに処す。
続けて、飛来した矢を黒蛇で切断。続けざまに飛来する矢を、返す黒蛇で切断。
そのまま柳《やなぎ》が揺れるような剣技《けんぎ》の黒蛇で、しなやかに矢を切断しながら前進。
そのまま翡翠の蛇弓《バジュラ》は使わず――。
黒蛇の〈刺突〉と言わんばかりの突剣で射手を仕留めた。
正直、ヴィーネはカッコイイ。
黒豹ロロディーヌも最後の赤帽子をかぶった男の首に噛《か》み付《つ》き倒す。
その大半は、喉と頭を触手骨剣で貫かれて死んでいた。
そんな凄惨《せいさん》な状況《じょうきょう》だったが、相棒は背中が痒《かゆ》くなったのか、ゴロニャンコを実行。
背中が痒い痒いしながら転がって、俺の足下《あしもと》に来た。
ロロディーヌは格好良くて可愛い！
と、相棒の可愛い姿を見て笑う。さて、この屋根における戦闘は終結か。
【月の残骸】の生き残った兵士たちは、茫然自失《ぼうぜんじしつ》といった表情で俺たちを見ている。
その中に見知った四角い顔が交ざっていた。
「……あたいは吃驚《びっくり》だよ。皆、いや、シュウヤと黒猫と、いや、黒豹が凄《すご》すぎる」

そう語るベネットは両足から血が流れて、肩口からは、剣で斬られた傷が見えていた。

「大丈夫《だいじょうぶ》か？」

「あ、うん。あたいたちに加勢してくれたんだね。助けてくれてありがとう……手練れの姉妹にやられて撤退《てったい》したところに……多勢に無勢で、この通りさ……」

「ほら――」

俺は回復薬ポーションを投げてベネットの体にぶちまけてあげた。

「傷が――癒えていく……」

「もっとあるから、持っとけ」

「ふふ、鬼のような強さだが、優《やさ》しい男なんだねぇ……恩にきる」

予備のポーションを数個ベネットに渡《わた》してあげた。

「――ベネットォォォ」

メルの声だ。

「あ、メル」

「はぁはぁはぁ、あれぇ、もう終わっている？」

「そそ、シュウヤと銀髪女、そこの黒猫が敵を倒してくれた。手練れを雇《やと》っていたから、シュウヤがいなかったらわたしたちは死んでいたよ……」

ベネットが説明してくれた。メルは死屍累々《ししるいるい》たる惨状《さんじょう》の屋根を見渡《みわた》してから、

「……うん。さすがはシュウヤ様ですね」

「様？　なにやら、理由がありそうだねぇ、メル？」

「あ、う、うん。それより、ヴェロニカの傷の具合と体調はどうなの？」

「双月《そうげつ》店の地下で休んでいるはず。ただ、棺桶《かんおけ》に入り続けて二日は寝《ね》てないと駄目《だめ》らしい。だから、押されている状況さ。カズン、ポルセン、アンジェ、ゼッタが【夕闇《ゆうやみ》の目】の狂《きょう》騎士《きし》、赤帽子をかぶった【覇《は》紅の舞《まい》】の惨殺《ざんさつ》姉妹、【黒の手袋《てぶくろ》】の連中と戦っている。流れの傭兵《ようへい》の両手剣使いもいるようだ。皆、奮闘《ふんとう》中。他にも敵の仲間がいるはず」

ベネットは俺にも分かるように説明してくれた。

「そこに案内してくれ」

「分かった、こっち」

――ベネットは走り出す。俺たちは彼女《かのじょ》の背後からついていった。

――パルクールを使うように軽やかに屋根を跳躍《ちょうやく》しながら走るベネット。

彼女の姿を見て、斥候《せっこう》が得意な都市エルフってだけではないのかもな。と、改めて感心。

「この通りが戦場」

ベネットは屋根からそっと顔を出して通りを確認していた。

俺、ヴィーネ、メル、黒猫《ロロ》も下を覗《のぞ》いた。

店の前には樽《たる》が壁《かべ》のように積まれていた。

傷を負っているカズン、ポルセン、アンジェ。

狂騎士、黒髪《くろかみ》の長剣《ちょうけん》持ちと三対二の対決か。

鱗《うろこ》の皮膚《ひふ》を持つゼッタが蟲《むし》を操《あやつ》って、二人の綺麗《きれい》な女性と戦っている。

と言うか、チーム戦は保たれているが、バトルロワイヤルに近い。

幹部同士が戦う背後では【月の残骸】の兵士と【夕闇の目】のヘスリファートの紋様《もんよう》が入った騎士《きし》に赤帽子をかぶる【覇紅の舞】の兵士と【黒の手袋】の黒装束と鉢巻きを装着した兵士が戦っていた。

「メル、あそこで戦っている兵士たちを退かせることはできるか?」

「はい、できますが……」

「それじゃ、幹部以外の兵士たちを撤退させてくれ」

「なにを――」

俺はメルへと闇の視線を向ける。

「邪魔《じゃま》なんだよ。あいつらごと纏めて屠《ほふ》ってもいいのか?」

「わ、わかりました」

「シュウヤ、なにをするんだい？　その血が浮かんだ目、仲間に手を出す気なら承知しないよっ」

四角い顔のベネットが俺をたしなめようと言ってくる。

「黙《だま》りなさい！　顎《あご》えらエルフ、ご主人様の指示に従うべきです」

俺の横にいるヴィーネが冷然とした表情を浮かべながら、ベネットに忠告していた。

「なっ、銀髪女、あたいにそんな口を！」

「いいから、黙れ。メル、兵士を退かせろ」

俺はメルの顔を突き刺すように、視線を向ける。

「承知しました――」

メルは懐《ふところ》からスクロールを取り出す。そのスクロールに魔力を込めた瞬間《しゅんかん》、スクロールを下の激戦区に投げていた。そのスクロールは消えると、ピカッと閃光弾《せんこうだん》のような光が生まれた。その瞬間、

「撤退！」

「合図だ、撤退」

「おう、退け！」

【月の残骸】の兵士たちだけが退いていく。

通りには勝ち鬨《かどき》らしき声を上げている敵の兵士のみ。

「ヴィーネ、ロロ、俺が指示するまで通りには下りるな」

「はっ」

「にゃ」

「敵を殲滅《せんめつ》する。メル、こ、れ、を、見、る、か、ら、に、は覚悟《かくご》を決めろよ――」

「えっ？」

そう言い残して、屋根から通りへ向けて飛び降りた。

――血魔力〈血道第三・開門〉。

〈始まりの夕闇《ビギニング・ダスク》〉を発動――俺の体を起点に闇が生まれ出た。

閃光弾は弾けるように消えて、通りを闇が侵食《しんしょく》した。

「なんだぁ？」

「突然、真っ暗だぞ」

「月明かりもねぇ、特殊《とくしゅ》な魔法《まほう》か？」

「ハハハハ、なんだこれは、まさか、魔界と繋《つな》がったのか？」

「ヒャヒャッ、オカシイッ」

「……教会騎士の霊装《れいそう》で弾《はじ》いてくれるっ」

「なんだ、なんだ、正気を保て。皆、動くな、同士討《どうしう》ちに遭《あ》う！」

「団長の指示があるまで、待機だ。レビルハットの旦那《だんな》も別働隊を率いて、もうじき来るはずだ」

「あぁ、なんなんだ、くるなぁ」

「げぇえ」

「おまえがかいぶつぅぅぅぅぅぅ」

〈始まりの夕闇《ビギニング・ダスク》〉の効果で精神が疲弊《ひへい》した敵集団は、同士討ちを始めた。「この狂《くる》いようは……」、屋根にいるヴィーネの言葉だ。

頬にある〈銀蝶の武踊《おどり》〉を触《さわ》るように、銀仮面の表面に細い指を当てていた。

俺は、「これから、俺が下の連中を倒《たお》す」そう発言してから跳躍——。

狂気《きょうき》の世界に再び着地した刹那——『アディオスだ——』と、狂い咲《ざ》く敵に向けて——。

〈闇の次元血鎖《ダーク・ディメンションブラッドチエーン》〉を発動した。

俺の意識とリンクした闇世界から紅色の流星たる血鎖が無限に発生。

虚空に現れた血鎖の群れが、瞬《また》く間《たま》に〈始まりの夕闇《ビギニング・ダスク》〉の闇の世界を貫く。血鎖の群れは、闇の世界の〈始まりの夕闇《ビギニング・ダスク》〉ごと、敵を貫き裂いて破壊《はかい》。

鏡が割れる音を響かせると視界は元通り。同時に敵集団も通りから消えた。

武器が落ちてカランッと乾《かわ》いた金属音が通りに響く……。

『素晴《すば》らしい……闇の帝王《ていおう》たる御業《みわざ》……痺《しび》れて魔力が減退してしまいました……』

常闇《とこやみ》の水精霊《せいれい》ヘルメ。闇の部分に感化されたか。その念話に応《こた》えず、皆に向けて、

「皆、降りていいぞ！　あとは店の入り口で戦う強い連中だけだ」

「はいっ。キャッ」

「にゃおん――」

黒猫の相棒は、一瞬《いっしゅん》で、神獣《しんじゅう》ロロディーヌの立派な姿に変身。

触手《しょくしゅ》をヴィーネの腰《こし》に巻きつけて背中に乗せてから、素早《すばや》く駆《か》け下りてくる。

俺の隣《となり》に戻《もど》ってきた。そのヴィーネが、

「……ご主人様、さっきのは金箱戦の時とは違《ちが》う？　闇の技《やみのわざ》」

「同じだよ。金箱の守護者級と対決した時に使った」

「あれと同じスキルなのですね。威力が凄いです。敵が全員、消えてしまいました……」

ヴィーネの銀仮面越《ご》しの表情から、恐怖を感じていると分かる。

青白い皮膚がさらに青ざめて見えた。

やや遅れて、メルとベネットが率いる【月の残骸】の兵士が集まってきた。

「シュウヤ様、さっきの言葉の意味が分かりましたよ……」

「あんた、闇は闇でも、何者なん——」

「ベネット、今は黙って」

メルが手を出してベネットの口を封《ふう》じる。

「それより、あの激闘《げきとう》はまだ続いているが、助けないでいいのか？」

「助けに行きますとも！」

「そうだ！　あの糞《くそ》姉妹、ぶっ殺す！」

ベネットはそう意気込んでは、樽が積まれた店の前を走った。

俺たちも【月の残骸】の縄張《なわば》りである店前の激闘に乱入——。

第百四十四章「ミラたちとの再会に新・【月の残骸】幹部会」

俺《おれ》たちは【月の残骸】の縄張りと目される店の前に到着《とうちゃく》。

通りの前で戦っていたのは惨殺姉妹と蟲使いのゼッタだった。

「きゃぁぁ、蟲を飛ばさないでよっ」

「イヤッ！　怖《こわ》いよララ、助けてぇ」

「ヒヒヒッ、お前たちが蟲嫌《ぎら》いでよかったです。もう仲間たちには触《ふ》れさせないですよ！」

あの二人の女性は子供か。片方の子は子供に見えない。蟲が苦手のようだ。

鱗の皮膚を持つゼッタは笑いながら、両手で蟲の大群を操作。

あの蟲は……俺もいやだ。ベネットは鮮《あざ》やかな手さばきで短剣《たんけん》を両手に持つと、

「ゼッタ！　よくやった。ここからはあたいが受け持つよ。惨殺姉妹覚悟！」

「待ってました！　元気なベネットさん！　では素直《すなお》にフォローに回ります」

ゼッタの言葉に頷《うなず》いたベネットは、魔脚で地面を蹴って前進。

ゼッタの銀色に輝《かがや》く蟲から出た刃《やいば》に向けて、ベネットはハイタッチするように短剣を衝

突させながらゼッタの前を駆けていく。逃げた赤帽子《あかぼうし》をかぶる惨殺姉妹を追った。

素早いベネットは惨殺姉妹の片方に斬り掛《か》かった。惨殺姉妹は振り向《む》く。

短剣とベネットの機動を見て、

「――えっ、また、なのっ」

「さっき弓を潰して、パパたち仕込みの技で斬ったのに！」

ベネットの短剣の刃が、惨殺姉妹の片方の胸元《むなもと》に迫った。

満面の笑みの赤帽子をかぶる惨殺姉妹の片方は、得物の切っ先をベネットの短剣に添《そ》えるようにあてがった。器用だ。その惨殺姉妹の片方が、

「――でも、おばさんエルフは、速度が上がっただけかな」

「ふふ、四角い顔のおばさんエルフ、必死～。ララやっちゃえ～」

「うん、蟲さんのほうが怖かった！」

ララはベネットの短剣を長剣で横に弾くのかと思ったが違った。

短剣の刃を長剣の峰《みね》に流しつつ絵でも描《えが》くように長剣を操作。

そのまま長剣で短剣を持つベネットを弄《もてあそ》ぶように、ステップしながら横に移動してはベネットの接地を狂わせる。

「チィ、変わった剣術だ――〈連座・刃風〉――」

ベネットも巧みに短剣を引いて連続的な突き技を繰《く》り出《だ》した。

惨殺姉妹のララは嗤う。余裕の間で、その連続的な短剣の突き技を受け流した。

再び、その長剣で宙に半円を描く。

ベネットのリズムと接地を狂わせて一足一刀の間を崩《くず》した。

見ている俺も感じたが、ベネット自身も長剣で遊ばれたように感じたようだ。

ララの、その剣術と歩法に凄みを感じた。

歩幅《ほはば》も小さいし子供だが、ララは強者だと分かる。

ベネットは睨みを強めると、即座に、もう一人の惨殺姉妹に反撃《はんげき》。

「え？　わたし？」

「ルル、エルフは足技《あしわざ》もあるっぽい」

「分かった〜」

と、ベネットは返し刃からの蹴り技を惨殺姉妹のルルに向けて繰り出す。

が、惨殺姉妹のルルは、その短剣の刃とベネットの蹴り技を軽々と避《よ》けた。

華麗《かれい》に長剣も使わず、踊《おど》るように避けては、長剣で突くフェイントでベネットの行動を阻害《そがい》しては、嗤って、一回転。間合いを取りつつ笑顔を見せる。

ベネットを往《い》なした惨殺姉妹は顔を見合わせて頷いていた。

ルルとララは、狂騎士たちの近くに走って逃げた。

「惨殺姉妹が撤退とは……強者が敵にいたようです」

「そのようだ」

通りの奥《おく》で、豹人《ひょうじん》カズンと戦っていた狂騎士と両手剣《けん》持ちの黒髪人族の男。

俺たちの様子に気付いて視線を寄越《よこ》す。

傷だらけの豹人カズンの背後では、ポルセンが倒れていた。

そのポルセンを抱《かか》えるアンジェは屈んだ体勢。

ポルセンは苦しそうだ。ダメージを負った？　メルは樽の壁を乗《の》り越《こ》えて、

「カズン、一旦《いったん》、これを飲んで」

と、傷だらけの豹人カズンにポーションを渡していた。

「総長、すみません。狂騎士だけでなく、あの人族も相当な腕《うで》です」

カズンの衣服は血塗《ちまみ》れでボロボロだ。

豹獣人《セバーカ》ならではの茶色毛を露出《ろしゅつ》していたが……。

切り傷だらけで、体力を消耗《しょうもう》しているのは丸分かりだ。

「いいのよ」

「ぐっ、お味方ですか……」

倒れているポルセンがメルに気付いてそう語ると、従者のアンジェもメルに対して、青髪《かみ》を揺らしながら涙《なみだ》を流し、

「総長、パパが、パパが、あの狂騎士にやられちゃった！」

「あなたたち、ごめんなさいね、狂騎士相手では分が悪すぎたわよね……でも、もう大丈夫。シュウヤ様をお連れしたから」

「シュウヤさんを⁉」

ポルセンの言葉だ。起きて、俺を見てくる。彼の胸には十字に焼《や》け焦《こ》げた痕があった。肌《はだ》も爛《ただ》れている。一応、傷の具合に同情しながら腕を上げて挨拶《あいさつ》を行う。

すると、狂騎士が、

「新手とは、あの魔族！　あははは、丁度いい！　あなたも、わたしの標的です！　鮮血《ヴエ》の死神《ロニカ》と、そこの髭《ひげ》の吸血鬼を殺したかったのですが……先に貴方《あなた》を滅《めつ》することにしましょう」

「魔族だと？　悪人なのか」

両手剣を持つ謎《なぞ》の男も、そんなことを言いながら俺を見た。

「ママたちを苦しめるかもしれない悪人は、あの人？」

「ララ、あの人、ロバートと同じで顔が平たいのに、魔族なの？」

惨殺姉妹たちは、俺を見てそんなことを言ってくる。

狂騎士が勝手に俺を魔族だと、惨殺姉妹たちに教えていたようだ。

俺が魔族か。ま、当然かも知れない。見た目は人族だが、種族は光魔ルシヴァル。

そして、闇の〈始まりの夕闇《ビギニング・ダスク》〉と〈血鎖《ぐさり》の饗宴《きょうえん》〉もある。が、否定はしとく。

「俺は、魔族ではない。健全な青年だ」

「そうですよ！　変な格好をしている貴方のほうが、魔族でしょう」

ヴィーネの言葉だ。翡翠の蛇弓《バジュラ》を構えている。そのヴィーネを乗せた神獣ロロディーヌも口を広げて「ガルゥ」と小さく吼《ほ》えた。

「変な格好だと？　魔獣《まじゅう》を使役《しえき》する魔族のエルフが、なにをほざく」

ヴィーネが、ふふっと嗤《わら》ってから、

「笑止《しょうし》、ロロ様はわたしを乗せてくださっているだけだ！　そして、エルフが魔族だと？　ここは南マハハイム地方のオセベリア王国。エルフは沢山《たくさん》いるのだ。阿呆騎士《あほうきし》めが、北の宗教国家で過ごした感覚が抜《ぬ》け切れてないのか――」

と、翡翠の蛇弓《バジュラ》から光線の矢を狂騎士に向けて射出した。

狂騎士は長剣を使わず、足を退いて半身の姿勢で、さっと光線の矢を避けた。

そして、鋭《するど》い視線をヴィーネに向ける。

「エルフの魔族が魔法の矢とは……しかしながら当を得た言葉」

すると、惨殺姉妹が、

「狂騎士、エルフは魔族じゃない」

「うん、ママたちにエルフもいるもん。狂騎士って、嘘《うそ》つき？」

そう発言した惨殺姉妹は、狂騎士と少し距離《きより》を取った。

「ははは、何を言いますか、魔族は口達者なだけですよ？　誘惑《ゆうわく》の言葉に負けて仲間を疑うのですか？」

「うん。疑う。怪《あや》しいイケメン」

「パパさんたちも言ってた。イケメンで口が上手《うま》い奴は気を付けろって」

「はっ、だったらそこで見ていればいい！　さて、通りの仲間たちは倒されてしまったようですが、別働隊がそろそろ到着する予定です」

狂騎士は余裕の雰囲気《ふんいき》を醸《かも》し出すと、視線を巡《めぐ》らせた。

「お金払《はら》って雇った人たち？　でも来ない」

「ルル。嘘つきの狂騎士からもらったお金はどうするの？」

「嘘つき狂騎士だけど、仕事は仕事。がんばるしかない」

惨殺姉妹がそう語ると、傍《そば》にいる両手剣持ちの男が、

「俺を雇った奴らも、あの槍使《やりつか》いに倒されたようだが……」

と、狂騎士に聞いていた。

「【黒の手袋】の幹部は不明ですが……強者に飢《う》えているレビルハッドなら、ここに来るはずです」

狂騎士の言葉通りに剣撃音が響く。

自らの影《かげ》を追うように吹《ふ》き飛《と》ばされた男が通りの壁に衝突。その男の肩口《かたぐち》から鮮血《せんけつ》がほとばしっていた。続けて登場した者たちも次々と叫《さけ》び声《ごえ》を上げて、壁際《かべぎわ》で斬られて倒れていった。教会崩れを斬った人物は双剣《そうけん》の魔剣《まけん》師。

あのシミターの魔剣は見たことがある。そうリュクスだ！

――そのリュクスのシミターの攻撃《こうげき》を鋼の棒で往なす強者もいた。

双剣の片方で鋼の棒を受けて跳《は》ね返す。が、すぐに鋼の棒での反撃をリュクスに与《あた》えていた。あの攻撃は重そうだ。リュクスは顔色を変えず鋼の棒を捌《さば》く。

が、やや、体の動きが乱れた。体重差が顕著《けんちょ》に出た感じか？

――しかし、リュクスは速度を加速。

五合打ち合ってから互《たが》いに退く。その棒使いが、

「チィ――暗魔剣師、ヒュグソンはどうした！」

と、叫ぶ。「ヒュグソン？　追っ手の名か。もう死んだぞ――」

そのリュクスに複数の矢が向かったところで一転する棒使い。

壁沿いを走って俺たちのほうに逃げてきた。

これで、他の教会崩れの【夕闇の目】の連中が増えたことになる。

リュクスは飛来した矢を、屈《かが》んだ姿勢で迎え斬った。

リュクスの持つ露霜《つゆじも》の魔力《まりょく》を発したシミターの双剣が揺らぐ。

刹那《せつな》、すべての矢が切断された。矢は線香《せんこう》花火となって周囲に散った。

露霜から蛍火《ほたるび》のような光を発して見える双剣は美しい。

その矢を放った射手に向かってリュクスは前進するかと思ったが、しなかった。

射手の胸元には、光刃が突《つ》き刺《さ》さっていた。

そこに緑色の法衣《ほうえ》を着たミラが現れる。

今のはミラ・フレイギスの放った光刃か？

彼女が魔法を放った瞬間は見ていなかったが……。

そのミラは、はだけた緑色の法衣を直しつつ胸元のネックレスを触る。

射手を見て、申し訳ないといった表情を浮《う》かべていた。やはり、ミラが放った光魔法の一種か。ミラの横長で綺麗な双眸《そうぼう》と目尻《めじり》の刺青《いれずみ》に……右下のホクロも前と同じだ。

しかし、ここで、俺を『運命の人』と呼んでいたミラと再会するとは……。彼女たちが一緒《いっしょ》に迷宮《めいきゅう》に挑《いど》んでいた、『ドゥン』の教えを掲揚《けいよう》する戦士団は生き残れたのだろうか。するとリュクスが、

「【夕闇の目】ども、たとえミラ様が許したとしても、わたしはお前たちを許さない」

「ハーミクルスの双剣が光ったぞ、レビルハット。お前も魔族殲滅機関《ディスオルテ》だったんだろ、頼《たの》むぞ――」

【夕闇の目】の連中からレビルハットと呼ばれた棒使いは、

「分かった」

と仲間に答えてから狂騎士たちを見て、

「狂騎士、お前たちが戦う相手も、強者揃《つわものぞろ》いのようだが……」

「魔族相手に、わたしが負けたことがありますか？」

「ないな。要らぬ心配か」

「はい。わたしの相手よりも、そこの二人が問題です。実際に戦ったことのある、そこの魔剣師ソールも強者ですが、緑色の法衣を着る教皇庁第一課遺跡発掘局《いせきはっくつ》の副局長も厄介なはず。枢機卿《カーディナル》の出世レースから外れたとはいえ〈光韻〉酔《よ》いのまま理想を求めて〝エデンの果実〟と救世主を探しに、わざわざゴルディクス大砂漠《だいさばく》を越えて、この南マハハイム地

方に辿《たど》り着《つ》いたのですからね。その行動力は驚嘆《きょうたん》に値《あたい》します」

「それは俺たちにも言えたことだが、〈光韻〉だと？　だから追っ手としてのヒュグソンが……だとしたら、あのミラって女は聖者じゃねぇか。それで、枢機卿《カーディナル》の出世レースから外れるってのは、教皇庁もキナくせぇな？」

「よくあることですよ。光神教徒アビリムの力を備えた者が、魔族とエルフに融和《ゆうわ》を求める者となれば……たとえ聖者だろうと関係はありませんからねぇ」

「はっ、俺らが言えたことではないが、腐《くさ》ってやがるな教皇庁も」

自らを否定するような言葉を放つレビルハットは、チラッとミラ・フレイギスを見る。

リュクスはそのミラを守るように、ゆっくりと前に歩く。

レビルハットはそのリュクスの動きを凝視《ぎょうし》。

間合いをはかるように鋼の棒を振《ふ》るいつつ仲間たちを見て、

「俺が、あの教皇庁の二人を倒す。お前らは狂騎士のフォローに回れ」

「はい」

「分かった」

レビルハットとリュクスが戦いを始める。

ミラがすぐに光の魔法でリュクスの光のマントのような防御魔法《ぼうぎょまほう》を掛けていた。

あの戦いも気になるが、

「ガルルゥ」

獣の声を上げた神獣ロロディーヌだ。

新たな【夕闇の目】を驚異《きょうい》に感じたのか前に出て吼えてくれた。

自らの後方に降ろしたヴィーネを尻尾《しっぽ》で撫《な》でる。

「ロロ様……」

相棒の愛に触れたヴィーネは微笑《ほほえ》んだ。

その相棒は尻尾を立てて応えている。フサフサな太股《ふともも》の毛が揺れて可愛《かわい》い。

同時に「ンン――」と喉声《のどごえ》を発しつつ四肢《しし》に力を入れるロロディーヌ。

菊門《きくもん》を俺たちに見せびらかしているわけじゃない。そう、それは『わたしが皆《みな》を守るにゃ』と、死皇帝《デスリッチ》と戦う前に俺たちを励《はげ》ましてくれたロロディーヌらしい行動だ。その頼もしくて愛らしい相棒は、教会崩れの連中に襲《おそ》い掛かった。

両前足から出た爪《つめ》で、手前の教皇庁の鎧《よろい》を着た兵士を薙ぎ倒す。

続いて、隣の兵士の頭部を喰《く》らうと間髪《かんはつ》を容《い》れず、その頭部を脊髄《せきずい》ごと引《ひ》っこ抜く。

「ガルルゥ」

と、荒《あら》ぶる獅子《しし》のように頭部を揺らして唸《うな》った神獣ロロディーヌは、獰猛《どうもう》さが際立《きわだ》つ。

が、それは一見でしかない。相棒の表現の仕方は多彩《たさい》だ。

顔だけでなく、体の至る所の仕種《しぐさ》で感情を示す。

今は、凄く落ち着いていると分かる。俺たちを守る神獣様の行動だ。

そのロロディーヌは動かざること山の如し。といったように、前方から迫《せま》る複数の【夕闇の目】の兵士の足下を見据《みす》えてから、タイミング良く長い尻尾を振るった。

長い尻尾で足を掬《すく》われた兵士たちはドミノ倒しの如く転倒《てんとう》。

それらの転倒した兵士たちの急所に、正確無比な触手骨剣が次々と突き刺さる。

すると、

「魔界《まかい》の獣があぁぁぁぁ」

と、最後に残った【夕闇の目】の兵士が突貫《とっかん》してきた。

名の知らぬ魔剣師と思われた教会崩れの兵士が振るった長剣は速い。

ロロディーヌは身を屈めた。剣刃《けんば》を避ける？　いや、四肢に溜《た》めた力を解放させた。

爆発的《ばくはつてき》な加速で前進するや頭部に振るい落《お》とされた剣刃へと逆に下から噛み付きを行う。

そのまま顎の力を見せつけるように歯茎《はぐき》が綺麗な歯牙《しが》で「ゴキッ」と長剣を折った直後
――折った長剣の柄《つか》を吐き捨てながら反転――。

長い後脚《あとあし》を振るって剣士《けんし》の足を払うと、足が折れ曲がった兵士は転倒どころか勢い余って宙空へと回転しながら持ち上がった。相棒も独楽《こま》のように回る体の機動を活《い》かす。

後脚で地面を蹴《け》っては身を捻《ひね》りつつ、鳥を捕《つか》まえるように剣士の胴体に喰《く》らいつくと、頭部を振るって、その喰らった兵士を投げ捨てながら着地した。

華麗に敵を仕留めた神獣ロロディーヌは頭部を上に向けた。

口元から血が滴《したた》る。だが、黒毛が風に靡《なび》く姿は黒女王。いや、黒き神獣ロロディーヌだ。

「な……この魔獣は……」

狂騎士は驚愕《きょうがく》。皆、驚愕。

「にゃおぉぉぉん」

と、新手を仕留めた相棒は、勝利の雄叫《おたけ》びをあげる。

『素敵《すてき》でカッコイイ神獣ロロ様です！』

視界に浮かぶヘルメに同意しながら、狂騎士に向けて、

「もう周りは【月の残骸】の兵士が囲んだ。お前たちは、袋《ふくろ》の鼠《ねずみ》」

そう話しながら前進。プレッシャーを相手に与えながら間合いを詰めた。

ミラたちとレビルハットの戦いは、まだ続いている。

「ヴィーネ、ロロ、手出し無用だ」

「え、はい」

「にゃおん」

背後のヴィーネと相棒に、予《あらかじ》め指示を出した。

「魔族が余裕《よゆう》を見せたつもりか！」

狂騎士は血塗られた長剣を翳《かざ》す。その血塗れた魔力漂《まりよくただよ》う剣を分離《ぶんり》させた。

前にも見た、二振りの長剣。聖剣《せいけん》とか、光剣とか、特別な神剣《しんけん》だろう。

「カテゴリーA級の上級魔族！　わたしが直接、光の国へと誘《いざな》って差し上げましょう！」

狂騎士は二振りの長剣で十字型のポーズを取る。

この間と同じようにキメ台詞《ぜりふ》。回りは静まりかえった。

狂騎士はその沈黙《ちんもく》を破るように、

「滅、滅、滅、滅、滅、めつぅぅ――」

奇声《きせい》を上げながら吶喊《とつかん》してくる。俺は魔槍杖《まそうづえ》を正眼に構え持った。

前傾姿勢《ぜんけいしせい》の狂騎士――。

特殊な二剣で、俺の両肩《りようかた》を狙《ねら》う袈裟《けさ》斬りか？　と思ったが違った。

途中《とちゆう》で動きを止める。腕をクロスさせた二振りの長剣で十字の型に構えを取る。

どういうことだ？　また変な飾《かざ》り言葉をいうのか？

「――魔族、闇《やみ》なる者に聖者の灯《あか》りによる浄化《じようか》を！　フォルトナの光剣恐十字光《フィアークロス》を味わうのだ！」

狂騎士は叫ぶ。剣から十字型の光条が発生した。

それは『神が光りあれ――』聖書の言葉のような光。眩《まばゆ》い十字架《じゅうじか》の閃光《せんこう》だ。

避けることができない速度で、その十字の光が俺に直撃《ちょくげき》――。

顔と紫色《むらさきいろ》のバルドーク製の鎧と外套《がいとう》に光が当たる。が、暖かい光。としか感じられない。

「ちょっあ⁉　ひゃあ？」

俺のまったく動じていない姿を見た狂騎士。

素っ頓狂《とんきょう》な声をあげて、表情を豹変《ひょうへん》させて、間抜《まぬ》けな顔を晒《さら》した。

隙《すき》だらけだ。即座《そくざ》に〈魔闘術〉を意識。足に纏《まと》った魔力を活かす――魔脚《まきゃく》で地面を蹴る。

自ら刃物《はもの》にでもなったかのように直線機動で間合いを一気に詰めた。

槍圏内《やりけんない》に入った直後、左足で地面を潰《つぶ》す――。

更《さら》に――血魔力〈血道第三・開門〉。

〈血液加速《ブラッディアクセル》〉を発動――。

その踏《ふ》み込みのイメージと〈血魔力〉の加速が魔槍杖に移る。

一本の槍に変容した右腕《みぎうで》ごと魔槍杖バルドークの穂先《ほさき》の〈刺突〉が狂騎士に向かった。

狂騎士は特殊剣《とくしゅけん》で十字を作って防御《ぼうぎょ》の構えを取る。

が、空間さえ引き裂《さ》くような加速の〈刺突〉は、二振りの長剣を弾《はじ》く。

特殊剣を折った魔槍杖の穂先は、狂騎士の鎧を穿《うが》ち胸を深く貫《つらぬ》いた。

同時に、紅斧刃《べにおのば》が狂騎士の胸元を抉《えぐ》った。

「がぁ――」

狂騎士は自身の胸に突き刺さった魔槍杖バルドークを見て、

「な、なぜぇ」

絶望の表情を浮かべながら体を震《ふる》わせて呟《つぶや》く。

そのまま夜空を掴《つか》むように手を伸《の》ばしたが、その腕の震えは途中で止まって、弛緩《しかん》すると力なく沈《しず》んだ。狂騎士の瞳《ひとみ》は散大し収縮。

貫かれた魔槍杖バルドークに寄《よ》り掛かって突っ伏《ぷ》した。

死んだか。狂騎士の死体を蹴《け》りながら魔槍杖を引き抜く。

魔力を魔槍杖に浸透《しんとう》させつつ――メンテナンス。

血糊《ちのり》を払う必要はないが、俺は魔槍杖の握《にぎ》りを強めた。

その魔槍杖バルドークを振るい上げて、ぐわりと紅斧刃で空を薙《な》いでから、その魔槍杖バルドークを消去した。

狂騎士が扱《あつか》っていた二本の聖剣か神剣は折れ曲がった状態で地面に落ちている。

「この忌《い》ま忌ましい剣が！　ヴェロッ子に傷をつけたんだね！」

「ベネット、その剣はいつものようにわたしが回収するから」

「あ、うん」

メルが十字の光を生み出した長剣を拾っていた。

仕組みが分かるのか、一つの長剣に戻そうとしていたが無理だ。

壊《こわ》れている。剣も曲がって使い物にならないと思うが……。

いつものように？　と語っていたように回収していた。

リュクスとミラ・フレイギスの鋼の棒使いとの戦いも終わっていた。リュクスに回復魔法を掛けていたミラは俺たちのほうを振り返《かえ》ると、手を振ってから、そのリュクスと一緒に駆け寄ってくる。

「――シュウヤ様たち、また会えました！」

「おう」

「にゃ～」

黒猫《くろねこ》の姿に戻った相棒も片足を上げて挨拶。ヴィーネも、

「バルバロイの使者の際に助けた方々。ご主人様のお知り合いの方ですね。わたしの名はヴィーネです」

「はい、わたしの名はミラ。こっちはリュクス」

ヴィーネは頷いて、リュクスの双剣が納まった鞘《さや》を見た。

「ヴィーネさん。よろしく。普段《ふだん》は助祭としてミラ様を支える身分なのです」

「ご主人様から聞いていた。やはり優秀《ゆうしゅう》な魔剣師。さきほどの鋼の棒使いを倒す様子を遠くから見ていたが、見事な双剣の扱いようだった」

「ありがとう。ミラ様の魔法のお陰《かげ》でもあります」

「ふふ。リュクスはそういいますが、リュクスがいるお陰で、わたしは、この南マハハイム地方に来ることができたんです」

「リュクスの剣技《けんぎ》を見ると良く分かるよ。それで、ミラ。この間のパーティメンバーはどうなった？」

「【ラ・ドゥン族の戦士団】、その大半は戦死しました。しかし、生き残ったメンバーは健在。今もその生き残ったメンバーと一緒にパーティを組んでいます。その『ドゥン』の教えを活かす戦士団たちは、家族がいる場所で、その『ドゥン』に纏《まつ》わる鈍器《どんき》を用いた異質な儀式《ぎしき》があるようなので……暫《しば》くしたら、ペルネーテを出るようです。それまではわたしたちと冒険《ぼうけん》を共にすると仰《おっしゃ》ってました」

異質な儀式か。ラ・ドゥン族ってドワーフっぽいが、違う種族と分かる。

「そっか。バルバロイの使者相手に生き残った戦士がいるなら、安心だな」

「はい。異教徒ではありますが、優秀な仲間で友達です！」

「はい、死線を潜《くぐ》り抜けると宗派なんてどうでもよくなります」

リュクスがそう語る。確かにな、命を預けられる仲間。宗教が作る絆《きずな》もあるとは思うが、互いの成長のため、互いの命のために育《はぐく》んだ経験に基づく友情は計り知れないものがあるだろう。

「短い間とは思いますが同じ仲間として『ドゥン』の戦士団と稼《かせ》げるだけ稼ぎます。そして、その行為《こうい》そのものがセウロスへと至る道に通じる。わたしの教えにも通じる……遺跡発掘局の副局長としても……」

ミラの表情が前と少し違って見えた。何か精神的なモノを乗り越えた？

リュクスも微笑む。その優《やさ》しそうで厳しさを備えた笑顔はヴィーネにも似ていた。

「そっか。大切な仲間だ。大事にな。で、どうして、狂騎士《きょうきし》たちのところに？」

「わたしたちの追っ手が、【夕闇《ゆうやみ》の目】と合流していたんです。その一派の襲撃《しゅうげき》を受けて……」

「そうです。【夕闇の目】の一派と戦いながら自然とこの場に……」

「理解した。ミラたちは教皇庁に追われているのか」

「大丈夫《だいじょうぶ》ですよ。ここは南マハハイム地方で北の【宗都ヘスリファ】は遠い」

「追跡者《ついせきしゃ》も金で雇《やと》われた神聖教会崩れでしかない。思想を維持《いじ》しながら、この地方まで旅をするのは不可能に近い。色々と摩耗《まもう》しますから……」

だろうな……すると、ベネットが、

「惨殺《ざんさつ》姉妹の処分はどうするんだろ――」

「さぁ、少し待ちましょう」

「それでは、シュウヤ様。わたしたちも、新しいパーティメンバーとの面接があるので、宿屋の【蒼穹《そうきゅう》の神宿】に戻ります」

「分かった。また会えるといいな」

俺がそう発言すると、ミラは微笑む。そして、頬の光る刺青に指を当てて、俺を凝視。

「――はい。運命の人！　ご安心を、必ず会えます！」

ミラは笑顔のままリュクスを連れて、踵《きびす》を返す。

運命の人か。その直後、惨殺姉妹の片方が、

「狂騎士が、しんじゃった……ルル、どうする？」

「ララ……パパたちがいってた、強い人がいたら、すぐに降参しなさいって」

「俺も雇われた奴《やつ》らが消えた以上、降参だ」

最後に残っていた惨殺姉妹と黒髪《くろかみ》の謎の男は、持っていた武器を捨てた。

「なにが降参だっ、仲間をたくさん殺して、わたしの弓を壊しやがって――」

ベネットが姉妹、ルル、ララ、と呼び合っていた女たちを殴《なぐ》って蹴り飛ばす。

「――きゃっ」

「あっ」

殴られ蹴られた惨殺姉妹の二人は、地面に転がりながらベネットを睨《にら》む。

「ベネット、もうよしなさい、戦う気がない相手を殺しても虚《むな》しいだけよ」

メルがベネットの体を押《お》さえながら語る。

「でも、仲間を殺した相手、そして、あたいの、お気に入りの、弓が……」

「新しい弓を買ってあげるから」

「えっ、本当？　約束よ？」

「うん」

ベネットは一転して機嫌《きげん》がよくなったらしい。

りきんでいた体を弛緩させてメルから離《はな》れた。

メルはそのまま殴り倒《たお》された女二人へ顔を向けた。

「あなたたちも、それなりに覚悟《かくご》はできているのでしょうね」

「……うん、負けた」

「ルル……怖い」

「ララ、じっとしてなさい、パパたちの言葉を思い出すの」

「……うん」

惨殺姉妹は互いに沈鬱《ちんうつ》な面持《おもも》ちで微笑《びしょう》を浮かべつつ、俯いていた。

「俺はどうなる？」

無愛想の男も降参していたのだったな。

「勿論《もちろん》、お話をたくさんして頂くわ」

「そ、そうか」

メルの深い意味を込めた言葉は無愛想男をびびらせたのか、少し動揺《どうよう》していた。

さて、そのメルに念を押しておく。約束を守るならよし、だが、守らないならば……。

「メル、返事を聞かせてくれるか？」

メルは頷くと、魔脚で素早《すばや》く俺に近付き間合いを詰めた。

一瞬《いっしゅん》、ヴィーネが反応して黒蛇《へび》を腰《こし》から抜こうとしたが……。

俺は『必要ない』と意思を込めてかぶりを振る。ヴィーネは頷いた。

メルは近くで片膝《かたひざ》を地面に突けて頭《こうべ》を垂れていた。そのメルが、頭を上げて、

「──今宵《こよい》から【月の残骸《ざんがい》】は解散──わたしはシュウヤ・カガリ様に忠誠を誓《ちか》います」

「えええ⁉」

「なっ！」

「え？」

「ど、どういう」

「何だとっ！」

この場にいる全員が、メルと俺に刮目《かつもく》していた。

メルめ、解散とか皆の前でいうなよ……これ絶対わざとだ。

俺は裏方から、影の総帥《そうすい》的なことを妄想《もうそう》していたのに。

彼女《かのじょ》は顔を上げてニヤッと笑う。憎《にく》たらしい笑顔だ。可愛いが……。

してやられた、くそっ、最後の皮肉じみたいやがらせか。

が、面白《おもしろ》く賢《かしこ》い女だ。こういう奴を懐《ふところ》で操《あやつ》るのも一興というもの。

面白がってメルの全身を見ていると、ヴィーネが不安気な表情を浮かべながら俺のことを見つめていた。ヴィーネ……可愛い。そんな表情を見せなくても大丈夫なんだが。

「折角《せっかく》、勝利したってのにメル！　突然《とつぜん》、忠誠？　あたいたちを捨てるの？　どういうことなのさ！」

ベネットの怒声《どせい》だ。気持ちは分かる。

自分たちの【月の残骸】のリーダーである総長メルが、いきなり、俺に忠誠だからな。

怒《いか》り、悲しみといった複雑な思いを胸に抱《いだ》くのは当然だ。

すると、突然な出来事に、ぞろぞろと【月の残骸】の兵士も集まってくる。

「……ベネット、幹部なら、だらしない声を出さない！　今、ここに新・【月の残骸】を結成します。総長はシュウヤ様、わたしは副総長──皆も分かったわね？」

【月の残骸】の兵士たちに語り掛ける、メル。

「──はっ」

「分かりましたっ　新・月の残骸、ばんざーい」

「総長、副総長っ！」

「総長！」

「おぉぉ、新、月の残骸、万歳《ばんざい》っ」

「新しい総長シュウヤ様、万歳」

「メル副総長も万歳っ！」

周りにいた若い兵士たちは口々に新しい総長と副総長の名前を叫ぶ。

メルめ、完全に表のリーダーを押し付《つ》けやがった。

「メル、話が少し違《ちが》うが……」

「あれれ？　総長、何を言っているのですか？　わたしは素直《すなお》に総長の力を認めて、行動に移したのみでございます」

メルめ。頭を下げて、もう部下になりきっている。そう来るなら、俺《おれ》も【月の残骸】という神輿《みこし》に乗ってやる。がんばってもらおうか。

「それじゃ、早速《さっそく》だが、そこの男と姉妹の命を預からせてもらう。それと、俺の冒険者《ぼうけんしゃ》仲間たちに、至急、人員を回してボディーガードをつけろ」

「畏《かしこ》まりました――」

メルは直《す》ぐにベネットを見て、

「ベネット？　聞いていたでしょう。至急使える者を集めてちょうだい」

「な、え？」

ベネットは突然な展開についていけないのか困惑顔《こんわくがお》だ。

「総長の大事な、お仲間さんたちを陰から見守るってことよ。人員を回してね」

「……いきなり過ぎないかい？」

「ベネット、シュウヤさんの実力は、あ、総長の実力は直に見たと思うけど」

「見たが、それとこれとは……」

「弓の件を忘れてもいいのかしら？」

「あぁ、もうっ！　分かった。あたいに任せな」

そのベネットが、チラッと俺を見てから、

「あ、べ、べつに、男らしいし優しいけど、総長の件は納得《なっとく》したわけじゃないからな？　ふんっ――――」

鼻を膨《ふく》らませているベネットは、そう喋ると駆《か》け足《あし》の如く消えていく。

というか、俺の冒険者仲間のレベッカとエヴァの所在は調べ上げていたのか。

ま、彼女たちは闇ギルドだからな……しかし、そもそも闇ギルドが、何をして儲《もう》けているのかもよく知らない俺だ。そんな俺が総長でいいのだろうか。

あとで、ちゃんと聞いておこう。

次の日。

相棒に乗った俺とヴィーネは軽装で食味街に向かった。

食味街の拠点《きょてん》【双月店《そうげつ》】で【月の残骸】こと、ムーンレムナントの幹部会が開かれる。

双月店に入った。出入り口の左右には門松《かどまつ》風の飾りがある。

動物たちの意匠《いしょう》が施《ほどこ》された飾り糸があるし動物たちの像なのか。

流行の飾りか。店独自の飾りか。

店内はベージュ色に統一されていた。早速、メルが、

「総長とロロ様、そして、ヴィーネさん。待っていました。もう会議は始まってますが、こちらです。料理もあるので、ご自由に食べてください」

と、中央に案内された。長方形の机に沿った席に座った幹部が並ぶ。

皆、一斉《いっせい》に立ち上がった。

メル、ヴェロニカ、ベネット、ゼッタさん、ポルセン、アンジェ、カズンさん。

俺は無難に「よ、お待たせさん」と挨拶。

皆、気合いのある声で、出迎《でむか》えてくれた。ヴィーネも、

「こんにちは、ヴィーネです」

と、挨拶。

「では、会議を始めたいと思いますが、さきほど言ったようにシュウヤさんが新しい総長です」

と、メルが話を進める。俺は机に並ぶ多種多様な料理を食べていった。

皆には悪いが、闇ギルドの総長と呼ばれても、分からないことが多い。

だから皆の言葉に頷《うなず》き分かる範囲《はんい》で応《こた》えるが、途中から料理に夢中になった。

すこぶる美味《うま》い。とくに肉類が……。

夢中になって豚《ぶた》の角煮《かくに》的な肉と揚《あ》げ豆腐《どうふ》と精進《しょうじん》料理と似た料理を食べていった。

一つ一つの素材に下味が付いている。

この味を作り上げた職人さんの姿を自然と思い浮かべるほどだ。

更には、素材たちが動く姿さえ……。

凄《すご》いな双月店！　本当に闇ギルドの拠点って印象は消えた。

「ガルルゥ」

相棒も夢中だ。荒ぶる声を発しながら必死に食べていた。黒猫の姿から時々黒豹《くろひょう》に変身する。可愛いが少し怖《こわ》い。ま、気持ちは理解できる。

うまうま料理ばかりだからな。店の内装もいい。きっと人気のある店だろう。

壁《かべ》には、大鳥の絵、鰐《わに》の絵、熊《くま》の絵、河馬《かば》の絵、巨大猪《きょだいいのしし》の絵が飾られていた。

料金表も貼ってある。絵は、料理たちの素材か。

豚の角煮っぽいのは猪か熊の肉か？

そして、主力料理の大鳥のローストが、角煮以上に……。

これまた凄く美味かった――相棒も夢中だ。

小型のヘルメも美味《おい》しそうに眺《なが》めていた。

ペルネーテ大草原に湧《わ》く大鳥のロースト……。

俺的に、その味付けが気になった。

酒か、塩か、砂糖か、香辛料《こうしんりょう》を用いた熟成の仕方か……。

「──総長、聞いてますか？」

「あぁ、すまん、なんだっけ」

副長メルは、俺が幹部たちの話を聞かず、料理に夢中になっては、周囲を見ていたことは気づいている。

しかし、怒《おこ》らないで笑《え》みを見せてくれた。

蜂蜜《はちみつ》色の髪《かみ》が似合う美人さんだから、嬉《うれ》しい。

「【覇《は》紅の舞《まい》】の首領の女たちは、わたしたちに降《くだ》りました。その【覇紅の舞】の縄張《なわば》りをわたしたち【月の残骸】が得た。ですから、その新しい縄張りを誰《だれ》に任せるか。と聞いているのです」

……縄張りと言われてもな。

助けを求めるように、隣《となり》に座《すわ》るヴィーネを見る。ヴィーネは頷くと、

「先ほど、歓楽街《かんらくがい》、市場街が【覇紅の舞】の縄張りとおっしゃっていましたが、責任者を据《す》えるとして、主な仕事は何になるのです？」

そうメルに聞いていた。さすがはヴィーネ、的確だ。メルは頷いてから、机をトントン

と叩《たた》いて、その指先を自身の唇《くちびる》に当てていた。色っぽい。

その口が『話を聞いてくださいね』と動く。料理を食べずに頷いた。そのメルが、

「各店の利益の一部を治安維持のみかじめ料としてもらい受けています。その料金徴収《ちょうしゅう》と他の闇ギルド&海賊《かいぞく》との戦い、純度の高い魔薬の売人の排除《はいじょ》、違法奴隷《いほうどれい》売買の取り締《と》まり、商会同士の仲買、大商会から接触《せっしょく》があった場合は、総長に連絡《れんらく》を取り、取り引きの有無《うむ》の確認《かくにん》、ぐらいでしょうか」

たいへんだが、口にせず、

「……それで、総長の仕事とは？」

「仲間たちの給料の手配。商会と大商会からの陰の人員処理、冒険者ギルドへの依頼《いらい》、国の役人との交渉《こうしょう》、各地域の責任者からあがる情報精査、最後は他の闇ギルドとの戦争に関するることも含《ふく》みます」

これまた忙《いそが》しそうだ。総長になってしまったが、俺は冒険者だ。他にやることがある。

王子にマジックアイテムを売りに……。ザガ&ボン&ルビアにもお土産《みやげ》を……。

新しい魔宝地図の解読と冒険者ランク上げもしたい。

今度、Bランクの昇進《しょうしん》試験に関することを聞くか。

そして、二十四面体《トラペゾヘドロン》がある。パレデスの鏡の多くは、まだ土の中に埋《う》まっている。ルビ

アを助けた三面の鏡は【ベルトザムの村】のまま。

「分かった。少し考えるから、メル、幹部会の続きを頼む」

「はい」

俺は皆の意見を聞きながら思考を続けた。

教会の地下の鏡を利用すれば、またベルトザムの村に飛べる。

あの地域は【北マハハイム地方】。【宗教国家へスリファート】の領域で、南には【ゴルディクス大砂漠】。東には魔族との聖戦で忙しい【アーカムネリス聖王国】と【魔境《まきょう》の大森林】もある。今、俺がいる迷宮都市ペルネーテは【ゴルディクス大砂漠】とマハハイム山脈を南に越《こ》えた【南マハハイム地方】だ。

四面のパレデスの鏡がある場所は【北マハハイム地方】を越えた、遠い北西の【サーディア荒野《こうや》】。そこには高・古代竜《ハイ・エンシェントドラゴニア》のサジハリが棲息《せいそく》する……本当に世界は広い。あとは……単純に海水浴もしたいな。

と、そんなことを考えつつも魔力を全身に纏わせながら皆を見据えた。

何事も最初の雰囲気《ふんいき》は大事だ。

「では、総長、何か指示を出すことはありますか？」

と、丁度良く聞いてくれた。俺は掌握察《しょうあく》を発動する以上に、わざと強めの魔力を放出し

つつ、

「——ある。皆、心して聞け！　新生【月の残骸】の最初の指令である！」

「……」

皆、びっくり。俺から独特なプレッシャーを受けた面《つら》だ。

緊張感《きんちょう》がこの場を走る。相棒も食事をやめた。

机の上に乗って、何かを期待するようにエジプト座りに移行。

ジッと物静かに俺を凝視。相棒よ、期待しているところ悪いが……。

『閣下、素敵……』

小型ヘルメが視界の右端《みぎはし》に現れた。これまた悪いが……。

皆、表情は硬《かた》い。ヴィーネも相棒と同じく、何かを期待するような視線を寄越《よこ》す。

ヴィーネに心で謝《あやま》りながら、

「ここにいる副長に……」

俺がそう喋《しゃべ》ると、周囲から唾《つば》が飲み込む音が響《ひび》いた。

「——【月の残骸】のすべてを、任せる！　それが最初の指令だ！」

刹那《せつな》、どてっと全員がこけそうになっていた。

が、相棒は見事にごろりっと転んでくれた。

「ンンン、にゃぉぉ」

と、腹を見せて笑ったように片足を伸ばす。ゴロニャンコ。

「総長……」

「しゅう、総長っ、なんだい、いきなりのそれは！　だから、あたいはメルのほうがいいといったんだ」

そんなこと言ってもなぁ。冒険者の俺だ。

いきなり闇ギルドの総長をやれと言われて、テキパキとこなせるわけがない。

そもそも、裏方で用心棒的なポジションを狙っていたが、メルに担《かつ》がれた。

「ベネット、口を慎《つつし》みなさい。総長の命令です」

「ふん」

「……総長、分かりました。細かいことはわたしがすべて引き受けます。ただし、報告を受ける機会を、ちゃんと！　作ってくださいね？」

逆に俺にプレッシャーを与《あた》えてきた。くえねぇ女だ。メルはすべてを計算してやがる。

ま、徐々《じょじょ》にだが、俺なりの色でこの組織を染めていってやろう。そこから真面目《まじめ》に、

「分かっている。それで責任者だが、人材はいるのか？」

「正直、いませんね、ここにいる幹部には仕事があります。兼任《けんにん》という形ならば……」

メルは、ベネットとゼッタを見て、ポルセン、アンジェに視線を巡《めぐ》らせる。

「あたいは無理よ。迷宮《めいきゅう》の宿り月と食味街だけで精一杯《せいいっぱい》。【黒の手袋《てぶくろ》】も完全に潰したわけじゃないし、他の盗賊《とうぞく》ギルドと闇ギルドへの対策で忙しい」

ベネットは忙しいらしい。続いて、鱗皮膚《うろこひふ》のゼッタが口を動かす。

「わたしは皆が使うポーション作りと【月の残骸】の表の顔の一つである【月の連金商会】の経営を行っていますし……なにより、ヴェロニカさんと一緒《いっしょ》に行う大事な仕事、ツノ付き骨傀儡《かいらい》兵の改良作業があります」

メルはゼッタに対して頷く。

「……カズンは料理長だしね」

「わたしとアンジェは双月店の守りを受け持っています。無理ですね」

「パパが無理なら無理」

そういえば、あのアンジェ。いつも生意気でぞんざいな口調だったが、俺が総長になっても不思議と文句を一言も言って来なかった。ま、一言も話をしていないってのもあるが。

その間に、自然と、総長である俺に視線が集まってきた。

俺には案がある。が、はたして幹部たちから許してもらえるか分からない……。

勇気を出して、

「……丁度、いいのがいるじゃないか」

と、発言。

「誰です？」

ヴィーネはすぐに気付く。

「まさか……」

俺は頷いた。顎《あご》を惨殺姉妹と呼ばれていた二人に向けてクイッと動かす。

「そうだ。惨殺姉妹の二人と両手剣《けん》の男だ」

そのまま厳しい視線と言葉で、皆を誘導《ゆうどう》する。

「――もぐあ」

「――あうお」

【覇紅の舞】を率いていた惨殺姉妹の二人は驚《おどろ》く。無理に、もごもごと喋るが、口が塞がれているので聞き取れない。男のほうは、沈黙を続けながら俺を見ているだけだ。

「両手剣使いの男も意外に使えると思うがな。この三人に新たな縄張りを任せればいい」

「冗談《じょうだん》じゃない！　戦っていた相手だぞ。あたいは反対だ」

「……」

メルは何かを考えるように顎に指を置く。

「俺は、総長の意見に賛成だ」

豹獣人《セバーカ》のカズンの渋《しぶ》い声だ。会議室が一気に引《ひ》き締まった。

「ちょっ」

エラが張った四角い顔のベネットは、カズンを見る。そのカズンは、

「どうした、ベネット、お前がそこまでいやがるのが俺には理解できない。俺は正直、この新しい総長の事を気に入っている。あの狂騎士を一撃《いちげき》で貫く槍技《やりわざ》は素晴《すば》らしい。更に、聞くところによると、俺たちを助けるためにわざわざ駆けつけてくれたそうじゃないか。この義理は到底《とうてい》報いることはできない。しかも、一瞬で、敵の数十人を屠《ほふ》ったという闇の実力に、傷を負いつつも無数の強者を倒したとか……お前とて、近くで見ていたのだろう？　獣人故《じゆうじんゆえ》の考えかもしれんが、純粋《じゅんすい》な力、その戦闘《せんとう》能力は憧《あこが》れる。いつか、変異体としての力を使って、全力で挑《いど》んでみたいと思わせる男の言葉だ。俺は素直に従おう……」

その声質といい、カッコイイ獣人だ。

「う、確かに見ていた。でも、あたいには凄すぎて分からないさ、というか、それとこれとは話が違う」

ベネットはメルを慕《した》っているからこそだな。

メルとヴェロニカと彼女は、この【月の残骸】でがんばってきた自負がある。

助《すけ》っ人《と》がいきなり総長だ。プライドもあるだろうし、受け入れることは簡単じゃない。

まぁ彼女は放っておいて、カズン、いや、カズンさんと言ったほうがいいか。

純粋に褒《ほ》めてくれた言葉は嬉しい。

「そうね、なら――」

メルは椅子《いす》から素早く立ち上がった。口と手首を縛《しば》られている惨殺姉妹に素早く近付く。

スラリと伸びた足を彼女たちの頭の上に動かした。

そこから踵落とし――振《ふ》り下《お》ろされた踵から出た影《かげ》のような鋭《するど》い刃が縛っていた布とロープを切っていた。凄い――惨殺姉妹に切り傷を負わせず、絶妙《ぜつみょう》な蹴り技《わざ》で口の布も切ったのか。

「さすがは、閃脚――」

口髭《くちひげ》がカールしているポルセンの発言だ。メルの足技《あしわざ》と合う二つ名だな。

メルは足技が得意らしい。彼女の足首には黒翼《こくよく》が生えている？

靴《くつ》の踵部分に縦の細い穴がある理由か。

踵から影のオーラ的、黒い翼のような形の魔力《まりょく》が生えていた。

そして、黒翼は収縮。特殊《とくしゅ》な技か。メルは人族ではないのかな。

「あっ、ありがとう。団長さんに忠誠を誓います」

「ルル、わたしたち助かったの？　あのカッコイイ団長に助けられたの？」

「いいから、あの人に頭を下げなさい」

「うん、――よろしくお願いします」

自由になった惨殺姉妹の二人はきょろきょろしながらも、俺に対して頭を下げてきた。

「……よろしく頼《たの》む」

男も頭を下げてくる。

「お前の名は？」

「ロバート・アンドウ」

アンドウ？　黒髪だし、イケメンだが、少し平たい顔系だ。もしや、転生日本人の子孫か？

俺も椅子から立ち上がり、惨殺姉妹とロバートと名乗った男に近寄っていく。

「……お前たち、金を払《はら》えば働くだろう？」

「勿論だ、命を奪《うば》われても文句は言えない立場。そして、総長に救われた身でもある」

ロバートの双眸《そうぼう》は俺を捉《とら》えている。ふむ、平たい顔のアジア風。

純日本人として、Ｄの遺伝子を持っていそうな雰囲気がある。親近感を抱く。

その渋い声質の言葉から感情の抑制《よくせい》はあまり感じない。嘘《うそ》ではないと思われた。

「……わたしたちより、かんらく街で働いているみんなへ、金貨をあげてください」

ルルがそう発言。今にも泣きそうな表情を浮《う》かべて訴《うった》えてくる。

「働いている皆《みな》とは、なんだ？」

「しょうふたちです」

「優しいママたち」

惨殺姉妹が戦う理由か。少し重そうな話だが、聞いてみようか。

「お前たちは、その娼婦《しょうふ》たちのために動いていたのか？」

「そうです。わたしたちが暮らすため」

「うん、ルルと一緒にいるため」

「どうして戦うことになったのか、説明してくれ」

「わたしとララは、名も無い娼婦から生まれた、捨て子、でも、わたしたちを拾い育ててくれたママたちがいたの」

「うん、ラチェ、ムリーン、サチ、プリ、モモ、マリリン、トコ、ミミ、いっぱい」

ララが話す名前は母代わりの娼婦たちか。

「そんなママたちには違うパパが、いっぱい、いっぱい、沢山《たくさん》、いたの、わたしとララはそのパパたちに武術を色々と教わった」

「そう、飛剣流、絶剣流、王剣流、いっぱい」

娼婦たちの客からか。中には、腕《うで》の立つ武芸者もたくさんいるはずだ。

「でも、ママたちの娼館を含めた歓楽街全体が【梟《ふくろう》の牙《きば》】たちによって、取り決めが厳しくなって、お金をいっぱい納めなきゃいけなくなったの、ママたちは一生懸命《いっしょうけんめい》働いたけど、足らなかった……たった一回だけ、お金をはらうの遅《おく》れただけで、見せしめに、ラチェと、ムリーンのママが殺されたの……」

「そう、ふたりもママが殺された、【梟の牙】に」

「うん、殺した奴の名はカルバインとモニカ。総長直属で幹部候補らしい……」

カルバインとモニカ。【梟の牙】の屋敷《やしき》にいた。俺が倒した奴だな。

「ゆるせない。だから、【梟の牙】に、しかえしをするために、歓楽街の闇《やみ》ギルドを追《お》い払った」

「うん、敵を皆殺《みなごろ》しにした。パパたちに教わった武術で」

憎しみが籠《こ》もった目だ。

「だが、なぜ市場街へと進出して、月の残骸に手を出した？」

「それは、ママたちの知り合いが店を持ちたいっていうから、あと、狂騎士がきて、悪い人を退治するって、一緒に戦ってこの世をじょうかしましょうって、天国が待っているとか変な本をくれたの、悪い人たちを一緒に退治したらママたちが幸せになるっていうから、了承《りょうしょう》したの」

「うん、ルルの言っていることはよくわからないけど、ママたちの生活が楽になるなら、わたしたちはがんばるから」

そういうことか。というか、何歳《なんさい》なんだこの子たちは……。

女に歳《とし》を聞くなというが、どうしても気になる。

「なぁ、君たちは何歳だ？」

「十二」

「十」

……まだ子供じゃないか。

少し背が高いから、もう少し上だと思っていたよ。

強くなるために子供ながらにがんばったんだな。心にくるもんがある。

都市の外は迫害《はくがい》が多い世だから強くなれるだけ幸せかも知れないが、話を聞いていた幹部たちも黙《だんま》りだ。静謐《せいひつ》な空気になっていた。

ベネットも目を見開いて、惨殺姉妹であるルルとララを見ている。

少女に弓を折られた事実がベネットを唖然《あぜん》とさせているのかな？

「……そ、そうか。今度、そのママたちに会わせてくれるか？」

「何もしない？」

「しないよ」

「分かった、いいよ」

「ルルも一緒？」

「勿論、二人とも一緒で構わない」

「わーい」

この場にいる全員が思っていると思うが、この女の子たちに縄張りは任せられない。

表向きは任せるとしても、背後にいるママさんたちに頑張《がんば》ってもらうか。

あとは黒髪の両手剣を扱《あつか》うロバートにでも働いてもらおう。

第百四十五章「寄宿学校レソナンテ」

【月の残骸】の幹部を連れて惨殺姉妹のルルとララの娼館に案内してもらった。

娼館の一室で彼女たちと話し合う。縄張りの件を了承してもらった。

話し合いが長引くとルルとララは簡易な寝台《しんだい》に横になる。

惨殺姉妹の渾名《あだな》が嘘に思えてくるくらいに可愛《かわい》い寝顔《ねがお》だ。

黒猫《ロロ》も背中の頭巾《ずきん》に侵入《しんにゅう》。もぞもぞと動いて背中を丸くしたな？　まったく……可愛い重さだ。

ヴィーネも眠《ねむ》そうだったから、

「いいぞ、寝《ね》ても」

「しかし、交渉は……」

「メルがいる」

「では失礼して」

ヴィーネもママさんたちが使う寝台で眠りにつく。

ママさんの娼婦たちは俺たちにビビりすぎて交渉にならなかった。

メルが優《やさ》しく丁寧《ていねい》に説明をしながら会話を行うと、ようやくママさんたちは落ち着きを取り戻《もど》す。スムーズに交渉が進んだ。ルルとララを歓楽街と市場街の名目的な縄張りのリーダーとして、新・【月の残骸】の支配下になることをママさんの娼婦たちは了承。

ロバート・アンドウには、ルルとララの護衛という名目で常に側に置きフォローさせる。ま、実質のリーダーはロバート・アンドウということになるが構わんだろう。

裏切ったら首を刎《は》ねればいい。

「ロバート。お前にここを任せるが、いいな？」

「……了解《りょうかい》した。命を助けてもらったから当然だ」

ロバートは俺の瞳《ひとみ》を見て、頬を紅《あか》く染めてから、

「俺の父さんに少し似ている方でもある。運命だと思って、総長の言葉には従おう」

お父さんと似ているのか。

「そうか、日本って言葉を聞いたことがあるか？」

「ニホン？　知らないな」

「ならいい」

俺はメルに視線を向け交渉は終わりだな？　と意味を込めて頷く。

「交渉は成立ということで」

「はい、今後ともよろしくお願いします」

ママさんたちは頭を下げてきた。眠っていたヴィーネを起こし、娼館を出た。

「ご主人様、途中《とちゅう》で眠ってしまい申し訳ありません」

「俺が許したんだ。構わんさ」

黒猫《ロロ》は頭巾の中から出ると、

「……にゃおん」

と、ヴィーネに向けて鳴く。ヴィーネから微《かす》かな笑い声が漏《も》れる。

そのまま幹部たちを連れて歓楽街の通りを歩く。

歩きながら売上金とか色々細かなことは全部メルに任せると伝えた。

戦いから会議に交渉と……睡眠《すいみん》時間が足りていないメルは機嫌が悪い。

青筋を眉尻《まゆじり》に立て不満げな表情を見せていた。

「報告書は読んで頂きます」

「俺が読む必要が本当にあるのか。その判断は任せる」

魔力を表に放出しながら、隣を歩くメルを睨んでプレッシャーを与える。

「……わ、分かりました。精査してから判断します」

「よろしく」

アルカイックスマイルで対応。

そこに、腕に月の残骸の腕章《わんしょう》をした若い兵士が走りよってきた。

俺たちの前で、膝《ひざ》を折り頭を下げる。

「総長、マダムカザネの部下、戦狐のリーダーのミライという女が近くに来ています」

「ミライ？　カザネの部下か。そういえば面会予定日を決めてなかった」

「総長、わたしたちに接触してきた女ですよ」

メルが補足してくれた。

「分かった。君、そのミライという女性を、ここに連れてきてくれ」

「はっ」

若い兵士は踵《きびす》を返して走る。女性を連れて戻ってきた。

その女性は整った顔立ちで日本人の女性に近い。

額に何故《なぜ》か濃《こ》いインクの点印がある。

インドのビンディだと既婚《きこん》女性の意味となるが……ただのお洒落《しゃれ》かな。

その綺麗《きれい》な顔の女性は頭を下げてから口を開く。

「……失礼します、わたしはカザネの使い、ミライと申します」

「どうも、シュウヤ・カガリです。カザネさんは、俺にまた会いたいとか？」

「はい、この間のメッセージは主《あるじ》に伝えてあります。主から『返事はすべて了承します』との、言伝《ことづて》です。そして、今、近くに来ているので、直に面会をお願いしたいのです」

この通りに来ているのかよ、あの婆《ばあ》さん。彼女たちは俺たちを追跡《ついせき》していた？

俺の掌握察も完璧《かんぺき》じゃないからな。探知外からの追跡なら気付けない。

「……いいよ。そこの金物屋の先で会おう」

「はい、ありがとうございます」

ミライは素早く立ち上がる。踵を返して、カザネの下《もと》に走った。

すると、神輿がきた。神輿にはカザネが乗っている。

仮面をかぶった筋骨隆々《りゆうりゆう》のむさ苦しい男たちが、神輿の椅子に座った婆さんを担いでいる構図だ。わっせわっせの掛《か》け声《ごえ》はない。あのむさい野郎《やろう》どもは奴隷《どれい》の部下か。

椅子に座った婆さんが、カザネだ。

風音《かざね》丸子、丸子お婆ちゃん。カザネが乗る神輿が地面に降りた。そのカザネ婆さんが、

「──シュウヤさん、この間の件は謝ります」

頭を下げた。が、信用はできない。

「にゃあ」

肩《かた》に戻っていた黒猫《ロロ》さんが挨拶《あいさつ》。

「これはこれは、お噂《うわさ》は耳に入っていますよ、可愛い黒猫様」

「ンンン」

黒猫《ロロ》は喉声《のどごえ》のみの返事。婆さんには興味がないようだ。

顔をプイッと逸《そ》らす。尻尾《しっぽ》を僅《わず》かに揺《ゆ》らしていた。

「カザネ、俺に会いたかったんだろ。満足したか？」

「……はい。待ってくださいな。話したいことがあります」

「あの変な空間には行かないからな？　魔法《まほう》もなしだ」

「承知していますよ。ここで結構です。この通り霊装《れいそう》道具や魔道具は何もつけていません」

『確かに、不自然な魔力は感じられません』

『そうみたいだな』

ヘルメと念話をしているとカザネ婆《ばばあ》は布ローブから両手を伸《の》ばす。

皺《しわ》が目立つ上半身の胸を少し見せてきた。萎《しぼ》んだおっぱいが少し確認できる。さすがにおっぱい研究会臨時総理と言える俺でも範囲《はんい》外《がい》だ。

「……まる子や、それは無理だ」

「……もぅ、いけずぅ。ですね」

冗談に乗ってくるとは、さすがは元日本人。

彼女《かのじょ》は、俺の知る地球とは違う、地球出身の日本人のはず。

そのパラレルワールドの一つの日本にも同じアニメがあったのか？　ま、当然か。

可能性の分岐《ぶんき》は無数に存在する。右手と左手に、掃除《そうじ》&洗濯《せんたく》に食事。外に出たり、出なかったりと、その選択《せんたく》の連続が世界を作る。些細《ささい》なことでもバタフライエフェクトとして、未来は確実に変わるからな。と、疑問に思うが指摘《してき》はしなかった。

「……それで話したいこととは？」

「盲目《もうもく》なる血祭りから始まる混沌《こんとん》なる槍使《やり》い」

なんだ突然《とつぜん》。言霊《ことだま》的な呪文《じゅもん》か？

象徴的《しょうちょうてき》な言い回し。そういえば、巫女《みこ》系だ。

何か未知の神通力《じんつうりき》を持つのかな。

「わたしのスキルで、予《あらかじ》め知っていた言葉《フレーズ》です。盲目とは貴方《あなた》の力が、わたしの力で見えないこと。血祭りとは今回の【梟の牙】との争いのことでしょう。そして、混沌とは、多数の闇ギルドを潰《つぶ》し、闇社会を塗《ぬ》り替《か》えてしまう意味と捉えました」

鑑定《かんてい》の他に予知もあるのかよ。不思議な国、日本の霊能者《れいのうしゃ》かっ。

運命神アシュラーがカザネを気に入った理由はそれかもしれない。

しかし、彼女の話の辻褄《つじつま》は合うが。だからなんだ、という話だ。

「……それがどうしたんだ？」

易者、身の上を知らず。ともいうし、彼女も俺《おれ》が関《かか》わると自分の先行きが見えないから不安なのかな。

「……凶事《きょうじ》は去ったと思いたいですが、何分、シュウヤ様が見えない、心が読めない。だから直接意思疎《そ》通《つう》を取りたかったのです。それから【星の集《つど》い】のアドリアンヌ様から、シュウヤ様へ八頭輝《はっとうき》推薦《すいせん》の話が出ています。年末に行われる地下オークションを円滑《えんかつ》に行うためにも、協力をお願いしたいのですが……どうでしょう」

八頭輝ねぇ。もし就任したら闇ギルドの盟主たちと面《つら》を合わせるのか。

年末の地下オークションは参加予定。

楽しみだから喜んで協力はしたい――ヴィーネ、アドバイス、カモーン！

と、聡明《そうめい》なヴィーネに視線を向ける。

「ご主人様、八頭輝になれば、地下オークションで融通《ゆうずう》が利《き》くかもしれません。そして、多くの大商人、大金持ちの顧客《こきゃく》と知り合うこともできるでしょう」

的確なアドバイスだ。さすがはヴィーネ。

優秀《ゆうしゅう》な秘書！　いや助手&従者or俺の女だ。

「それもそうだな。よし――カザネさん。その話を受けよう」

「好《よ》かった。早速《さっそく》アドリアンヌ様への報告を行いましょう。年末の地下オークション会合の場所が正式に決まりましたら、シュウヤ様にご連絡を致《いた》します」

「分かった」

「そして、是非《ぜひ》とも、ご出席をお願い致します」

「了解」

「では、また。後日お会いしましょう」

カザネは周りの部下たちへ指示を出す。

部下たちが担ぐ神輿《みこし》が上がると、えっさえっさという勢いで、来た時と反対の方向へ去っていく。

その去り際《ぎわ》に、大谷刑部《ぎょうぶ》、関ケ原で散った名将の名が浮かんだ。

小早川が来なければ死ななかったのに。

「……総長、八頭輝就任おめでとうございます」

「おめでとうございます」

関ケ原の戦いの歴史を思い出していると、メルたちから一斉に祝いの言葉を連呼される。

「ありがとう。だが、俺は冒険者《ぼうけんしゃ》という仕事を気に入っている。邪魔《じゃま》はしてくれるなよ?」

「……」

「返事はどうした」

低い声で言い、皆を見据《みす》える。

「にゃごあ」

黒猫《ロロ》も俺の意思を汲《く》み取ったのか。

皆を脅《おど》すように変な声を発していた。その瞬間《しゅんかん》、

「はい！」

「分かりました！　総長と黒猫《ロロ》様」

「はいっ、気をつけます。黒猫《ロロ》様」

なんか、ロロ様とか呼ばれているぞ……。

黒猫《ロロ》はそんなことには構わず、後脚《あとあし》の爪先《つまさき》の先端《せんたん》を上下させて器用に、『ここ、かいい～の』という感じに首を掻《か》いていた。『お尻《しり》かいいぃ～の』ではない。さて、一段落したしそろそろ家に戻るか。

「それじゃ、俺たちは家に戻る」

「はい。護衛を総長の住まいの周りに配置しますか？」

メルは俺の実力を知っていて、わざと聞いてくる。

「必要ない。それより、俺の冒険者仲間たちを守る人員は割《さ》いたんだろうな？」

「はい、そのはずです」

「ならいい。じゃ、またな」

「はっ」

その場で【月の残骸《ざんがい》】の幹部たちと別れた。

馬に近い、神獣《しんじゅう》のロロディーヌの背中へと乗り込む。

ヴィーネを前に乗せた。俺の背中に手を回すヴィーネ。

彼女のおっぱいの感触《かんしょく》を腹にダイレクトアタックを受ける。

軽装だし、駅弁スタイルだから股間《こかん》が反応してしまう。

んだが、紳士《しんし》を貫《つらぬ》く――我慢《がまん》だ。

一物《いちもつ》さんは我慢できないが、我慢だ。いや、我慢、ぐぁぁぁんと、混乱しながら――

素早《すばや》く迷宮都市ペルネーテを駆《か》けた――。

家に帰ったら奴隷たちにも軽く説明しておかないとな。

と、使用人を雇《やと》う予定だったことを思い出す。

「ロロ、ストップ」

「にゃ――」

神獣ロロディーヌは四肢《しし》に力を入れると、滑《なめ》らかに屋根の上で停《と》まった。

「……ご主人様？」

抱《だ》きついているヴィーネは顔を上げる。

「ヴィーネ、突然だが、俺の屋敷は広いだろ？」

「それがどうかしましたか？」

「使用人を雇おうと思う」

「そうでしたか。これから使用人ギルドへ向かうのですね」

「それもいいんだが、キャネラスに紹介《しょうかい》してもらおうかな、とか考えている」

「優秀な使用人たちを紹介してもらえる可能性は高いですが、キャネラスは王都グロムハイムへ向かっている可能性があるかと」

ヴィーネはキャネラスの下で働いていたからな。

彼《かれ》のスケジュール的なものは把握《はあく》していたか。

「彼はどんな用で、王都に行っているんだ？」

「【デュアルベル大商会】の定例会議かと思われます」

「大商会の商人だし、商会も集合体となると……忙しそう。思えばヴィーネと初めて会ったのはヘカトレイルだった……覚えているか？」

「ヘカトレイル？　……あ、あの時の、奴隷市場ですか？」

「そうだよ。一応は視線が合っていたから覚えているかと、思っていた」

ヴィーネはショックを受けたように涙目《なみだめ》になってしまう。

「思い出しました。あの時、わたしを見ていたご主人様の姿を……それなのに、わたしとしたことが」

「はは、まぁいいじゃないか。あの時があったから、今がある。あの時にヴィーネを見て、好《い》いな、と思っていたんだぞ」

「嬉《うれ》しい……」

ヴィーネはキスを求めるように目を瞑《つぶ》る。

求めに応じて、ピンクと紫掛《むらさきが》かった綺麗な唇《くちびる》へ優しくキスを行った。

柔《やわ》らかい。一回、二回と優しいキスを繰《く》り返《かえ》す。

三回目のキス終わりに、また上唇《うわくちびる》へと優しく唇を重ねてあげた。

「ン、好きです……」

ヴィーネは潤《うる》んだ瞳。少し火照《ほて》った笑顔《えがお》で告白してきた。

「あぁ、俺も好きだ」

今度は銀仮面の反対側の頬へと唇を当てた。

頬に唇の跡《あと》が付かない優しいキスをしてから、唇を離《はな》す。

――ヴィーネは離れた俺の顔を追うように唇を突《つ》き出《だ》しつつ吐《と》息《いき》を漏らす。

可愛く色っぽいが……キスはおしまいだ。

「ご主人様……」

俺が少しだけ体を離したことが意外だったのか、ヴィーネはショックを受けたような表情を浮かべる。そのヴィーネは唇を震《ふる》わせて、

「ご主人様が昂《たか》ぶっているのは分かっている！　どうして遠慮《えんりょ》するのだ。この間のように、わたしを……」

そう熱っぽく語るヴィーネは、俺の股間に自らの股間を押《お》しつけてくる。

「遠慮したわけじゃないさ――」

と俺はヴィーネの好きなようにしろと意味を込めて股間を前に動かした。

「あん」

体をぶるっと震わせたヴィーネ。

「ご主人様の意思が宿る一物……大きい……」

そう語った刹那、腰《こし》を強く前に押し出した。

「ん、アンッ！」

ヴィーネは悩《なや》ましい体を連続的に震わせた。やや遅れて頭部を振ってから、俺を見つめてくる。その瞳には欲望の炎《ほのお》が燃え狂《くる》っていた。

ヴィーネは服を着たままだが、俺の腰に自らの腰を密着させる。

「あぅ……う、動いていいか……ご主人様……」

健気《けなげ》に聞いてくるヴィーネの長耳に息を吹《ふ》きかけつつ、

「さあな?」

「あん」

果てたヴィーネは腰を上下させた。

俺の一物を衣服越《ご》しに感じようとしている。

互《たが》いに軽装なこともあるが、ヴィーネの秘部は濡《ぬ》れまくりだろう。

「ンン」

俺たちを乗せている相棒が興奮したヴィーネに反応して喉声を鳴らす。

が、ヴィーネは止まらない。連続的に体を弓なりにしならせて果てた。

青白いダークエルフだが、顔どころか全身を桜色に上気させたヴィーネ。

そのヴィーネは、体勢を戻しつつも退いてから、「ロロ様、すみません……」と謝《あやま》った。

「にゃ」神獣ロロディーヌは優し気《げ》に返事をしていた。

それは『気にするなにゃ』と言う感じだろうか。

ヴィーネは頷《うなず》くと、後ろに退いてから、俺の革《かわ》ズボンを下ろす。

「……愛《いと》しいご主人様の……」

俺の股間を覆《おお》うように頭部を寄せると、反《そ》り立った一物を舐《な》めてから亀頭《きとう》の先端に唇を当ててキスしてくれた。唇で亀頭を遊ぶように甘《あま》く吸う。そのまま唇でゆっくりとすべるように深く飲み込んだ。最初は優しく一物を舌で包んでくれていたが、途中から、ヴィーネは激しい勢いで吸いつつ舐め上げてきた。疼《うず》きを覚えた俺は、ヴィーネの髪《かみ》と頭部を撫《な》でると、ヴィーネは興奮が強まって「うぅぅぅん」と、喉声を発しながら俺の腰を両手でホールド。そのまま俺は果てていた。

「ありがとう、ヴィーネ……」

「……うぅん、いいえ――」

俺の精液を飲んでいたヴィーネは微笑《ほほえ》んでくれた。

さて、使用人を雇い終わったら……。

この大事なヴィーネに〈眷族《けんぞく》の宗主《そうしゅ》〉のことを告白しよう。

〈筆頭従者長〉に成るかを聞いてみる。勇気がいるが……。

『閣下……ずるい』

と、突然ヘルメが視界に登場しながらの、突っ込みだ。

『魔力が欲《ほ》しいのか？』

『キスもですが、はい……』

『今は、魔力を少しだけあげよう』

魔力を注いでやった。精霊《せいれい》のヘルメはパッと消える。

『はぅんっ、あ、ありがとうございますぅ』

念話を終わらせ、ヴィーネを見る。

「……ヴィーネ、休憩《きゅうけい》はいるか？」

「いえ、さきほどの交渉《こうしょう》時に少し仮眠《かみん》をしました。そして、ご主人様の濃厚《のうこう》な魔力が含《ふく》まれた神聖な液体で体力が回復しました」

冗談だと思うが、ま、納得《なっとく》しておこうか。

「分かった。ユニコーン奴隷商館に向かうぞ。キャネラスがいなくても、モロスに聞けば、使用人ギルドに融通が利くかもしれない」

「はい」

黒馬の姿と似た神獣ロロディーヌ。

ふさふさな毛が包む胴体《どうたい》を、掌《てのひら》で、撫で撫でを行う。

「――ロロ、この間の奴隷商館の位置は覚えているか？」

相棒は、鋭角《えいかく》な耳をピクピクと動かし、

「にゃ、にゃおん――」

覚えているらしい。強く鳴いてから一気に跳躍《ちょうやく》――。

「きゃっ」

進み出したところで、ヴィーネはまた、強く俺を抱きしめてきた。

バニラの香《かお》りが鼻を占《し》める。直《す》ぐに大通り沿いに出ると、あっという間に瀟洒《しょうしゃ》な屋敷前に到着《とうちゃく》。煉瓦《れんが》造りで左右対称《たいしょう》のアールデコ風。ユニコーン奴隷商館だ。

「ついた」

「はい」

ヴィーネの抱きつく手を解《ほど》いて神獣ロロディーヌから降りた。

続けてヴィーネも降りてくる。少し足がもたつくが……。

乱れてしだれた長い銀髪《ぎんぱつ》を直す仕草を取る。艶《なま》めかしい。

見惚《みと》れている間にロロディーヌは一瞬《いっしゅん》で縮む。

黒猫の姿に戻ると、いつもの定位置である俺の右肩《みぎかた》へ戻ってきた。

ヴィーネの用意が整うのを待ってから……。

コンクリートのような石道《バリアフリー》を歩いて大扉《おおとびら》まで進んだ。

この間は開いていたが、今日は閉まっている。

扉に真鍮《しんちゆう》製のドアノッカーがある。

そのドアノッカーで扉を数回――叩《たた》く。

ゴンゴンッと鈍《にぶ》い金属音が扉から反響《はんきよう》。すると、扉が開かれた。

現れたのはヘッドスカーフとエプロンドレス姿の使用人の少女。

モロスではなかった。まだ小さいし、客間担当見習い、子守《こもり》担当見習い、だろうか。

「お客様、御用《ごよう》はなんでしょうか。ご予約はしていますか？」

「予約はしていない。キャネラスに用がある。いるか？」

「いえ、王都に出かけていません。失礼ですが、お名前を伺《うかが》っても？」

「名はシュウヤ、シュウヤ・カガリ」

「あっ、これは失礼をっ、ただちに奥《おく》の間《ま》にて、お食事を用意させます」

さすがはキャネラス。俺の名前を下《した》っ端《ぱ》の使用人にまで教育済みか。

「いや、それはいい。モロスはいるか？」

「はいっ、執事《しつじ》ですね、すぐに呼びにいってまいります」

「よろしく」

少し待つと、オールバックの髪型《かみがた》が似合うモロスを少女メイドが連れてきた。

「これはシュウヤ様、本日はどういった用件で？」

「今日は奴隷とかではないんです。貴方のような素晴《すば》らしい使用人を雇うにはどうしたら良いのかを聞きにきたんですよ。できたらモロスを雇いたい。無理なら、使用人ギルドで使える人材を紹介して欲しいところです」

モロスは驚《おど》いたのか、目を見張っていた。

「……わたくしをですか？」

「ええ、はい。屋敷のハウスキーパーとして雇いたいです」

「……これは光栄の至り。しかし、キャネラス様《旦那様》に忠誠を誓《ちか》っておりますので、わたくしは無理です。ですが、旦那様に『わたしがいない時にシュウヤ様がご来店なされた際には、必ず、その用事を最優先させろ』と、きつい厳命を承《うけたまわ》っております。ですから、わたくしが知る最高の人材をご紹介いたします」

さすがはキャネラス。いい商人だ。今度、また違《ちが》う奴隷を買っちゃうかな。

「そうでしたか」

「はい、使用人は何人ほどをご希望でしょうか。家の大きさによりますが数十人単位となります。女か男か、希望はございますか」

「……人数は普通《ふつう》で構わない。性別は、どちらでも構わないと言いたいところだが、俺も男だ。どうせなら美人で使える女がいい」

「ご主人様……」

ヴィーネは睨《にら》むと、顰蹙《ひんしゅく》。視線は厳しいし、少し怖《こわ》い。

「……はは、随分《ずいぶん》と、慕《した》われておいでのようで」

モロスは微笑みながらヴィーネと俺を見る。

「当然だ。至高のお方……最高の雄《おす》なのだ、です……」

最初は、素の感情を出して語りつつ最後は恥《は》ずかしそうに普通の声で話をしていた。

しかし、真顔で俺を見ているヴィーネさん……嬉しいが、少し恥ずかしい。

『成長していますね、彼女は』

常闇《とこやみ》の水精霊ヘルメが長い睫毛《まつげ》を揺らしながら視界に登場。

満足そうに頷いていた。

『この間のヘルメの言葉が効いたか？』

『そのようですね。ですが、調子に乗る可能性もございます。その時はわたしがお尻ちゃんに、罰《ばつ》を与《あた》えましょう』

……また危ないことを。

『その罰とはなんだ……』

『水に埋《う》める』

『尻をか？』

『はい、いいえ、すべてを』

……死んでしまうじゃねぇか。

『ヘルメさん、それは禁止ね』

『閣下がそうおっしゃるのでしたら……暫《しばら》くは控《ひか》えたいと思います』

『ヘルメ、あまり怒《おこ》らないでいいから、冷静に行動しろよ？』

『冗談《じょうだん》です』

『分かってるけどさ、消えていいぞ』

『はいっ』

ヘルメは地下に潜《もぐ》るように消えていく。念話を終えてからヴィーネを見る。

「……ヴィーネ、ありがとな。でも、黙ってて」

「はい」

「……羨《うらや》ましい限りです。ごっほん、では、ヴィーネ様には悪いですが、美人で使えるメイド長から戦闘《せんとう》、雑用までなんでもこなせる、メイドオールワークスと、主人の身の回りの世話、護衛をこなす戦闘メイドたちを、商会《知り合い》からご紹介いたしましょう。その他にも、家専門のハウスメイド、パーラーメイド、チェンバーメイド、ナーサリーメイド、スティルメイド、ランドリーメイドを兼《か》ねるキッチンメイド、スカラリーメイド、見習いメイドたちが切磋琢磨《せっさたくま》している場所ですので、きっと素晴らしい人材が見つかるでしょう」

おぉ、なんか多い。役割ごとにメイドさんがいるのか。

メイドの仕事については門外漢なことが多い。少しずつ理解しよう。

「お願いします」

俺は尊敬を目に込めて、礼を述べてから頭を下げた。

「使用人のわたしに、そこまでの態度は必要ないですよ、シュウヤ様」

「それはそうかもしれないが……」

「……貴賤《きせん》ないシュウヤ様。尊敬いたします。旦那様が、金だけではなく、シュウヤ様を気に入った理由が分かったような気がしました」

それほどではないのだが……単純にモロスの仕事がカッコ良く見えただけ。

しかし、金だけでなく、キャネラスは俺のことを気に入っているのか。

「……キャネラスがそんなことを」

「はい。では案内します」

「宜《よろ》しく」

ユニコーン奴隷商会を後にして、馬車で揺られること数十分。

目的の通り沿いの場所に到着。三階建ての大きな屋敷《やしき》か。

古い学校の建物にも驚くが……女性たちが並ぶ様子にも驚く。

女性たちの行列は、屋敷の巨大《きょだい》な門から通りを越《こ》えていた。

「この建物を所有運営しているのは、レソナンテ商会という中規模の商会です。貴族専門以外での使用人教育ではペルネーテどころか、南マハハイムで、一、二を争うほどの商会なんですよ。使用人の教育のために独自の教育制度を設けて男女も身分も関係なく、幼い子供から大人まで受け入れています。そこで何年も厳しい寄宿舎生活を過ごして使用人としての技術を色々と学んでいるんです」

「へぇ……」

身分問わず教育を受けられるとは素晴らしい。

モロスから、貧しい地方からこのレソナンテ商会にはるばる学びにきて働こうとする女性たちが多いと聞いた。更《さら》に、毎日のように幼い少女から成人女性までが、このレソナンテ商会に訪《おとず》れるのだとか。

面接と試験だけでも審査《しんさ》は厳しいようだが、対話だけでも受かる場合があるようだ。

エヴァのようなスキルで心理面が分かるのか、表情筋から感情を読み取るスキルとかあるのか。確実に、メイドだけの世界がここにはある。

子供から大人まで受け入れているというところが、また凄《すご》い。

何というか、男女共学だと、ここで昼ドラ系、メロドラマ的な展開が毎日のように繰り返されているのだろうな……生徒と生徒、先生と教え子、禁断の恋《こい》。妊娠《にんしん》させてしまって、いやーんな展開が……はぅあ、いかんいかん。

「……凄いな」

変な妄想《もうそう》を振《ふ》り払《はら》うように、顔を左右に振って呟《つぶや》いた。

「……ええ、あのように今日も、長蛇《ちょうだ》の列ができています」

俺の様子をモロスは訝《いぶか》しむように見ていたが、指摘はしてこない。

「ここで使用人を雇われるのですね」

ヴィーネも並んでいる人々を見ながら話す。

「そうなるな」

「はい、では中へ行きましょう」

モロスの案内を受けて、レソナンテ商会の寄宿学校の敷地《しきち》に入る。

校庭も大きい。校庭では、メイドの女の子たちと使用人見習いの男たちが、それぞれに素手《すで》の組み手、木剣《ぼっけん》、木槍、走りこみを行っている。軍隊のようだ。

そこで軍曹《ぐんそう》らしき人物が口を開いた。

「お前たち、気合いがたりん！」

「――はいっ」

木槍を持った生徒たちが一斉《いっせい》に、その木槍を振るって地面を叩く。

「軟弱者《なんじゃくもの》がぁぁぁっ、もっと、もっとだ！　力を入れろ！」

「――はいぃぃぃ」

うへぇ……。

「そんな腕前《うでまえ》ではララーブイン寄宿学校の奴《やつ》らに勝てんぞ！　お前たちは負けたいのか！」

「い、いえ」

「声が小さいっ！」

「「――はいっ」」

「よーし、良い面構《つらがま》えだ。ララーブインどころか、王都グロムハイムの貴族専門ローファン寄宿学校にも勝てるようにしてやる」

「はいっ、教官」

「がんばります、教官」

「教官、鍛《きた》えてください！」

青春だ。彼女たちは学校同士で競《きそ》い合っているらしい。

「シュウヤ様、気になりますか？」

モロスが聞いてきた。

「あぁ、気になる。鍛える様子は軍隊にも見える」

「軍隊、言い得て妙《みよう》。彼女たちにも戦争があるんですよ。毎年、各地方都市にある寄宿学校が一堂に会してメイド武術大会が開かれるのです」

「……毎年ですか」

「ええ、彼女たちは必死ですよ。活躍《かつやく》すれば即《そく》貴族に召《め》し抱《かか》えられる。または、大商人、優秀な冒険者の屋敷に雇われやすくなりますから」

いいところに就職するためか。ローマは一日にして成らず。

メイドたちもそんな気概《きがい》でがんばっているのかな。

きっと語り尽《つ》くせない物語《人生》がここにはあるんだろう。

俺たちはメイドたちが必死に行う訓練を見学。

ムカデ競走、玉入れ、カバディ、卓球《たつきゆう》？　相撲《すもう》、自衛隊徒手格闘《かくとう》、といったような訓練だ。

メイド相撲は、はっきりいって魅力的《みりょくてき》すぎて、目が点になった。

ヴィーネに腕《うで》の皮をつねられたから「ハハハ」と乾《かわ》いた笑い声で誤魔化《ごまか》しつつ、大きな玄関《げんかん》の扉前に向かう。その大きな茶色の扉を、モロスが押し開《ひら》いた。

「いらっしゃいませ」

中では小さいかぶり物を装着した紺色《こんいろ》ワンピースの女性メイドに出迎《でむか》えられた。

メイドの両手には白い付け袖《そで》が目立つ。丁寧《ていねい》な所作で頭を下げてくれた。

「どうも、ユニコーン奴隷商会のモロスです。デイラン校長先生か、メイド長スーさんはいらっしゃいますか？」

「はい、少々お待ちください」

笑顔が素敵《すてき》なメイドさん。翻《ひるがえ》して、足早に廊下《ろうか》の奥へと向かう。

その喋《しゃべ》りとターンの仕方にも歩法がある印象を受けた。

メイドさんか。プロだな。

第百四十六章「ニャンモナイト&メイドを雇う」

白髭《しらひげ》を蓄《たくわ》えたお爺《じい》ちゃんが現れた。見るからに、ザ・校長。といった印象。

この爺さんがデイランさん。

「おお、モロスではないか、今日はどうしたのじゃ？　デュアルベル大商会での仕事か？」

「校長、こんにちは。実は、此方《こちら》の上顧客シュウヤ・カガリ様のお屋敷を担当できる上等メイドたちの紹介をお願いしに参りました」

モロスに紹介される。

「どうも、シュウヤです」

挨拶してから丁寧に頭を下げる。

「これはご丁寧に、わしはデイラン・レソランテ。ここの校長兼《けん》商会の会長をしております。では、客間に案内するので付いてきてください」

「はい」

「それでは、わたしはここまでです。シュウヤ様、また今度」

「あ、はい。ここまでありがとう」

モロスは俺の言葉に頭を下げて応えていた。

「モロスよ。客を紹介してくれてありがとうな。今度、わしが酒と食事を奢《おご》ってやるからのう、またな」

「はっ」

「では、こちらへ」

デイランに案内される。肩《かた》に黒猫《ロロ》を乗せて、古い学校にあるような板の間の廊下《ろうか》を歩いて爺さんのあとを付いていく。隣《となり》のヴィーネも一緒《いっしょ》だ。

廊下の先にあった客間へ通された。長机と高級椅子《いす》。

壁《かべ》には絵画、国からの感謝状の羊皮紙が専用の額縁《がくぶち》に納まっている。

「ささ、ここに座《すわ》ってくださ い」

「はい」

「ンンンッ」

黒猫《ロロ》が喉声《のどごえ》を発しながら肩からジャンプ。反対側の椅子に飛び移った。

椅子の上でくるくると回って、自らの体を湾曲《わんきょく》させながら丸くなって眠《ねむ》り出す。

自らの尾《お》を飲み込む蛇《へび》のように尻尾《しっぽ》と後脚を綺麗《きれい》に頭部に沿わせてアンモナイト化。

要するにニャンモナイト。可愛《かわい》く丸まっている。寝《ね》るらしい。

俺とヴィーネは黒猫《ロロ》の行動を見守ってから、椅子に座った。

すると、専属メイドが次々と現れた。

机に近寄ったメイドたちは、ささっと、羽根ペンとインクに契約書《けいやくしょ》を並べてくれた。

次に、お香的な匂《にお》いが漂《ただよ》う色つき蝋燭《ろうそく》が右にポンと置かれて、高そうな器に入った紅茶も左に置かれる。そして、菓子《かし》と黒の丸い物体が中央に置かれた。

最後に、慎《つつ》ましい物腰の熟女メイドが出現。一瞬、迫力《はくりょく》を感じた。

「わたしはメイド長のスーと申します。この度は、レソナンテ商会からメイドを買っていただけるとか」

「はい。シュウヤといいます」

「シュウヤ様、宜しくお願いします」

頭を下げてから熟女メイドのスーさんは、デイラン校長の隣に座る。

その熟女メイドのスーさんが、ニャンモナイトの黒猫《ロロ》を見て、目を細めた。

自然と綻《ほころ》ぶ顔。その黒猫《ロロ》を愛おしそうに見たスーさんが、口を開く。

「契約《けいやく》は、一生の面倒《めんどう》をみる契約、年ごとの契約、月ごとの契約がありますが、どれにしますか？」

何事もシンプルに。

「一生面倒をみる契約を選びます」

デイラン爺さんは納得顔《なっとくがお》で頷いた。

「そうですか、では、屋敷に住まわせることが前提となります。そして、完全にメイドたちはシュウヤ様の所有する財産となります。ただし、メイドたちを管理するメイド長にはそれなりのお金を渡《わた》すのが流儀《りゅうぎ》といいますか、当たり前のこととなります」

奴隷《どれい》みたいなもんか。

「分かりました。それと、その雇ったメイドたちは、雇い主《ぬし》の情報を外に漏《も》らさないと約束できますか？」

この質問にはデイラン爺さんが答えた。

「それについては心配ご無用。メイドを買っていく方は様々ですからな。どんな秘密だろうと外に漏らすことはないのです」

大商人＝闇《やみ》ギルドの盟主でした。とか、ありえるか。

だったら、ヴァンパイア系の血塗《ちまみ》れな光景を見ても大丈夫《だいじょうぶ》そうだ。

「なるほど」

続いて、俺《おれ》の冒険者《ぼうけんしゃ》としての実力を軽く問われた。

この質問時にはヴィーネが少し怒った口調で話をしていたが、俺がたしなめてから話を続けた。屋敷がどこにあるのかも聞かれた。住所的な番号はあったと思ったが、武術街の大きな敷地、近くにある通りを軽く説明。

あとは屋敷の大きさと部屋数に庭があるか等、細かく答えた。

「分かりました。あと、シュウヤ様が選べるのはメイド長と身の回りの世話をするメイドのみとなります」

「他は選べないのですか？」

「はい。ですが、ご安心を。様々な役割のあるメイドたちは寄宿学校で暮らしている優秀《ゆうしゆう》な者たちです。我々が適切に選び、シュウヤ様のお屋敷までお送りしますので」

ここはプロに任せるか。

「承知しました」

「では、少々お待ちを、学校で最高の人材を連れて参ります」

説明を終えた熟女メイド長のスーさんは、素早い所作で立ち上がり、頭を下げてから客間を離れる。

暫くしてから、多数の若い使用人たちを引き連れて戻《もど》ってきた。

「シュウヤ様、まずは、こちらが戦闘、護衛、メイド長、身の回りの世話、メイドオールワークスが可能な優秀な人材たちでございます。名は左端《ひだりはし》から、人族のスザンヌ、人族のイザベル、狐獣人《きつねじゆうじん》のクリチワ、人族のデュー、人族のアンナ、エルフのセーラです」

皆《みな》、頭には小さいフリフリがついたヘッドドレス。

首には可愛らしいブローチを身に着けている。

背中開きの紺《こん》のワンピース系ロングスカートにフリフリのエプロン姿は可憐《かれん》だ。

素晴らしくカワイイ……ロングなスカートの膨《ふく》らみと、パニエの中身が非常に気になった。ガーターベルト系のパンティにムチムチなフトモモちゃんが生息しているのだろうか。

これはあれだ。スカート捲《めく》り研究会を立ち上げろと、久々に神の指示がきたのかもしれない。いや、いかん、いかん。メイドを選ぶんだ。

エロ思考はここまでにして、恒例《こうれい》の魔察眼《まさつがん》での要チェックや！

バスケの漫画《まんが》を思い出しながら、魔察眼で彼女《かのじょ》たちを調べていく。

皆強い。鍛えてあるようだ。体内で魔力《まりよく》を操作しているのが分かる。

そして、冒険者や武芸者と同じぐらい質の高い魔闘術を扱《あつか》える子が数人いるじゃないか。

他で十分稼《かせ》げそうな彼女たちが、なんでメイドをしているのか不思議だが。

決まりだな。この子たちを選ぼう。

「それじゃ、人族のイザベル、狐獣人のクリチワ、人族のアンナだけ、この場に残り、他は全員退出してください、彼女たちと面接がしたい」

この三人だけは、かなりの戦闘能力と判断。

「分かりました」

「わしも外に？」

「ええ、お願いします」

校長デイランと熟女スーさんは若い使用人たちを伴《ともな》って退出してくれた。

「ご主人様？」

「ヴィーネは側にいろ」

お前が外に出てどうする。とは突っ込まないであげた。

「はい」

すると、椅子で丸くなって寝ていた黒猫《ロロ》がむくっと起き上がり、

「にゃおあ」

ヴィーネに向けて空パンチを放つ。寝ていると思ったがちゃんと聞いていたらしい。

突っ込むように鳴いているが、さて、肝心《かんじん》のメイドたちへ視線を移す。

初見で気に入ったのは人族のイザベル。

左右に流してある短い黒髪《くろかみ》に、細眉《ほそまゆ》で目《め》尻《じり》の部分が少し大きい。

背はレベッカと同じぐらいだが、双丘《そうきゅう》の豊かな山なり曲線に視線がいく。

紺のワンピースは少しゆとりがあるので、スタイルは判別できないが、まぁ良さそうだ。

「それじゃ、君たち、そこに並んで」

「はい」

「かしこまりました」

「はいっ」

指示通り、使用人たちは壁に並んでいく。

俺はデザイナーが服を作り競い合うリアリティー番組の審査員《しんさいん》にでもなった気分で……

右目の側面にあるカレウドスコープのアタッチメントをタッチ。

カレウドスコープを起動させた。視界にフレームが入り解像度がアップ。

彼女たちは、ぎょっとした表情を浮かべて俺の右目を凝視《ぎょうし》していた。

網膜《もうまく》を巡《めぐ》るトランスヒューマン系の技術だからな、この反応は仕方がない――。

そんな彼女たちの姿を縁取《ふちど》る▽マークをチェック。

スキャンするが、全員、大丈夫だった。頭には変な蟲はいない。少し安心、よかった。

炭素系ナパーム生命体tnbde###73
脳波：安定
身体：正常
性別：女
総筋力値：12
エレニウム総合値：190
武器：なし

人族のイザベルはエレニウム値が高かった。
狐獣人のクリチワは筋力値が高く、アンナはイザベルの下位互換《ごかん》。
イザベルをメイド長にして、他の二人も雇《やと》うことにするかな。
『この女性たちを雇うのですか？』
『そうだよ』
『魔力操作が得意のようですね、イザベルという名の人族は』

精霊のヘルメがそういうなら、そうなのだろう。

『あぁ、一応、彼女たちは、俺がいない家を守ってもらう存在だ。戦闘能力がありそうな子を選んだつもり』

『はい、閣下の判断は間違《まちが》いありません』

『そうかな、よし、消えていいぞ』

『はい』

視界からヘルメが消えてから、右目の側面のアタッチメントを触《さわ》る。

右目を元に戻しながら扉の方へ顔を向けて、口を開く。

「――決まりました。この三人と契約を結びます」

外に出ていた校長たちは、俺の声が聞こえると、部屋に入ってくる。

「――決まりましたか？　どの子がメイド長です？」

「イザベル」

「わぁ、わたしですかっ、ありがとうございます。精一杯《せいいっぱい》、お仕事をやらせてもらいます」

イザベルは喜び満面の笑《え》みを浮かべていた。他の二人は残念そうに負けたという顔だ。

「では、さきほど説明した通り、契約書面にサインをしてください」

と、熟女メイドのスーさんに促《うなが》されたから書面にサイン。

契約書に記された通りの白金貨を、その場でアイテムボックスから取り出し、支払った。

三人だけでなく十数人との契約だから大金だ。

「……確かに契約は完了《かんりょう》しました。イザベル、クリチワ、アンナ、おめでとう。レソナンテ寄宿学校を正式に卒業じゃ。今日からここにおられるシュウヤ様が、お前たちの父であり、家族であり、上司となるのじゃ、永遠の奉公《ほうこう》、忠誠を誓いなさい」

校長デイランは厳しい口調で使用人たちへ指示を出す。

「はい、イザベルはここにメイド長として、シュウヤ・カガリ様へ一生を捧《ささ》げます」

メイド長イザベルが頷いてから、一歩前に出て、選手宣誓《せんせい》のように言う。

「はっ、クリチワはここに世話係としてシュウヤ・カガリ様へ一生を捧げます」

「はいっ、アンナはここに世話係としてシュウヤ・カガリ様へ一生を捧げます」

遅《おく》れて二人も揃《そろ》えた口調で宣言。なんか奴隷と契約するときより厳しい雰囲気《ふんいき》なんだが
……使用人としてのプライドからかもしれないが、この空気感に自然と呑《の》まれてしまう。

平たい顔族の心が出てしまう。無意識に口を開いていた。

「よろしくお願いします」

シーンと静謐《せいひつ》な空気が漂う。しまった、主人の言葉ではなかった。

「……はは、これからも頑張《がんば》ってくれたまえっ」

急ぎ取《と》り繕《つくろ》う。

「はっ、はい」

「今後ともよろしくです」

「よ、よろしくお願いいたします」

メイドたちは、少し困惑《こんわく》した表情を浮かべるが、挨拶《あいさつ》して頭を下げてきた。

「では、他のメイドたちを集めて馬車に乗せてきますので、シュウヤ様は校門前で待っていてください」

校長デイランはそう語り、部屋から出ていった。

「わたしは馬車を複数用意してまいります」

スーさんも出ていく。

「……にゃぁ」

猫《ねこ》パンチを放っていた黒猫《ロロ》は欠伸《あくび》をしている。そんな可愛い猫の姿に、

「わぁ」

「可愛い」

「……前足を伸《の》ばして背伸《せの》びしています、かわいい……」

三人のメイドたちは、早速《さっそく》、黒猫《ロロ》の魔力に掛《か》かってしまったようだ。

黒猫《ロロ》はそんなメイドたちの様子を確認《かくにん》するように、トコトコと尻尾を揺《ゆ》らしながら歩いて、三人のメイドたちの足下《あしもと》に移動。見上げていた。

「にゃお、にゃ」

黒猫《ロロ》は挨拶するように鳴く。

そのまま尻尾を左端のイザベルから順に絡《から》ませてから、三人の足に頭を擦《す》りつけていた。

「わぁぁ」

「たまりません」

「シュウヤ様、猫に触《ふ》れたいですっ」

三人とも目を輝《かがや》かせて興奮している。

「いいぞ、ロロが許せばな」

「「はいっ」」

メイドたちは気合い声を発して黒猫《ロロ》を抱《だ》きしめようとした。ところが、

「ンン、にゃ」

喉声を数回響《ひび》かせながら、鳴くと、逃《に》げてくる。

天邪鬼《あまのじゃく》な黒猫《ロロ》は、跳躍《ちょうやく》した。軽《かろ》やかな機動で、俺の肩に着地。

「あぁ」

「素早《すばや》いです」

「逃げちゃいました」

三人のメイドは泣きそうな表情だ。

「ロロ、触らせてあげないのか？」

と、黒猫《ロロ》に語りかけるが、

「にゃ？」

『しらん、にゃ』風に顔を傾《かたむ》けた相棒。俺の肩に喉を乗せて、まったりと休みだす。

「ロロはそんな気分じゃないらしい。ま、お前たちは俺の家で働くのだから、いつか、機会があるだろ、また今度だな」

「はい……」

「分かりました」

「いつか、もふもふを……」

そこでヴィーネへ視線を移す。

「お前たち、そこのダークエルフは俺の従者。んだが、大事な女だ」

「はっ、はい、大事な女である。……わたしの名はヴィーネ、ご主人様の従者です。――それと、ご主人様に色目を使ったら……闇獅子《ダークブレズム》より恐《おそ》ろしい悪夢がお前たちを襲《おそ》うことになるだろう」

ヴィーネは途中《とちゅう》でいきなり口調を変えた……冷笑《れいしょう》に移り変わる表情が怖い。

冷然な目へ移行する瞬間《しゅんかん》は、確実に冷凍庫《れいとうこ》を開けた時のような冷気が周りに漂っていた。

俺までゾクゾクしちゃったからな。

「……えっと」

「……？」

「……だーくぶれずむ？　それはいったい……」

体が強張《こわば》った美人メイドの三人は、俺とヴィーネの顔を交互《こうご》に見ては、混乱していく。

「ようするに、生きていることを後悔《こうかい》するぐらいに煮え湯を飲むことになるという警告だ」

地下先生たるヴィーネの言葉だ。こりゃ、ヤヴァイな。

釘《くぎ》を刺《さ》すどころじゃなく、剣《けん》でぶッ刺している勢いだぞ……注意しておこう。

『また、調子に乗っていますね、閣下、許してくれれば、お尻《しり》に教育を施《ほどこ》しますが』

まったく、ヘルメもこの調子だし。まぁ、水に埋めると言わないだけ、マシか。

『いや、しないでいい』

少し、怒《いか》りの念話を行う。

『はいぃぃ、すみません』

ヘルメは水だけに青ざめて消えていく。

俺は気を取り直すように目に力を入れてから、鋭《するど》い視線でヴィーネを見た。

「ヴィーネ、脅《おど》すな。俺が雇ったんだ。お前がとやかく言うことじゃない」

「はうぁ――す、すみません、調子に乗りすぎました、反省しています……」

俺の雰囲気と言葉で、狼狽《ろうばい》したヴィーネ。だが、重ねる。

「……彼女たちは、部下。いや、仲間となる存在でもある。女だろうと邪険《じゃけん》にするな、大切に扱え」

「ご主人様……そんな目で、わたしを……嫌《きら》いになられましたか？」

嫌いになるわけがない。最近のことで感情の起伏《きふく》が激しくなったか？

俺は厳しい顔を崩《くず》して、優《やさ》しさを意識し、

「なるわけないだろう。お前は俺の大切な女の一人だ」

「はいっ、嬉《うれ》しい……」

「だが、気を付けてくれ。できなかったら……」

俺は〈魔闘術〉を意識。体に魔力を纏《まと》いつつ、膨大《ぼうだい》な魔力を外に出した。

空気が震動《しんどう》するかのように一気に外に噴《ふ》き出《で》る魔力を直《じか》に感じたヴィーネは、

「――わ、わかりました。これからは気を付けます……」

「よし、いいだろう」

俺の魔力風《圧力》を感じたのか、三人のメイドたちも、喉をごくりと鳴らしては、表情が凍《こお》りついていた。最初の印象が悪すぎたかもしれないが、これでヴィーネとメイドたちが家の中で遭遇《そうぐう》しても、修羅場《しゅらば》になることはないだろう。

「……お前たち、外に向かう。もう校長も待っているだろう」

「「はいっ」」

「ははっ」

「分かりました」

俺たちは学校の巨大寄宿舎から外に出た。

使用人見習いが訓練を行う校庭を歩いて敷地の外に向かう。

玄関口《げんかんぐち》では、大きな幌《ほろ》馬車が三台停《と》まっていた。

数多くの使用人たちが出迎えていた。

先輩《せんぱい》、後輩《こうはい》、の間柄《あいだがら》なのか、皆で抱き合って、

〝元気で〟〝さようなら〟〝忘れないわ〟〝頑張るのよ〟

と、互《たが》いに目に涙《なみだ》を溜《た》めながら別れの挨拶を行っていた。

後ろでは熟女メイドのスーさんが涙を流している。

全部で十人を超《こ》える人数の使用人たちが別れを終えると、幌馬車に乗った。

一応カレウドスコープでチェック。大丈夫だ。全員、蟲には感染《かんせん》していない。

「シュウヤ様、一応、馭者《ぎょしゃ》には屋敷の場所を伝えておりますが、念のため、この馬車にて先導をお願いできますかの？」

校長デイランが白髭をいじりながら言ってくる。

「了解《りょうかい》です。デイランさん、お世話になりました」

「はい。何かありましたら直接、この商会へと、おいでください」

デイランは笑みを浮かべると頭を下げてくる。

「俺たちはこっちに乗って先導だ。ヴィーネ、馭者への指示は任せた」

「はい」

ヴィーネは馭者の隣に座る。

俺はイザベル、クリチワ、アンナ、の三人と一緒に馬車に乗り込んだ。

すぐに馬車は進み出した。馬車の一団は大通りで渋滞《じゅうたい》に巻き込まれた。

少し時間が掛かったが……無事に俺の屋敷に到着《とうちゃく》。

ヴィーネが先に降りて大門の扉《とびら》を開けていた。

複数の馬車が敷地《しきち》内《ない》の中庭に入る。

「ついたぞ」

「はい」

「ここですか」

「楽しみです」

馬車の中で座っていた彼女たちは笑顔《えがお》だ。

「先に降りていいから、見てこい」

「「はい！」」

皆、馬車から降りた。戦闘奴隷《せんとうどれい》たちも中庭に集結。

虎獣人《ラゼール》のママニが俺に近付いてくる。

「ご主人様、お帰りなさいませ。お仲間であるエヴァ様とレベッカ様、そして、遅れてミスティと名乗る冒険者の方が、この屋敷にいらっしゃいました」

あちゃー、来ていたか。ミスティは宿からここの場所を聞いたのかな。

「それで、何か文句は言っていたか？」

「はい、聞きますか？」

ママニは虎顔《とら》で苦笑《くしょう》していた。虎獣人《ラゼール》の雌《めす》としての顔だが、言い出し兼《か》ねる、といった雰囲気を出している。

「聞こう」

「では、レベッカ様が、『シュウヤがいない。なんでよ馬鹿《ばか》！』と、お怒りになっていました」

想像がつく。

「ありがと、エヴァは何か言っていたか？」

「はい。『シュウヤは色々と火種を抱えた身、忙《いそが》しい。仕方ない』と話されていました。でも、『シュウヤに会えないのは、寂《さび》しい……ん、残念』とも。そして、最後には、必ず話をするように、エヴァ様は強調されていました」

エヴァ、済まない。物真似《ものまね》は面白《おもしろ》いが指摘《してき》はしない。

「それで二人は？」

「はい、レベッカ様が、エヴァ様を誘《さそ》い、どこかの店に行くと話していました」

この間、ガールズトークで話していた件かな。

「わかった。言い難《にく》いところを話してくれて、ありがとう。ママニ」

「いえ、とんでもないです」

「それで、ミスティは何か言っていたか？」

「はい、『ここがシュウヤのお家なの？　凄《すご》すぎる』そして、『また、来るわ』と、短く発言されてから去っていきました」

また、か。タイミングが合えばいいが。そのママニたちに、

「新しくメイドたちを雇ったから、あとで、挨拶を頼《たの》む」

「はっ」

そのタイミングで、イザベルたちも遅れて馬車から降りてくる。

幌馬車に乗った使用人たちも降りて、直《す》ぐに集結すると整列。

イザベルは使用人たちの様子を見て、小さく頷《うなず》くと一歩前に出て、

「皆さん、わたしがメイド長のイザベルです。そして、副メイド長兼シュウヤ様の身の回りを世話するのが、クリチワとアンナです」

メイド長としての仕事はもう始まっているらしい。

「そうです、わたしは身の回りの世話をするクリチワといいます。もうここは寄宿学校ではありません、シュウヤ様のお屋敷《やしき》を守るのがわたしたちの仕事」

「そのとおり、わたしも同様の仕事が決まっているアンナです。皆さんも自分の仕事をしっかりと頑張っていきましょう」

クリチワとアンナもしっかりと使用人たちに話していた。

「「はい、メイド長、副メイド長」」

その後、すぐにイザベルは視線をこちらに向けてくる。

遅れて全員の使用人たちが俺に視線を向けてきた。説明をしないとな。

少し彼女たちからのプレッシャーを感じながら説明を始めた。

「……あそこが、お前たちが住む場所だ」

俺は母屋《おもや》の右にある寄宿舎を指した。中庭を挟《はさ》んで戦闘奴隷たちの寄宿舎の対面に位置する。

「真ん中の大きい家が本館であり本宅の母屋。中庭を挟んだ反対側の建物が戦闘奴隷たちが住む寄宿舎だ。右に鍛冶《かじ》ルームと厩舎《きゅうしゃ》がある。中庭を含《ふく》めた部屋のメンテナンスを頼む。俺は冒険者でもある。普段《ふだん》はここにはいないこともあるから、お前たちが屋敷を守ることになるだろう。だから、しっかりと働いてくれよ」

「「ははっ」」

使用人たちは一斉《いっせい》に頭を下げる。

「そして、俺には冒険者だけじゃない違《ちが》う側面もある。これは、俺の情報を外に漏らすなという意味もある。あとでイザベルに説明をするから詳《くわ》しくは彼女から聞くように」

「……」

「返事はどうした？」

低い口調で使用人たちへ問う。

「「は、はいっ」」

「よし、イザベル、クリチワ、アンナ、本館に来い」

「は、はいです」

「了解しました」

「はいなっ」

ヴィーネと一緒にイザベルたちを連れて本館に戻った。

俺はリビングルームの椅子に座りながら、部屋について軽く説明していく。

「それと、最後に、さっきの話の続きだ。聞く覚悟《かくご》はあるか？」

「……」

三人は顔を見合わせて頷く。

「あります」

「わたしも」

「大丈夫です」

話そうとしているのは、闇ギルドのことだ。更《さら》に怖《こわ》がると思うがしょうがない。

「……俺は闇ギルドを持っている」

「ひゃ……」

「なっ」

「ひぃぃ」

やはり怖がるか。が、こんなのは序の口……。

「この間、【月の残骸《ざんがい》】の総長になった」

「そして、ご主人様は、近々、八頭輝《はっとうき》の席に座る至高のお方」

ヴィーネが補足してくれた。大袈裟《おおげさ》な言い方だが。

「……契約書に書かれておりませんでしたが」

イザベルがそんなことを聞いてきた。

「契約書に書くわけがないだろう。が、お前たちに、この話を打ち明けた点をもっと評価してくれても、いいんじゃないか?」

「そ、それはそうですが」

「まさか、闇ギルドとは……」

「……大当たりだと思ったのに……」

クリチワ、アンナは顔をひきつらせての不満気な物言いだ。

「もう契約はなった。いまさら引き返せないだろう。それに、大商人が実は闇ギルドを持っていたという話はそこら中に転がっていると思うが」

「はい、素直《すなお》に告白されるとは思いませんでした」

「それはそうですが……」

「確かに、その点は、珍《めずら》しく律儀《りちぎ》で素直なお方と認識《にんしき》できます。が、闇ギルドですよ？」

「悪いが、慣れてもらう。あとは鏡の件、ゲート魔法《まほう》が使えることも知っておいてもらおう」

「な、なんですかそれは」

「え!?」

獣人《じゅうじん》のクリチワと人族のアンナは驚《おどろ》いている。

「まさか、シュウヤ様は時空属性持ちの魔術《まじゅつし》師でもあると？」

イザベルは少し知っているのかそんな風に聞いてきた。

「そうだな、魔法使《まほうつか》い系であり槍使《やり》いだ――この通り」

右手に魔槍杖《まそうづえ》を召喚《しょうかん》。紅斧刃《べにおのば》と先端《せんたん》の紅矛《ほこ》を見せる。

「ひゃぁっ」

「あぁぅ」

「ひぃ」

三人とも腰《こし》を抜《ぬ》かしてしまった。

「ごめん。驚かせてしまったか」

魔槍杖バルドークを消して仕舞《しま》った。彼女たちは立ち上がり、

「お、驚きましたよ……」

「凄い、手品みたい」

「あんなことが可能なのですね」

俺はゆっくりと頷きながら話を続けた。

「アイテムを使った転移。まぁゲート魔法的な移動は、寝室《しんしつ》の鏡を使う。だから、いきなり俺たちが、寝室から現れることがあると、覚えておけ」

「……分かりました」

「寝室ですね」

「覚えておきます」

「それと……」

呟《つぶや》きながら、アイテムボックスから白金貨と金貨を数十枚。

銀貨と大銅貨を大量に出す。金貨を袋《ふくろ》に詰《つ》めて机の上に置いた。

「この金を信頼《しんらい》するお前たちに託《たく》す。屋敷のメンテナンス、お前たちの給料、使用人たち

の給料分だ」

「す、すごい大金」

「わぁ」

「……給料がこんなに」

浮《うわ》つく彼女たちを見据《みす》えて、

「設備の維持《いじ》、近所付き合い、面倒事、すべてをひっくるめての値段だ。余裕《よゆう》がでたら商売に手を出してもいいだろう。が、それは必ず俺に報告しろ。ホウレンソウは大事だ。報告、連絡《れんらく》、相談、まぁ、いなかったら勝手に判断して構わない。その辺の判断はメイド長イザベルに任せよう。そんな彼女を、クリチワとアンナはフォローすること」

「畏《かしこ》まりました」

「がんばります」

「わたしも努力しますっ」

イザベル、クリチワ、アンナは丁寧《ていねい》に頭を下げていた。

「血についても説明したいが、まぁ今のとこはこんなもんか？」

そう気軽に話しながらヴィーネに顔を向ける。

「あとは精霊《せいれい》様の存在と、ロロ様のお姿が変化することも、説明しておいたほうがよろしいかと思われます」

「そうだな。俺の左目には精霊ヘルメがいる」

常闇《とこやみ》の水精霊ヘルメが視界に登場した。

『閣下、出ますか?』

『いや、今日はいい、今度な』

『はい』

すぐにヘルメは視界から消えていく。

「精霊様……」

「そんなことが可能なのですか……」

「シュウヤ様とはいったい……」

「にゃ?」

肩《かた》にいる黒猫《ロロ》が出番かにゃ? 的に鳴く。

「常闇の水精霊ヘルメは、また今度。よし、ロロ、黒豹《くろひょう》型にチェンジしてみろ」

「ンンン、――にゃおん」

黒猫《ロロ》が肩から机の上に跳躍。

机の上で瞬時《しゅんじ》に黒豹型へ姿を変化させていた。頭部を上に向けて、

「にゃおぉぉぉ」

と、狼《おおかみ》の遠吠《とおぼ》え的に鳴いた。カッコイイ。

「うあっ、びっくり！」

「猫ちゃんが獣に！」

「ああ！　かわいいーかっこいいー」

獣人のクリチワが一人、狐《きつね》の耳をぴこぴこさせて違った驚きの反応を示す。

「このように、ロロはロロディーヌって感じに、瞬時に姿を大きくすることができる。この母屋と庭が埋《う》まるぐらいの巨大化《きょだいか》は可能なはず」

「にゃあ」

黒猫《ロロ》は俺の言葉に賛同するように鳴くと、子猫《こねこ》の姿に戻る。

机の上でごろん、と寝《ね》っ転《ころ》がった。腹を晒《さら》して、両前脚を上げる。

後脚も伸ばして、お腹《なか》をおっ広げ状態。カワイスギル……。

そして、逆さまになりながら、肉球を俺たちに見せびらかすように片足を伸ばしてくる。

「……お話を聞いた限りでは、怖いどころか……か、かわいすぎる」

「た、たまりませーん」

「さ、さわっても宜《よろ》しいでしょうか……」

三人とも怖がるそぶりは完全に消えた。

瞳《ひとみ》がハートマーク。すっかり黒猫《ロロ》の可愛《かわい》らしい姿に魅了《みりよう》されている。

鼻息を荒《あら》くする。そんなメイドたちに向けて、

「相棒、三人が触りたいって」

「……ンン、にゃっ」

黒猫《ロロ》はそう鳴いてイザベルに片足を寄せた。

イザベルは、その片足と肉球を触ろうとしたが、相棒は、さっと片足を引っ込めた。

机を転がり遊び出す。次は尻尾《しっぽ》を触ろうとしたアンナの手を、尻尾を丸めて避《よ》けた。

狐獣人のクリチワは抱きつくように顔を寄せるが黒猫《ロロ》は反対側へと、ごろごろと転がって三人をからかうように避ける。これは完全に黒猫《ロロ》が遊んでいるな。

「うぅ、すばやいですっ」

「でも、かわいいいい」

「協力して、捕《つか》まえましょうっ」

「「うんっ」」

メイド長を含めて彼女《かのじょ》たちの最初の仕事は黒猫《ロロ》の遊び相手として過ごすことになった。

微笑《ほほえ》ましい。さて、大事なことがある。

これから、一生に一度、あるかないかの大事な告白だ。

俺《おれ》は真剣《しんけん》な思いを、顔に出すことを意識しつつ……と言うか……かなり緊張《きんちょう》してきた。

「ヴィーネ。大事な話がある、ついてきてくれ」

「はい……」

ヴィーネもただならぬ気配を感じ取ったのか、緊張した顔を見せていた。

あ、皆《みな》に忠告することを忘れていた。

「ヴィーネ、先に寝室に入ってて」

「はい」

リビングに戻《もど》った。

第百四十七章「初の〈筆頭従者長〉誕生」

相棒を捕まえようと奮闘《ふんとう》中のイザベルに、寝室から二階には立ち入るな。と、言明。そそくさと寝室に戻る。寝台《しんだい》に座《すわ》っていたヴィーネが笑顔で待機中。

俺も自然と笑みを返す。そのまま寝台へ向けてダイブはしないが、そんなつもりで、愛《いと》しいヴィーネの隣《となり》に座った。

「ご主人様、大事なお話があるとか……」

「あぁ……」

緊張する。

『閣下、何をなさるのですか?』

常闇の水精霊ヘルメが視界に現れて聞いてくる。

『悩《なや》んでいたことだ。俺の眷属《けんぞく》を生み出そうと考えている』

『なんと！　では、ヴィーネを眷属に』

『そうだ』

『おぉお、素晴《すば》らしい。では、念のため、わたしは外へ出ています』

ヘルメは素直に喜ぶ。何かずるい的な、嫉妬《しっと》発言をするかと思ったが……。

眷属が増えることのほうが、ヘルメにとっては重要度が高いらしい。

『分かった』

左目から液体のヘルメがスパイラル状に出てきた。

「――きゃっ、せ、精霊様？」

「念のためと語っていたが、外に出てもらった」

「そ、そうですか……」

ヘルメは、瞬《また》く間《ま》に人の形に変身し目を細めつつ微笑む。

一瞬《いっしゅん》、ミロのヴィーナスを想起。愛の女神《めがみ》じゃないが、ヘルメから慈愛《じあい》を感じた。

心が温かくなった。よーし、勇気を出すとしよう。

「俺が血を欲《ほっ》するヴァンパイア系だと話したことは覚えているか？」

「覚えています」

声は小さい。俯《うつむ》いたヴィーナだ。そのヴィーナが急に顔を上げて、

「――あっ、わたしの血を吸って頂けるのですか？」

と、笑みを見せながら、そんなことを話す。

「え？」

「ご主人様が望めば、いくらでも、どうぞ――」

黒ワンピースの襟《えり》を広げて、首を晒す。

「魅力的《みりょくてき》な誘いだが、今回は逆だ。俺の血を飲まないか？」

そこから、恒久《こうきゅう》スキル〈眷属の宗主《そうしゅ》〉についてヴィーネに説明。

もしかしたら性格が変わってしまうかもしれない。

日の光を浴びたらダメージを受けるかもしれない。

誇《ほこ》りある種族としてのダークエルフの在り方を奪《うば》うことに繋《つな》がるかもしれないとか。

デメリットを中心に、当初からの不安を包《つつ》み隠《かく》さず丁寧に話した。

「わたしがヴァンパイア系に……ご主人様の血の系譜《けいふ》を得られるのですね」

俺は頷いた。その途端《とたん》、ヴィーネの虹彩《こうさい》が輝いた。

「素晴らしい。強くなれる。強い雄《おす》のご主人様と一緒《いっしょ》に……そして、光魔ルシヴァル最初の〈筆頭従者長〉の存在になれるのですか」

「そうだ」

ヴィーネは興奮したのか鼻息を荒くした。

「是非《ぜひ》にお願いする！　わたしは身も心もご主人様のものなのだ。永遠にご主人様のお傍

にいられるのなら！　日の光など要《い》りません。ご主人様を愛しています。どうか、ご主人様の血を分けてください。光魔ルシヴァルの新種族の系譜に加えてくださりますよう!!」

素の感情を表に出しながら、土下座をしていた。そうか、そこまで想《おも》ってくれていたのか。

「分かった、本当にいいんだな？」

「はいっ」

ガバッと勢いよく顔を上げるヴィーネ。銀のフェイスガードは装着していない。

だから、虹彩の双眸《そうぼう》がよく見えた。いつもより、銀色が増した感のある神秘的な瞳だ。

「ＯＫＯＫ。寝台から下りてくれ。そして、何が起きるか、俺も分からないんだ。童貞《どうてい》と同じ、初めてなんだ」

ヴィーネは涙を流しながら立ち上がる。

「はい、ご主人様……嬉しいです。一生の宝となります」

目を瞑《つぶ》ってすべてを受け入れるように両手を広げた。

ヴィーネは胸を突《つ》き出《だ》す……俺も覚悟を決めた。

そして、初めて〈眷属の宗主〉を発動した刹那《せつな》——。

俺の体から血が噴出《ふんしゅつ》した。視界は闇《やみ》と血に染まる。

濃厚《のうこう》な光魔ルシヴァルの血が俺を包む。

寝室の一部に、魔力《まりょく》を含んだ闇色と光魔ルシヴァルの血色が拡《ひろ》がった。

薄《うす》く光る血以外は闇だ。頼《たよ》りない血の明かり。

仄《ほの》かな明かりは〈脊属の宗主〉唯一《ゆいいつ》の明かりか。

俺の閨《ねや》的な、ある種の心か精神を表している？

が、俺の自身の血から膨大な圧力を感じた。光魔ルシヴァルの神秘の血……。

その闇と血の明るさを持った〈脊属の宗主〉の血が蠢《うごめ》きながらヴィーネに向かう。

ヴィーネの足先に、俺の血が触れた瞬間、膝《ひざ》と腰まで浸《つ》かる。更に、一瞬でヴィーネを
俺の血が包んだ。血の侵食《しんしょく》を受けたヴィーネは俺の血の中を漂《ただよ》う。

まさに、俺の力を分け《シェア》ている。だが……。

不思議だ。赤《あか》ん坊《ぼう》が誕生する意味もあるのか、血の子宮か？

ヴィーネの口から空気の泡《あわ》が洩《も》れた。苦しそうだ。

血の深海の中を泳いでいるような、あるいは宇宙的な空間を泳いでいるような感覚なのか？

──そのヴィーネは、助けを請《こ》うように手を俺に伸ばした。ヴィーネ──。

「大丈夫《だいじょうぶ》……です。ご主人様……」

不思議と幽《かす》かなヴィーネの声が届いた。刹那、俺の心臓が高鳴った。

体も血管も熱い。熱くて熱くてたまらない。が、どうにもできない。呼吸もままならない。呼吸なんて今まで特に意識したことはなかったが、凄《すさ》まじい苦しさだ……。

体を行《い》き交《か》う血とミクロの細胞《さいぼう》の一つ一つが沸騰《ふっとう》したかのように暴れ出す──。

俺の細胞が躍動《やくどう》し爆発《ばくはつ》する。〈脳魔脊髄革命《せきずい》〉も呼応しているようだ。

とにかく、魔力が凄まじい勢いで消費しては失われた。

そして、得体の知れない、何かに、精神が、噛《か》み付《つ》かれ、喰《く》われ、血と精神と魔力がぐちゃぐちゃにかき混ぜられて、ぐぁ……動悸《どうき》が激しく……。

いきなり、ドンッと、更なる高みへと魂《たましい》の質が上がるような感覚を受けた。

更に心臓が高鳴ると大小すべての筋肉が躍動し体が律動する。

心臓の鼓動《こどう》のリズムと連動するように夥《おびただ》しい量の血潮が全身から迸《ほとばし》った。

俺の魂の系譜が入った〈光闇の奔流《ほんりゅう》〉の血がヴィーネの体内に入り込む。

すると、ヴィーネと繋がった感覚を得た。

ヴィーネは痙攣《けいれん》を繰《く》り返《かえ》す。恍惚《こうこつ》の表情のまま、

『あぁぁぁ……ご主人様……愛しているぞ！』

ヴィーネの溶《と》けたような心の声が俺の意識内に谺《こだま》する。俺は不思議と涙を流した。

なんだろうか。ヴィーネとすべてが繋がった感覚。分からないが嬉しくて泣けてくるんだ。分からない……愛を超えた先の感情なんてあるのか？

どっかの哲学者《てつがくしゃ》ではないが、まさに特別なジュースだ。

闇の世界とヴィーネを、光魔ルシヴァルの血が満たしていった。

ヴィーネは俺の血を徐々《じょじょ》にゆっくりと取り込む。

怖がらず俺のことを一心に見てくれていた。

『ありがとう』と、自然に感謝の気持ちが生まれ出る。

「ご主人様……わたしもありがとう……」

今度は、はっきりとヴィーネの声が聞こえた。涙を流すヴィーネ。

血の能力の一環《いっかん》か、テレパシー的に俺の気持ちがヴィーネに通じたようだ。

刹那、血の子宮は大きな樹木に変化した。

大きな樹木の幅の太い幹の表面に大きな円が十個刻まれている。

その円の縁から出た細い溝《みぞ》の線が、他の円の縁と繋がった。

離れた位置の大きな円と大きな円は溝の線で繋がっていないが、この十個の円で構成された見た目は、魔法陣のような、カバラ数秘術のシンボルと似た印象を抱かせる。そして、陰陽太極図を意味するようでもあり、古代シュメールの生命の樹にも似ていた。続けて、幹から伸びた無数の枝の表面にも小さい円が刻まれていく。

小さい円の数は二十五個。大樹の樹皮の至る所から樹液として流れ出ているかのような輝く血と、無数の枝に生えた銀色の葉がとても綺麗《きれい》だ。

この大きな樹木は光魔ルシヴァルのシンボルだろうか。種族の力の象徴とか？

※〈ルシヴァルの紋章樹《もんしょうじゅ》〉※エクストラスキル獲得《かくとく》※

おぉ、初のエクストラスキルを獲得!?

血が滴《したた》るルシヴァルの紋章樹がヴィーネと重なり合った瞬間――。

ヴィーネの心臓の位置から眩《まぶ》しい強烈《きょうれつ》な光が発生。

心臓の位置から光の筋が全身に生まれ出ると同時に眩しい光の粒子《りゅうし》と血の粒子が闇の世界を照らすように宙へと放出された。

陰《いん》と陽《よう》のような光の粒子と血の粒子のマークが空中に誕生した。

俺には分かる。光魔ルシヴァルを意味する〈光闇の奔流〉の光と闇のバランスだと。

光と血は混ざり合い凄まじい速度でぐるぐると回る。血流の渦《うず》。

その血流の渦を本格的にヴィーネは体内に取り込む。

俺の、光魔ルシヴァルの血を受け入れる度に胸元《むなもと》がドクンッと跳《は》ねた。

苦しそうな表情だ。俺の心を抉《えぐ》る。

大丈夫か？　心配だ。だが、この目で、しかと見届けなければならない。

これもスキルの制約の一つらしい。

内部が変質し、肉、骨、血、細胞、ダイヤモンドダストのような光の粒《つぶ》と真の闇が混ざり合い、まさに俺の血が彼女のすべてを進化、変化させていると分かった。

ヴィーネは、すべての光魔ルシヴァルの血を取り込んだ。

そのヴィーネの体と重なっていた樹の表面にある十個の大きな円の一つが反応し、その大きな円の内部にヴィーネの名前が古代語で刻まれた。その刹那――ヴィーネは光魔ルシヴァルとして圧倒的《あっとうてき》な存在感を示す。

まさに〈筆頭従者長《選ばれし眷属》〉。

そして、蠱惑的《こわくてき》な表情を一瞬《いっしゅん》浮かべたが、突然《とつぜん》、気を失ったように倒《たお》れた。

周囲の闇と血の空間は、幻想的《げんそうてき》な霧《きり》に光が射《さ》して消えるように消失していく。

※〈従者開発〉※恒久スキル獲得※
※〈真祖の系譜〉※恒久スキル獲得※

※エクストラスキル〈ルシヴァルの紋章樹〉の派生スキル条件が満たされました※
※〈ルシヴァルの紋章樹〉と〈真祖の力〉が因果律へ干渉《かんしよう》……進化を促《うなが》します……〈真祖の力〉※〈真祖の系譜〉※〈眷属の宗主〉※三種スキルが融合《ゆうごう》します※
※〈大真祖の宗系譜者《そうけいふ》〉恒久スキル獲得※
おお、スキルを獲得した。成功したようだが……俺がヤヴァイ。

仙魔術《まじゅつ》を超える魔力消費だ。きつい、膝を床《ゆか》に突いた。口の中に胃液か胆汁《たんじゅう》的な重い何かが染《し》み渡《わた》る……胃どころか、腹がねじ切れそうな感覚だ。

ヴィーネに駆《か》け寄《よ》りたいが体が重い……息を吐《は》くように自然と床に視線がいく。

床、というか、寝室の周りには、俺の血はまったく付着していなかった。

恒久スキル〈眷属の宗主〉、いや、融合したから〈大真祖の宗系譜者〉か。

とにかく、魔力と血が大量に消費されたということだ。

ゆっくりと、立ち上がりながらヴィーネに近寄った。

彼女の姿形に変化はない。綺麗《きれい》な長い銀髪《ぎんぱつ》と青白い皮膚《ひふ》を持つ、ダークエルフ。

先ほどの出来事がなかったかのように黒いワンピースも血に染まってはいない。

「ん……」

起きた。

「ヴィーネ、どうだ。俺が分かるか？」

「ご主人様？　わたしは吸血鬼《ヴァンパイア》、新種族に……？」

「まだ自覚がないか？　試《ため》してみよう」

その場で、俺は血を操作、右手首から血を出した。ヴィーネは俺の血を凝視《ぎょうし》。

「あぁ、血が、美味《おい》しそうに見えます……」

彼女の目の横に血管が浮《う》かぶ。目が充血《じゅうけつ》。もろにヴァンパイア顔だ。

「〈分泌吸の匂手《フェロモンズタッチ》〉スキル。〈血魔力〉、〈真祖の系譜〉、〈筆頭従者長〉の恒久スキルを取得したと分かりました……そして、スキルが統廃合《とうはいごう》されて違うスキルに、音の捉《とら》えかたも変わったようで、体が軽いです……」

おぉ、恒久スキル〈真祖の系譜〉は俺も取得した。融合して変わったが、それ関係か。

「……スキルか、光魔ルシヴァル化は成功だな。しかも〈真祖の系譜〉と〈筆頭従者長〉という恒久スキルの名前からして、俺の力は受《う》け継《つ》いでいるようだ。が、目が血走り、目の周りに血管が浮き出ている……その状態で血を我慢《がまん》できるか？」

「……は、はい、ご主人様が愛おしい、その神聖なる血は……濃厚な雄の匂《にお》いを感じてしまい、正直……物凄《ものすご》く、誘惑《ゆうわく》はありますが……はい。気持ちを抑《おさ》えることは可能のようです。あと、毎日、僅《わず》かですが血の摂取《せっしゅ》が必要です」

毎日か、それなら、俺の血を毎日吸わせてやればいい。

「本当のようだ。目の充血が収まっている。顔の変化もなくなった。この流れ出る、俺の血を見ても平気なら、大丈夫そうだな。次は光を試すか……少し怖いが」

「……はい」

二人で廊下《ろうか》に出てリビングルームへ向かった。

リビングルームの十字窓から溢《あふ》れる光に、指を伸《の》ばすヴィーネ。

「どうだ？」

「大丈夫です。光に当たっても火傷《やけど》はありません」

確かに、何の変化もない。

「おおお、やはり、ヴィーネは俺の眷属。光魔ルシヴァルの血を受け継いだ」

「はい、一応外へ出てみます」

ヴィーネは嬉《うれ》しそうだ。素早《すばや》く走って玄関《げんかん》を開けて中庭に出ていた。

「――大丈夫でした。そして、〈筆頭従者長〉の効果で身体能力が跳ね上がっています。わたしの意識が追いつけない……何気ない動作が速いんです」

確かに速くなっている。椅子《いす》に座る動作も速い。俺も椅子に座って、

「少しずつ慣れていったらいい」

「はい」

「それで、その〈筆頭従者長〉。身体能力上がった以外にどんなことができるんだ？」

ヴィーネは机に両肘《りょうひじ》をついて、

「傀儡《かいらい》骨兵の作成ができるようになりました」

傀儡骨兵はヴェロニカが前に少し話していたことを覚えている。

「傀儡骨兵はヴェロニカと同じか。作るのに材料とか必要なのか？」

「はい。種族は問いませんが、人型の骨、これは古い墓地のものや魔に近い骨ほど、傀儡骨兵の性能がよくなります。そして、モンスターの骨、栄養のある土、錬金粉、石粉、主人の血が必要です。更に、スキル使用時に多大な魔力を消費するようです」

「へぇ、沸騎士《ふつきし》とは違うようだ」

「はい。知能はそんなにないようです。改良ができるようですが、実際に作ってみないと分かりません」

「分かった。それと、ヴィーネが覚えた〈分泌吸の匂手《フェロモンズタッチ》〉だが、ヴァンパイアハンターに狙《ねら》われる原因にもなるから、あまり使うな」

これは予《あらかじ》め教えておかないと余計なトラブルに巻き込まれる危険性がある。

「分かりました」

「ただし、非常に使えるスキル。索敵《さくてき》に使う場合は、リスクを覚悟して使え。これは一種のヴァンパイアとしての縄張《なわば》りを示すことに繋がる。詳しくは〈血魔力〉の〈血道第一・開門〉。略して、第一関門と言ったりする。ま、獲得したら分かる」

「肝《きも》に銘《めい》じておきます」

「仮に〈分泌吸の匂手《フェロモンズタッチ》〉を使ったとして、ヴァンパイアハンターの冒険者《ぼうけんしゃ》が俺たちにいちゃもんをつけてきたとしても大丈夫だと思うがな？　聖水と銀光蜘蛛《ぐも》の対ヴァンパイア用の攻撃《こうげき》を受けても、俺は平気だった。が、ヴィーネはまだ喰らっていないから分からない。リスクがあるということは、一応頭の片隅《かたすみ》に入れておいてくれ」

「……はい」

ヴィーネはゆっくりと頷く。

「それと〈血魔力〉。現状から、発展させるには、ある器具と訓練が必要だ」

「訓練ですか。確かに、〈血魔力〉だけでは意味が分かりませんでした」

そこでアイテムボックスから〝処女刃〟を取り出す。

「これだ」

「腕輪《うでわ》ですね」

「そうなんだが、ここをカチッと押《お》すと……」

「あ、刃が、凄い数の刃が出ています。不思議なギミックですね、刃が異常に多い……」

「そうだ。この腕輪を嵌《は》めて痛みに耐《た》え続けると……〈血道第一・開門〉を得られる」

「……」

ヴィーネは表情を曇《くも》らせる。まぁこんなドM訓練を喜ぶアホはあまりいない。

が、強くなるためには必要だ。

「吸血鬼《きゅうけつき》の先輩《せんぱい》のヴェロニカ曰《いわ》く、昔は全身を包む刃の鎧《よろい》を着て、全身を突き刺《さ》しまくっていたようだ。その刃の鎧を着るより幾分《いくぶん》かは、ましだろう？」

「そ、そうですね。では、処女刃は、ご主人様もお使いに？」

「うん。俺も使った」

「……なら、やってみます」

「分かった。やるなら、陶器桶《バスタブ》がある二階へ行こう」

「はい」

「――成功しましたか？」

椅子から立ち上がろうとしたら、常闇の水精霊ヘルメが玄関から現れた。

群青色《ぐんじょういろ》と黝《ゆう》色に蒼《あお》色のコントラストが美しい衣服を身に纏《まと》う。ヘルメは美しい。

「あぁ、成功だ」

「はい、精霊様。ご主人様の一族の系譜に加わり〈筆頭従者長〉に成れました」

ヴィーネは誇らしげな顔だ。常闇の水精霊ヘルメも、涙《なみだ》ぐみながら……。

「おめでとう。血の系譜を得られたのですね。わたしとは違《ちが》いますが、偉大《いだい》な光魔ルシヴァルの力を授《さず》かったということです。なんという幸運、なんという素晴らしき出来事なのでしょうか。ヴィーネ、今後とも閣下のことを頼《たの》みますね。わたしも閣下を支えますが、貴女《あなた》ならば、わたしにはできないやり方で閣下を支えられるだろうと信じています。信頼していますよ、ヴィーネ……」

いつになく饒舌《じょうぜつ》に、感情的に、本当に嬉しそうに語ってくれた。

そのヘルメは俺とヴィーネを見ては優《やさ》し気《げ》に微笑む。愛の女神に見えた。

常闇の水精霊だから、本来なら水の女神と言うべきとは思うが、母性溢れる姿だ。

「……ありがたきお言葉です。このヴィーネ、ご主人様の血となり骨となりましょう」

「ふふっ、互《たが》いに至高の御方《おかた》にお仕えできるのです。わたしも閣下の水となりましょう」

「はいっ、フフ……」

一見は怖いガールズトーク、んだが、最高の二人だ。

たとえ、人族の征服《せいふく》、世界征服へ乗り出したとしても側にいてくれそうな二人。

俺にとって、かけがえのない存在。

ま、征服とか、めんどくさすぎて、意味不明だし、興味はないが……。

永遠にこの二人と過ごすことができるって、最高すぎるだろう。感謝しかない。

「二人とも、ありがとう」

「閣下……」

「ご主人様……」

二人はゆっくりとした動作で、椅子に座る俺に抱《だ》きついてきた。

お返しに、優しく二人のお尻《しり》へと手を回してぎゅっと揉《も》みながら抱きしめてやる。

そして、おっぱい研究会の百五十七手の技《わざ》で至高の受け身の……。

ダブルの巨乳に顔が挟《はさ》まれた状態だ。素晴らしいおっぱいさん。神様が女性を作った理由かも知れない。不思議とエロい感情は湧《わ》かない。柔《やわ》らかくて、人を癒《い》やす。

そして、心が温かいんだ。二人の忠誠と愛が、俺の心を満たしていた。

自然と頬に涙が流れていく。

「あぁ、閣下――」

「もったいないっ、ご主人様――」

あうあ、二人とも俺の目元に顔を近づけて、涙を舐《な》めている。

二人とも眷属だからな……それほどに慕《した》ってくれている。

「美味しい、閣下……」

「美味しいです。ご主人様」

「……分かったから、少し離《はな》れていいぞ」

「はい。でもどうして、お涙を……」

ヴィーネが聞いてきた。

「それは、おまえたちの忠誠と愛が嬉しかったのさ。独りぼっちの人生が長かったせいもあるが、三人いれば嬉しいことも三倍だ。悲しいことも三分の一に減る。病《や》める時も健《すこ》やかなる時も愛する者たちと一緒に過ごすのはいいもんだなと、思ってな」

……ユイとキッシュと別れて、ミアに突っ込まれてから、まともに向き合ってこなかった面もあるが。

「身に染み入《い》る素晴らしきお言葉です。ご主人様は司祭様になれます」

「閣下、わたしも涙が流れてきました」

ヘルメが顔を突き出してアピールしてきた。

わたしの涙を舐めろ？　それはいいや。ごめん。

「……さ、もうお涙頂戴《なみだちょうだい》は終わりだ。ヴィーネの〈血魔力〉を覚醒《かくせい》させるぞ」

「はい」

「閣下……舐めてはくれないのですね……ここで待機しています」

常闇の水精霊ヘルメは少しいじけてしまった。

「おう、すまんな。メイドたちに、あとで挨拶《あいさつ》しといて」

「はい」

ヴィーネを連れて、二階の風呂場《ふろば》があるミニ塔《とう》へ向かう。

「ヴィーネ、これを渡しとく」

「はい」

処女刃を手渡《てわた》す。ヴィーネは黒ワンピースを脱《ぬ》いで裸《はだか》となった。

ヴィーネは大きい胸を揺《ゆ》らしながらタイルの床を歩いた。悩ましい姿だ。

お触《さわ》りしたくなったが自重《じちょう》した。彼女は処女刃の腕輪を嵌めてから、バスタブの中へと
両足を入れる。俺に視線を寄越《よこ》した。銀色の虹彩は不安そうだ。

「見ててやる。スイッチを入れたら、刃が突き刺さるからな。痛いだろうが……頑張《がんば》れ」

「はい、早速《さっそく》、入れてみます！」

処女刃のスイッチを入れたヴィーネ。

「痛っ」

腕輪の刃が皮膚に食い込んだのか、腕《うで》から血が溢れていた。

「その状態で血の道、〈血魔力〉を意識。痛いだろうが、我慢だ。徐々に傷から出血する血の感覚を得られる。その感覚をどんどん強めていけ。因《ちな》みに全部、ヴァンパイアでもあるヴェロニカ先輩の受け売りだ」

「はいっ」

数時間後、バスタブの血が溢れたのは何回目か。また、血で満杯《まんぱい》になっていた。

そのバスタブの縁から溢れたルシヴァルとダークエルフが混ざる血を、すべて吸い取った。そんな美味しい思いを何度も得て……深夜を過ぎた頃《ころ》。

ヴィーネの表情が、ぱっと明るくなった。

「ああ、やりましたっ。〈血道第一・開門〉を獲得しましたっ」

「お、成功したか」

「はいっ。更《さら》に、〈血剣幻弓師《ブラッドエクス》〉に戦闘《せんとう》職業が変化を遂《と》げました。他にも〈筆頭従者長〉及《およ》び〈従者長〉たちへ遠隔《えんかく》で血を使った簡単な指示が出せるようになりました。〈筆頭従者長〉の力ではないですが、〈真祖の系譜〉を使えば、血文字として、遠く離れていても、ご主人様に連絡が行えるようです」

血文字を用いた遠隔通信か。かなり便利だ。素晴らしい。

〈筆頭従者長〉と〈従者長〉を作れば、その眷属たちと連絡が可能。

ヴィーネは目を紅色に変化させつつ恍惚の表情を浮かべていた。

なみなみと溜《た》まったバスタブの血を吸い上げる。

時折、感じているような甘《あま》い声を出すヴィーネ。

「……あぅ、ん、これが血を操作――。そして、血を、吸うことが、体に取り込むことができる。〈血道第一・開門〉……略して第一関門」

「……そうだ」

「あん！」

ヴィーネは俺の声を聞いて体を震《ふる》わせつつ、悩ましい声を上げた。

ヴァンパイアってより、女として感じている表情がいい。そのことは告げず、

「〈血道第一・開門〉を獲得して、戦闘職業が変化か。スキルの獲得はしてないのか？」

「してないです」

……ヴェロニカが驚《おどろ》いていた理由はこれか。

俺は〈血道第二・開門〉も同時に獲得したからな。

ヴィーネが〈血道第二・開門〉を覚えたら、血に関するスキルも覚えるかもしれない。

が、そう簡単に覚えることはできないだろう。

俺のような成長を加速させる〈天賦《てんぷ》の魔才〉や〈脳魔脊髄革命〉はないのだから。

そのことは告げずに、

「略して、第一関門の獲得、おめでとう。第一段階完了《かんりよう》だ」

「ありがとうございます、これをお返しします」

受け取った処女刃は、またアイテムボックス行きだ。さて、俺も新しいスキルを試すか。

〈従者開発〉を発動。その瞬間《しゆんかん》、ヴィーネの悩ましい裸の全身が光った。

「ご主人様？」

「俺の〈従者開発〉スキルだ。そのまま待機」

「はい」

……ヴィーネの体の色合いを弄《いじ》れる。

入れ墨《ずみ》的に、光魔ルシヴァルの種族の証明的な……紋様《もんよう》を刻めるようだ。

試しに色だけを……青白い肌《はだ》から普通《ふつう》の肌へ変化させてみた。

「ああ、肌の色が……」

「こうしてみると、普通のエルフだな」

「……はい」

更に、髪《かみ》の毛《け》の色合いも変化させた――銀色から黒色へと。

「ヴィーネ、その長い髪を触ってくれるか？」

「？　はい。ああ、黒くなっています！」

「お前の肌と髪の色を弄れるようになった」

おっぱいの大きさは、弄れない。ま、ヴィーネは巨乳さんの持ち主だ。弄る必要はないか。

「凄《すご》いです。ご主人様のお好みの色へと染まれるのですね……」

「あぁ。だが、俺は銀髪、青白い肌のヴィーネが好きなんだ。だから、銀髪は少し輝《かがや》くようにして、青白い肌に戻す」

「はいっ」

黒くした髪を元の銀髪に戻し、少し光沢《こうたく》をつけてやった。

元に戻した青白い皮膚も、どことなく、肌つやがよくなる。

入れ墨は俺の紋様として刻めるようだが……今はいいや。

「他にも紋様が刻めるようだが、今日のところはこれでいいだろう、完了だ」

「……本当に銀の髪に戻りました。しかも、月に反射したように少しだけ輝いて見えます……嬉しい」

よかった、喜んでくれた。あぁ、だから、ポルセンの従者であるアンジェの髪の毛が綺麗な青だったんだな……青い髪はポルセンの好みか。

しかし、ヴァンパイアハンターでもあるエーグバイン家のノーラ、妹がヴァンパイアになっていると知ったら……ポルセン、大丈夫か？　が、俺は【月の残骸《ざんがい》】のトップ……。

ポルセンも今や仲間だ。あのノーラとは対決したくない。

んだが、絡《から》んでくるよなぁ、どう考えても……この間のように、ニアミスを起こすぐらいに、ポルセンの後を追っていたんだ。将来的に、このペルネーテには来ると思われる。

「……ご主人様、どうかなさいましたか？」

ヴィーネはもうバスタブから出て黒ワンピースを着ていた。

「昔、絡んだことのあるヴァンパイアハンターの一件を思い出していたんだ」

「そのようなことが。そのヴァンパイアハンターとは、冒険者ですよね？」

「俺が会ったのは冒険者かどうかは分からない。ヴァンパイアを追う専門的な存在だと本人は話していたな。綺麗な女性で、名前はノーラ。昔からヴァンパイアと対決していた一族らしい。俺も最初はヴァンパイアだと勘違《かんちが》いされていた。誤解は解いたが。どうやら、ポルセンを追っていると思われる」

〝綺麗な女〟のところで視線を鋭《するど》くするヴィーネさん。

指摘《してき》はしないが、嫉妬は治りそうもないな。

「ポルセンは【月の残骸】のメンバーですね」

「そうだ。いつか、ノーラが絡んでくると考えていたのさ」

「……そのポルセンに知らせておきますか？」

「必要ないだろ。あいつも強い。絡んできたら報告がくるはず。んだが、いざとなったら、助けてあげるつもりだ」

「はい、ご主人様はお優しい……」

そんな会話をしながら一階へ戻《もど》った。

「シュウヤ様っ、この方が精霊《せいれい》様なのですか？」

俺《おれ》たちが一階に戻ると、メイド長のイザベルが顔を引きつらせながら、近寄ってきた。

ヘルメのことを聞いてくる。イザベルが恐《おそ》る恐る腕を伸ばした先には、リビングの一角で、胡坐《あぐら》の体勢で宙に浮かぶヘルメの姿があった。ヘルメは精霊らしく、瞑想中《めいそう》。

「そうだよ。瞑想中らしいから、気にしないでいい」

「あぁ、そうでした。そんなことより、血の匂いが漂ってきましたが、あれは……？」

「……」

俺とヴィーネは顔を見合わせる。さすがに、光魔ルシヴァルのことは、まだ、言えない。

咄嗟《とっさ》に嘘《うそ》を吐《つ》いていた。ま、勘《かん》づいているとは思うが、ニュアンスで伝わるだろう。

「新しい魔法《まほう》、血の研究だ」

ま、確実に、ヴァンパイアだとバレていると思うが。

彼女《かのじょ》なら使用人にも上手《うま》く言い聞かせてくれるだろう。

「あ、新しい魔法……」

「イザベル、ご主人様は、至高なる魔槍《まそう》使いであり、偉大なる大魔術師《まじゅつし》たる存在なのです。こうやって、会話をさせていただいているだけでも、ありがたきこと。あまり疑問に思わぬことです」

ヴィーネが俺の即興《そっきょう》の言い訳に重ねるように話してくれた。

至高なる魔槍使いに、偉大なる大魔術師かよ。大袈裟《おおげさ》だ。

「は、はい」

「分かっていると思いますが……内密にするのですよ？」

ヴィーネは銀色の虹彩が少し紅色に光る？

更に、目の横には吸血鬼らしい血管が浮き出ていた。

あ、ルシヴァルの、〈魅了《みりよう》の魔眼《まがん》〉か。

「畏《かしこ》まりました。ヴィーネ様」

必要ないと思うが、魔眼が効いたらしい。

「しかし、もう深夜だろ。イザベル、疲《つか》れたんじゃないか。休んでいいぞ」

「……お言葉はありがたいのですが、シュウヤ様、お食事はどうされるのですか？」

「あぁ、作ってくれていたのか」

「はい、キッチンメイドたちが仕事をしました」

「すまんな、それじゃ、その作った料理を持ってきてくれるか？　ヴィーネも食うだろ？」

「はい」

「分かりました、今、用意させます」

イザベルは礼儀《れいぎ》正《ただ》しく頭を下げる。少し、恐縮《きょうしゅく》してしまう。

そのイザベルは、部屋の隅で仕事を待つ使用人に指示を出した。待っていたのか、悪いことをした。

「悪いな、待たせていたようで」

「ご主人様、わたしたちはご主人様を支えるメイドです。気遣《きづか》いは大変にありがたいですが、わたしたちの仕事がやりにくくなるだけです。ご心配は無用」

叱《しか》られた。さすがはメイド長。余計なことだったか。

「分かった。プロに徹《てっ》してくれ」

「はいっ」

いい表情だ。イザベラか……。

心では、リスペクトを送るように、イザベラさんと言うべきだろうか。

そのメイドたちが、早速仕事をする。

リビングの机に色とりどりの料理が並んだ。

「おぉ、これを作ってくれてたのか」

「はい、キッチンメイドたちとて、優秀《ゆうしゅう》ですから」

大鳥のロースト。これは豪華《ごうか》な食事の定番メニューらしい。

ほかにも、ルンガの牛ステーキ、レタス系、見たことのない青い葉の野菜。

茸《きのこ》と魚の煮《に》込《こ》み料理が並ぶ。よーし、マイ箸《はし》を使うか。箸から伝わる肉の軟《やわ》らかさ！

野菜も新鮮《しんせん》な食感《しょつかん》。早速――料理を口に運ぶ――。

美味《うま》い！　俺とヴィーネが食べていると、

「にゃおん」

黒猫《ロロ》だ。廊下の先に見えたと思ったら、加速しながら俺の傍《そば》に来る。

一階の玄関からではないから二階にいたのかもしれない。

家の探検でもしていたのかな。

「お前も食うか？」

「ンン、にゃぁ」

あれ？　喉声《のどごえ》を鳴らした相棒は、肩《かた》に乗るだけ。食事には見向きもしなかった。

「さきほど、ロロ様はたくさん食べておられました」

と、俺の疑問顔を見たイザベルが報告してくる。

「なるほど、もう食っていたのか」

「勢いよく食べておいでで、驚きました」

「はは、だろうな」

黒猫《ロロ》はそんな会話中に頭巾《ずきん》の中に潜《もぐ》った。背中に可愛《かわい》い重さを感じながら、食事を胃の中へと運ぶ。まだ料理は残っていたが、お腹《なか》はいっぱいだ。

マイ箸の汚《よご》れを水で落としてから仕舞《しま》う。ヴィーネも食べるのをやめていた。

「――イザベル、美味しかった。キッチンメイドたちにお礼を言っといて」

「畏まりました」

寝室《しんしつ》に向かうと、黒猫《ロロ》が起き出した。

「にゃぁ」

床に降りた相棒は、そそくさと走って寝台《しんだい》に飛び乗った。

いつものように寝台の弾力《だんりょく》を活《い》かして遊ぶのかと思ったら寝転《ねころ》がった。

仰向《あおむ》けの姿勢で俺を見る。逆さまに俺を見ている？

「どうした？」

「にゃぉ」

黒猫《ロロ》は片足を上げた。

指球を大きくさせるように指と指の僅かな間を拡《ひろ》げて閉じると共に、その小さい指の先から、爪《つめ》の出し入れを行う。甘える仕種《しぐさ》が何とも言えない。母親のお乳を飲む時もあんな風に甘える猫《ねこ》は多い。

その黒猫《ロロ》は、香箱《こうばこ》スタイルに移行しては、片足で寝台を叩《たた》く。

「一緒《いっしょ》に寝《ね》ろってことか？」

「にゃ」

黒猫《ロロ》は、また寝転がった。肉球を見せるように片足を伸ばす。

「遊びたいだけか」

俺は寝台に飛び込むように体を預けた――。

柔らかい弾力を体に得ながら寝転がる黒猫《ロロ》を抱いた。

その黒猫《ロロ》の両足を掴《つか》んで、手と手を合わせてなむーっと両前足の肉球を合わせる遊びをしながら――その肉球を優しく揉み拉《しだ》く。

相棒はなされるがまま。体を大胆《だいたん》に弛緩《しかん》させた。だらーんと、とても可愛い。

その黒猫《ロロ》が、
「にゃ、にゃ〜」
突然鳴くと、四肢《しし》で俺の鼻を踏《ふ》む。肉球スタンプを繰《く》り出《だ》す。
ヴィーネが戻ってきたようだ。ま、いいさ。構わず黒猫《ロロ》と遊び続ける！
黒猫《ロロ》の両腋《りょうわき》を持ち、両足を上げてバンザイ遊び。
そして、片足の肉球と片方の耳を伸ばすように同時マッサージを敢行《かんこう》。
続いて柔らかい喉周りの血行を良くするように黒毛を梳《す》く。
相棒もゴロゴロと喉を鳴らしてくれた。喉が心地《ここち》よいリズムで振動《しんどう》する。
その喉を触って指の腹に感じた相棒の温《ぬく》もりを楽しんだ。
マッサージを受けた相棒は眠《ねむ》くなったように目を細めた。
頭部を俺の手元に預けて弛緩する。黒猫《ロロ》は眠る。相棒を胸元に下ろした。
俺も寝るかな。ゴロゴロとした喉の音を癒やしのＢＧＭとして……。

第百四十八章「邪神・迷宮都市の真実」

ヴィーネはまだ寝ている。眠気《ねむけ》は普通にあるようだ。〈真祖の系譜《けいふ》〉を得たが、本家の俺とは違うのかな。いや、まだ単に、光魔ルシヴァルに慣れていないだけか。種族が変わった精神な変調の兆《きざ》しかもしれない。さて、能力を確認《かくにん》だ。

ステータス。

名前：シュウヤ・カガリ
年齢《ねんれい》：22
称号《しょうごう》：水神ノ超仗者
種族：光魔ルシヴァル
戦闘職業：魔槍血鎖師
筋力 22.9　敏捷《びんしょう》 23.5　体力 21.2　魔力《まりょく》 26.9→25.9　器用 21.0　精神 29.2→28.2　運 11.3

状態：平穏《へいおん》
魔力と精神の値《あたい》が減っている。
これは俺の一部がヴィーネに流れた証拠《しょうこ》か。

スキルステータス。

取得スキル：〈投擲《とうてき》〉：〈脳脊魔速〉：〈隠身〉：〈夜目〉：〈分泌吸の匂手《フェロモンズタッチ》〉：〈血鎖の饗宴《きょうえん》〉：〈刺突〉：〈瞑想〉：〈生活魔法〉：〈導魔術《どうまじゅつ》〉：〈魔闘術〉：〈導想《どうそう》魔手〉：〈仙魔術〉：〈召喚《しょうかん》術〉：〈古代魔法〉：〈紋章魔法《もんしょうまほう》〉：〈闇穿《やみ》〉：〈闇穿・魔壊槍《やり》〉：〈言語魔法〉：〈光条の鎖槍《くさりやり》〉：〈豪閃〉：〈血液加速《ブラッディアクセル》〉：〈始まりの夕闇《ビギニング・ダスク》〉：〈夕闇の杭《くい》〉：〈血鎖探訪《ブラッドダウジング》〉：〈闇の次元血鎖《ダーク・ディメンションブラッドチェーン》〉
恒久《こうきゅう》スキル：〈天賦の魔才〉：〈光闇の奔流《ほんりゅう》〉：〈吸魂〉：〈不死能力〉：〈暗者適合〉：〈血魔力〉：〈超脳魔《ちょうのうま》軽・感覚〉：〈魔闘術の心得〉：〈導魔術の心得〉：〈槍組手〉：〈鎖の念導〉：〈紋章魔造〉：〈水の即仗《そくじょう》〉：〈精霊使役《せいれいしえき》〉：〈神獣《しんじゅう》止水・翔《かける》〉：〈血道第一・開門〉：〈血道第二・開門〉：〈血道第三・開門〉：〈因子彫増〉：〈従者開発〉new：〈大真祖の宗系譜者〉new

エクストラスキル：〈翻訳即是《ほんやくそくぜ》〉：〈光の授印〉：〈鎖の因子〉：〈脳魔脊髄《せきずい》革命〉：〈ルシヴァルの紋章樹《もんしょうじゅ》〉new

まずは〈ルシヴァルの紋章樹〉をタッチ。

※ルシヴァルの紋章樹※
※光魔ルシヴァルの神秘たる古代生命樹の大本であり光と闇の奔流※
※光魔に連なる者たちの成長を促《うなが》し、繁栄《はんえい》を約束された者たちが主人の影響《えいきょう》を受ける※
タッチをしても説明は出ない。象徴的《しょうちょうてき》な言葉だけで詳《くわ》しくは分からないが、まぁいい。
次は〈従者開発〉。
※従者開発※
※従者の体の色合いを変化させる※

※〈筆頭従者長〉と〈従者長〉の体にそれぞれ専用の魔印を刻むことが可能※
※〈筆頭従者長〉は色鮮《いろあざ》やか。しかし〈従者長〉は地味な色合いとなる※

ヴィーネに一回試したな。
続いて、各種スキルが融合《ゆうごう》した〈大真祖の宗系譜者《そうけいふ》〉をタッチ。

※大真祖の宗系譜者※

※ルシヴァルの紋章樹と真祖の力により因果律を歪《ゆが》め吸血神ルグナド系の〈眷属《けんぞく》の宗《そう》主《しゅ》〉を超越《ちょうえつ》した光魔ルシヴァルの血を持つ系譜者※
※多大な精神力を必要とするが、新たに選ばれし眷属の〈筆頭従者長〉を七人、更に〈従者長〉を二十五人増やせるだろう※
※スキル使用時に〈筆頭従者長〉及び〈従者長〉を意識すれば選択《せんたく》可能※
※〈筆頭従者長〉及び〈従者長〉と血文字の連絡《れんらく》が可能となる。どんなに離れていても血文字は一瞬《いっしゅん》で送受信される※

色々とこっちの説明は分かりやすい。

〈筆頭従者長〉と〈従者長〉の違いは何だろう――〈従者長〉をタッチ。

※従者長※
※〈筆頭従者長〉より能力値は下だが成長の幅《はば》は変わらない※
※本人の努力次第《しだい》で〈筆頭従者長〉を超《こ》える能力を得られる可能性もあり※

能力は劣《おと》るが、努力次第で〈筆頭従者長〉を超えることもできるのか。

そこでステータスを消す。〈筆頭従者長〉が七人増えて合計十人まで。

〈従者長〉を二十五人……俺の眷属が増やせる。そして、血文字で遠距離《えんきょり》連絡が可能なことは光魔ルシヴァルの最大のアドバンテージとなる可能性が大きいが……。

他に眷属になってくれる人はいるだろうか……。

エヴァ、レベッカに話をしたら、どうなるかな……。

特にレベッカは……ヴァンパイア？

変態の化け物なんてお断りよ！　とか言って、引いてしまいそうだ。

まぁ、考え過ぎかもしれないが、これは後々……。

さて、もうそろそろ朝だ。二階のベランダで涼《すず》むか――。
そっと動いてヴィーネを起こさないように……。
廊下《ろうか》から螺旋《らせん》階段を上り二階の廊下から暖炉《だんろ》の部屋を通ってベランダに出た。
外は薄暗《うすぐら》い。少し空が曇っているようだ。ロッキングチェアとテーブルがあった。
メイドたちが設置してくれた家具かな。気が利《き》く彼女たちだ。
テーブルには、花瓶《かびん》がある。アカンサスかカトレアと似た綺麗《きれい》な花。
アイテムボックスから水差しを取り出し、その花瓶の横に置く。
水差しは黒い甘露《かんろ》水入りだ。椅子に体を預けるように座った。
まったりと外の景色を見ながら甘い時を過ごした。
朝の微風《びふう》が心地よい。頬に涼しさと温かさを感じる風。
さて、今日は何しようか。第二王子に小さい冷蔵庫を売るかな？
プレゼントを渡《わた》しにザガたちに会うのもいいなぁ。
Bランク試験もあるか。新たに手に入れた地図の鑑定《かんてい》か。
エヴァたちが来たら、迷宮《めいきゅう》に潜りにいくのもいい。
いっそのことパレデスの鏡の存在を明かすか？
鏡の転移先に浅瀬《あさせ》のような場所があった。そこに皆《みな》で遊びに、海水浴とか……皆は貝殻《かいがら》水着を着てくれるらしいからな！　と鼻息を荒《あら》くした瞬間――。

常闇《とこやみ》の水精霊ヘルメが視界に現れた。テラスの真上に浮《う》いている。

変な妄想《もうそう》をしていた俺に対してツッコミって感じだ。

「――閣下、何をしておいでなのですか？」

「びっくりした」

「すみません、中庭の大きな樹木に水をあげていたら、閣下の姿が見えたもので」

「そっか。最近ヘルメは外にいることが多いが、何か心境の変化でもあったのか？」

「新しいポーズの開発のために色々な方とお話をするのも一興かと思いまして。なにより、大きい樹木が二つあります。植物に水をあげることは好きですから」

「水やりか。適度にな。新しいポージングにも期待している」

「はい！」

ヘルメの笑顔《えがお》を見て、千年の植物《サウザンドプラント》を思い出した。

ヘルメが青い実が欲《ほ》しいと言っていたことは覚えている。プレゼントしよう。

アイテムボックスから千年の植物《サウザンドプラント》を取り出す。

「あ、それは」

「おう。この実が欲しいと言っていた」

「閣下……なんてお優しい」

ヘルメは全身の皮膚《ひふ》を操作。美しい皮膚が盛り上がっては凹《へこ》む。葉というか宝石のような輝きを発し皮膚が漣《さざなみ》的なウェーブを起こした。

俺に期待を寄せるヘルメに対して笑《え》みを意識。

「では」

千年の植物《サウザンドプラント》に生《な》る青い実を摘《つ》まんで取った。その青い実をヘルメに渡す――。

ヘルメは、さくらんぼを口に含《ふく》むように食べる。

「おぉぉぉぉ」

うはぁ、びっくり、ヘルメがムンクの叫《さけ》びポーズ。もしかして、不味《まず》かった?

「どうした?」

「魔力が凄く内包されて匂《にお》いも芳醇《ほうじゅん》！　魔力が濃厚《のうこう》なのですぅ。閣下の魔力とは一味違う未知の果実！　素晴《すば》らしい感動です。なんという甘さと心地よさ……あぁ……心が大地に溶《と》けてしまいそうです……」

美味《おい》しすぎたのか、ヘルメ……目がヤヴァイ。眼球の周りに青と赤の筋が……。

興奮しているのか勲色と蒼色の葉の皮膚も、細かなウェーブを繰り返《かえ》して渦《うず》を巻いている。そのまま腰《こし》を捻《ひね》る独特のポーズを行った。

「そんなに美味しいのか、あ――」

実がなくなった枝のところから、また新しい青い実が生っていた。

千年の植物《サウザンドプラント》……不思議な植物だ。

これ、魔力を与《あた》えれば成長するらしいが……。

「また、生りましたね……」

「ヘルメ、勝手に食うなよ？　あげるときは俺が手渡す」

「……分かっております」

ヘルメはまだ興奮していたが、俺が訝《いぶか》しむと、興奮を抑《おさ》えた。

「……よし、これに、魔力を与えてみようと思う」

「はい」

両の掌《てのひら》で挟んで千年の植物《サウザンドプラント》に魔力を与えた。

すると、千年の植物《サウザンドプラント》の葉が光る。幹と実も光りだす。

「ちょっ」

光った小さい幹が横に膨《ふく》れては唇《くちびる》が形成される。その唇から白色の蜘蛛《くも》の糸を吐《は》いた。

唇から囁《ささや》くような声も響《ひび》くと、幹を左右に揺らして踊《おど》り出す。

不思議すぎる踊りだ。墓場で華麗《かれい》なステップを踏んで踊るゾンビのような……。

枝葉の先が、斜《なな》めに伸《の》びてヒューと音を立てて止まる。

「蜘蛛糸？」

白い蜘蛛糸は千年の植物《サウザンドプラント》の表面を覆う。

蜘蛛の巣が張ったようになった。また音楽が掛《か》かったように幹は踊り出した。

「……これは奇《き》怪《かい》な動きですね」

「あぁ、怪《あや》しい踊り。ＭＰが吸い取られるようだ」

「ＭＰ？　分かりませんが、不思議です」

「魂が吸い取られる的な意味合いだよ」

「何ですと！　閣下の魂を……この植木、美味しい実でしたが、水に埋《う》めますか？」

ヘルメさん……本気だ。水に埋めるって沈めるってことかな？

「いや、埋めないから」

「はい……」

「……オレヲ、ウメルダトゥ……ナマイキナ、セイレイメッ！」

「ちょっ、喋《しゃべ》ったっ！」

「わぁぁあっ、怖《こわ》い！　ばけものっ！」

ヘルメも十分怖いが、ツッコミは控《ひか》えた。

「ヴィーネが喋ると言っていたが……本当に話をするとは……しかも見えているのか？」

「オウYO、ミエテル、ゼェ、ベイビィ！」

なんなんだ、このテンションは。

「もしかして、俺の魔力で育った？」

「オウオウ、オマエハ、オレノ、チチィ、イェイッ。オレ、コドモ、ベイベェッ、イェッ」

蜘蛛の巣に絡まった植木の枝が奇妙《きみよう》に動いて親指を突《つ》き出すような仕種を繰り返す。

「……」

「……」

この時、何が起こったか分からなかった。

軽い気持ちで魔力を注いだら、子供の木を……生んでしまった。

しかも、樹木だが、変なラッパーの植木。

助けを求めるようにヘルメさんに視線を向けた。

が、彼女は目を泳がせ無言……俺は仕方なく喋る植木と見つめ合う。

「……名前とかあるのか？」

「オレハ、オレ、イェイッ、ナマエ、クレYO！」

「サウザンドプラントという名前があるような気がするが……違《ちが》うのか？」

「オレハ、オレッ」

踊りながら答えている。埒《らち》が明かないので、多少、強引《ごういん》にやるか。

「古き名とか無いのかよ……お前は何だ？」

体に纏《まと》った魔力を〈導魔術〉的に放出しつつ三白眼的に睨《にら》みつけた。

手に持った植木を潰《つぶ》す勢いでプレッシャーをかける。ラッパーな植木はピタッと踊りを止めて、幹と唇を震わせて樹皮を擦《こす》った。

「……オオォォ、チチィ、コウフン、スルナ、オレ、ジャシン、ツナガリ、アルＹＯ」

邪神《じゃしん》と繋《つな》がりがあるだと……迷宮の宝箱に入っていたから関係があるのか？

「お前は、俺の敵か？」

「ＮＯ、オレ、チチノコドモ、イェイッ！」

「……その邪神の名は？」

「シテアトップ」

発音が変わった瞬間、植木の表面を覆っていた蜘蛛の巣が宙へ浮かび上がった。

「なんだ？」

「攻撃《こうげき》の意思は感じられませんが……」

蜘蛛の巣は円を作り薄《うす》い膜《まく》で覆《おお》われた。薄い膜はテレビの白黒映像のようなものを映し出していく。少しずつ、カラーになってきた。

円の中に映っていたのは、十尾《お》を持つ巨大虎《きょだいとら》。

「ようっ、人族、お前が千年の植物《サウザンドプラント》を起動させたようだな」

巨大虎は画面の向こうから気軽な雰囲気《ふんいき》で話《はな》し掛けてきた。

牙《きば》が目立つ大きな口だが、リップシンクも合う。

「あなたは邪神シテアトップですか?」

「そうだ、邪界の天を支配する十の邪神が一柱の邪神シテアトップだ。そんなことより、お前、本当に人族か?」

「そうかもしれない」

邪神シテアトップも、俺の見分けはつかないか。

俺が持つ十天邪像《じゃ》シテアトップと関係があるのだろうか。

「ほぅ、千年の植物《サウザンドプラント》が、自ら俺の名前を話す時は、死ぬ間際《まぎわ》のはずなんだが。まだ、ぴんぴんと動いてやがる……もしや、魔力を直《じか》に受けて鞍替《くらが》えしやがったか? ったく、そんなおかしな奴《やつ》でも貴重な小間使いの一匹《いっぴき》なんだがなぁ」

シテアトップの巨大虎は植木を睨んでいた。

邪神の手駒《てごま》か。この間、倒《たお》した奴も関係しているのか?

「それはヒュリオなんとかと関係あるのか？」

「そいつの名を知っているとなると、迷宮に深く潜り込んでいる一流の冒険者《ぼうけんしゃ》か……」

「いや、深くは潜り込んでいない。魔宝地図で五階層には潜ったが」

その言葉を聞いた邪神シテアトップの巨大虎は十本の尻尾《しっぽ》を動かして、頭を支えて考えるポーズを取る。

「……宝から、その千年の植物《サウザンドプラント》を得たのか。そういうことか」

「勝手に納得《なっとく》されても、意味不明なんだが」

「……フン、生意気な小童《こわっぱ》が！　だが、千年の植物《サウザンドプラント》を手なずける魔力の持ち主だ。……ヒュリオクスに洗脳された手駒じゃないんだろう？」

邪神は怒鳴《どな》るが、あまり怒気《どき》は感じない。

「あぁ、違う。人型生物の脳を乗っ取っていた寄生蟲と話したことがあるからな」

「話しただと？　それで洗脳を受けてないのか。お前……魔界《まかい》の神々に連なる眷属系か？

それとも、神界の僕《しもべ》か？」

「なんだそりゃ。魔界と神界から、そんな奴らがこの地上に来ているのか？」

「ふはは、何も知らねぇで、無限の世界と繋がる迷宮に入《い》り浸《びた》っているのかよ。しかも世界の一部である俺様と対等に会話をしてやがる。これだから、地上《セラ》はおもしれぇ」

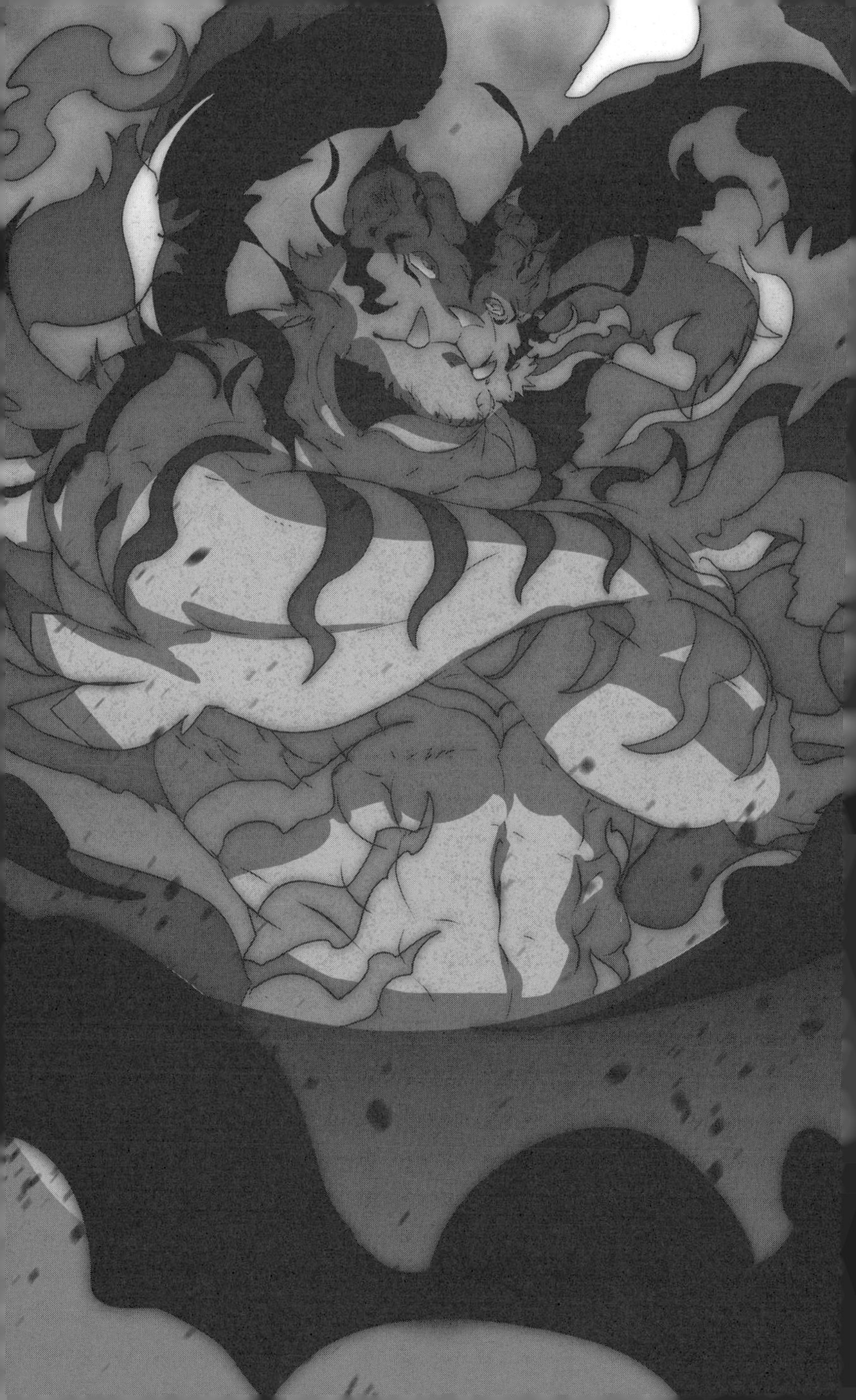

ハイテンションだな。この邪神は……。

「詳しく教えてくれるとありがたいのですが、邪神様」

少し皮肉った感じで聞く。

「いいだろう。この迷宮都市は我々が住む広大なる邪神界と繋がっているんだよ。地上《セラ》と一体化し繋がっている、と言ったほうがいいか。だから、遥《はる》か古、数千、数万、幾星霜《いくせいそう》とセラ側に比較的《ひかくてき》近い次元界である魔界と神界からの使徒たちと邪神界の勢力は延々と争っている……」

繋がっているか。もしかしてペルネーテの周囲や地面に埋まっていた黒い金属は、黒き環《ザララープ》の一部か。相棒が神獣ローゼスだった頃《ころ》……精神世界に登場した迷宮都市とはここのこと《ペルネーテ》だったのかも知れない。

「神界、魔界以外の次元界はあるのか？」

「次元界は複数存在する。他の次元界に連なる者と争ったことは数回程度しかねぇな。だから、昔から魔界、神界に連なる神々や精霊から愛された奴らが……本人が知らず知らずのうちにこの迷宮に来ることになり、我々の迷宮に挑《いど》んでいるのさ。まぁ、そのお陰《かげ》で餌《えさ》である魔素《まそ》を大量に得てはいるのだが、それを掻《か》っ攫《さら》い、俺たち邪神を潰そうとしているのが、神界、魔界の連中なんだよ。ま、俺たちは潰れねぇけどな……」

この迷宮都市には神々や精霊から何かしらの加護を受けた者たちが集まりやすいと。

どうやら、俺もその一人らしい……遥か古代から続く三つ巴《みつどもえ》の争い。

他にも次元界は存在するから、四つ、五つと、複雑怪奇《ふくざつかいき》な眷属同士の争いがあるのか。

途方《とほう》もない壮大《そうだい》な話だ。

「……なるほど。俺がその神たちの手駒だったら？」

「……手駒なのか？」

「駒ではないが、色々と関《かか》わってはいるぞ」

その瞬間《しゅんかん》、虎邪神《とらじゃしん》は態度を変えた。尻尾は膨れ上《あ》がって双眸《そうぼう》を紅色が縁取《ふちど》る。

虎邪神らしい凶悪《きょうあく》な顔貌《かおかたち》へと変化を遂《と》げた。

「なんだとぉ、駒じゃねぇか！　なんでそんな奴が、ここにアクセスできたんだァ？　てめぇ……どこの次元界と関係があるんだ？」

「二つの次元界と聞いた神界セウロスと魔界セブドラの神となら話をしたことがある」

「何ぃ……相反している神々と対話だ？　何なんだお前！　嘘じゃねぇだろうな。人やダークエルフにはアホなホラ吹《ふ》きもいるからなァ？」

虎邪神は驚《おどろ》きつつも動揺《どうよう》したようだ。鋭い牙を見せつけるように口を広げて喋っていた。

十本の尻尾を広げたり閉じたり忙《せわ》しなく動かしている。

それより十天邪像のことを聞くか。アイテムボックスを起動――。

像を取り出す。いつ見ても気持ち悪い像だ。

「――おい、それをよく見せろ！」

邪神はいきなり豹変《ひょうへん》。蜘蛛の巣の膜へと虎顔を近付けて、ドアップ顔を俺に晒《さら》す。

像を見せてやった。

「……まさか、灰吹きから蛇《邪》が出るとはな……お前、俺の駒に成らないか？」

「駒かよ、何だ突然《とつぜん》。これの名前通り、お前と像は関係するのか？」

巨大虎は尻尾を揃《そろ》えては、急に姿勢を正していく。

「生意気な態度だな。が、そうだよ、関係するとも。その十天邪像を持つということは、俺の駒になる適性があるということだ。だからここにアクセスできたんだな？　お前、本当に人族か？」

適性がある奴に自然にいきつく呪《のろ》いのアイテムか？

「……駒なんていやだ」

「いやだと？　数千年が経《た》ち、やっと見つけた奴がこんなひねくれた奴とはな……」

邪神シテアトップは表情に翳《かげ》りを見せると愚痴《ぐち》るように話す。

「そんなのはシラネェ。俺は邪神だろうが、魔界の神だろうが、神界の神だろうが、我《わ》が道《みち》をゆく。すべてを喰《く》らってでもな」

目に力を込めて、邪神を射殺すように睨みつけながら話していた。

「……お前、良いな。神と関係があると言ったが、どこの神にも染まっていないのか？　人如《定》き《命》が神々の精神と渡り合うなど聞いたことがないが……」

邪界の向こう側からは、俺の魔素を視《み》るといった魔眼系や探知系のスキルは使えないようだ。嘘かも知れないが、あの言い方から予想するに……。

俺の人族っぽい見た目だけで判断しているんだろう。

俺が光魔《ヴァンパ》ル《イ》シ《ア》ヴァル《系》だとは気付いていない。と、推測はできた。

「……何度も言うが、俺は俺だ。駒にはならんぞ」

「分かった。それでは駒ではなく協力ではどうだ？」

急に弱気になった。どうやら、この邪像は、こいつには重要なアイテムのようだ。

「協力か。なら、あの迷宮について教えてくれ」

「何が知りたい」

「この千年の植物《サウザンドプラント》は、なぜ、宝箱に入っていた」

十本の尻尾をくるくると回した虎邪神は、

「……我、俺《おれ》から漏《も》れた力の一部が迷宮に浸透《しんとう》した結果だ。宝箱の中で生まれたり迷宮内に育っていたりと、これは俺だけじゃねぇ、邪神界に棲《す》まう神々の影響も関係している。遥か古代から、人族、ドワーフ、エルフ、ダークエルフ、ハイエルフ、エンシェントドワーフ、ハーフドワーフ、その他、適性があり、力のある者たちへと、自然に千年の植物《サウザンドプラント》が向かうようになっているのさ」

巨大虎は流暢《りゅうちょう》に語る。その邪神シテアトップは、

「その喋る千年の植物《サウザンドプラント》には特別な実が宿る。特別な実は、魔力を増やし回復を促す。ポーションの原材料にもなるだろう。人型なら効果は薄いが若返り効果もある。専門的な若返りの秘薬《グレナドソーマ》には勿論《もちろん》、敵《かな》わないが、このアイテム目当てに争いが起きる。そして、地上の遠い地域にも、この千年の植物《サウザンドプラント》は散らばっているのだ」

だから、地下で生活しているダークエルフたちの手にも渡ったということか。

「お前は植物の力もあるのか？」

「そうだ。俺は、我は、邪界ヘルローネの木を造ることができる！」

「へぇ、植物の女神《めがみ》サデュラと同じような？」

「け、大地の神ガイアや植物の女神サデュラとは関係がない。知記憶《きおく》の王樹キュルハでもない。要は魔界でも神界でもない。俺様は、我は！　邪界ヘルローネの一柱《ひとはしら》……邪神シテアトップ様であるのだ。その偉大《いだい》な力なのだぞ」

ガイアとサデュラとも会話をしたことがあるが……黙《だま》っておこう。

「木の力で、喋る植物を生み出せるのか？」

「そういうことだ。我に協力したら、樹木と植物を操《あやつ》る力の一端《いったん》を授《さず》けてやってもいい」

何だと！　欲しい。

「協力とは何をすればいい？」

「ぐははは、人族らしい反応だ！　まずは、邪神ヒュリオクスの眷属をぶちのめして欲しい。迷宮にある我の神域を侵《おか》す邪獣《じゃじゅう》セギログンを倒せ。そして、人族のパクス・ラグレドアも倒せ。他にも、ヒュリオクス以外の邪神たちの眷属がいたりするが……とりあえず、目障《めざわ》りなこの二つを滅《めっ》してくれたら、我が能力を授けよう」

本当か？　ていよく利用されるだけのような気がする。

「邪神が邪神をなぜ攻撃する」

「単純明快、単に敵だからだ。【邪界ヘルローネ】だろうが【魔界セブドラ】だろうが、【神界セウロス】だろうが、お前と同じ理由で、俺以外はすべてが敵なんだよ」

邪界はヘルローネという名前なのか、ペルネーテと少し似ている？

「迷宮が邪界となると、出現しているモンスターもお前らが生み出している？」

「そうでもあり、そうでもない。さっきも話したが、広大なる世界と無限なる世界が繋がり、様々な要因でモンスターが湧《わ》いているのだ」

曖昧《あいまい》な言い方だ。

「それで、この都市に住む人族のパクス・ラグレドアは、俺と同じ冒険者なのか？」

「そうだ」

「洗脳されているだけ？」

「とうに、洗脳の段階は超えているはずだ。脳と融合した別の種へ進化を果たしているだろう。邪神ヒュリオクスの一部の力を自らの欲望のために使い、人知れず、自らの眷属を増やしているはずだ……」

融合した新種となると、人魚シャナの歌声も無理か。

「人々に蟲を寄生させて、部下を増やしていると？」

「そうだ。無実の者、何も知らぬ者も、いつのまにか取り込まれていることもあるだろう」

マジかよ。

「そんな奴が冒険者をしているのか？　もう既《すで》に国の中枢《ちゅうすう》とかに入り込んでいるんじゃないのか？」

「……表の活動ならありうるかもしれんが、その可能性は低い。外は戦場。魔界神界邪界エトセトラ。神々の加護がない人族にさえ強者はいる。そして、冒険者を多数引き連れている姿を、俺の眷属が迷宮内で見かけている。そして、洗脳場所としては、この迷宮内が一番都合がいいはずだ。ヒュリオクスとも連絡が取れて襲《おそ》いやすい」

多数……大手クランの一つか。蟲に取り憑かれた集団。

俺にはカレウドスコープがあるので判別は付くだろう。

「そいつを殺したとして、本当に木を操る力が俺に宿るのか？　俺は属性は持ってないぞ」

「邪獣を含めてな、属性は関係ない。俺《邪神》の力を受《う》け継《つ》ぐんだ。異質なお前なら丁度いいだろう？　ガイアやサデュラが知ったら、激怒《げきど》するかもしれんがな？」

シテアトップは邪神らしい鋭《するど》い牙を見せる。ニカァッと邪悪《じゃあく》な笑みだ。

俺はガイア、サデュラの神々に恩を売ったから怒《おこ》られることはないと思いたいが。

こればかりは分からない。さて、こいつ《邪神》の言う通りに邪魔者《じゃまもの》を倒したとして、果たして、この邪神がどんな得をするのか、その辺もしっかりと説明してもらうか。

「……すべてを倒して、能力を得られたとしよう。その後、お前はどんな得をするんだ？」

「お前に話をした条件の一つ、邪獣を倒すことに関係がある。五階層の一部に我々邪神たちの神域である遺跡《いせき》があるのだが、そこにヒュリオクスの放った邪獣が棲み着いたのだよ。俺の邪像が汚《けが》されているのだ……この煩《うるさ》い邪獣を倒してくれたら、神域が開放される。そこでお前に能力を授けてやれる」

五階層……この間通りかかった寺院のような遺跡か。

「……開放とはなんだ」

「お前が持っている十天邪像を、俺の邪像の足下《あしもと》にある鍵《かぎ》の穴へとさし込めば、神域に通じる部屋が開く。その神域の部屋の中には、秘密の直結ルートがあるのだ。そして、その選ばれし者が使う十天邪像の鍵で、地下の遺跡にある俺の封印《ふういん》の扉《とびら》を開けるごとに、俺の力の一部が迷宮へと循環《じゅんかん》する。俺様の力が増すことに繋がるのだ！　ぐふふ」

だから、俺に鍵を使えと促しているのか。

「で、神域の中にある、秘密の直結ルートはどこに通じている？」

「神域の中に特別な転移が可能な水晶《すいしょう》の塊《かたまり》があるのだ。その転移装置を用いれば、進んだことが無くとも、十階層、二十階層、三十階層、四十階層、五十階層への転移が可能となる」

「それは凄《すご》いショートカットか」

「そうだ。深層の神域部屋の水晶の塊に転移ができる。出入り口は、どの階層も同じ聖域となる」

その特殊《とくしゅ》な水晶の塊を利用すれば、簡単に迷宮の未知の階層を冒険《ぼうけん》できる。

死に地図が死に地図でなくなるということか……。

「お前も冒険者なら、多大なメリットがあるはずだ。一気に未知の世界、未知のマジックアイテムが待つ深部へと、直に行けるのだからな」

たしかに、そうだ。ピンポイントで欲と好奇心《こうきしん》を刺激《しげき》してくる。

地下深くに潜《もぐ》った名声はハッキリ言ってどうでもいいが……。

見知らぬ世界は見たい。未知のマジックアイテムにも興味がある。

「……それで条件を達成したら、どこで力を授けてくれるんだ？」

「迷宮の内部だ。五階層の遺跡、我の像が汚されている場所で授けてやろう」

「了解《りょうかい》した。はっきりとした約束はできないが」

「……舐《な》められたもんだな。もし来るなら、五階層の迷宮内部には、お前一人で来い」

「それは無理だ」

「な、なんだとっ……」

「俺には仲間がいる。だったら、この話はなかったことに」

「ま、まてぃ、早まるな。了解した。数人だけお供を許そう……」

巨大虎の邪神は、耳を凹《へこ》ませて可愛《かわい》げのある顔になる。面白《おもしろ》い。

怪しいが、こいつが裏切ったら、ぶちのめしてやればいい。

「……数人か、約束は守れない」

「ふん、まぁいい、待っているぞ――」

その瞬間、蜘蛛の細かな糸でできた円膜は萎《しな》びて縮小していく。

元の植木に纏わり付《つ》く蜘蛛糸に戻《もど》っていた。

「オワッタ、ゼェ、ベイベーィ」

また植木が喋りだした。

「閣下、邪神と手を結ぶのですか？」

ヘルメは植木を無視。心配そうな表情を浮かべて聞いてくる。

俺も植木を無視してヘルメを見た。

「そうだ。あの虎なら協力してもいいだろ、ま、敵対したら潰す。が、そんなことより、蟲のほうが厄介《やっかい》だ。この地上で仲間を増やしているなら、今後、他の冒険者たち、いや、俺の仲間たちにも脅威《きょうい》になる可能性がある。それに美人さんの冒険者が洗脳を受けて、蟲の眷属化とかは忍《しの》びないだろう」

「前に奴隷《どれい》の頭に寄生していた気持ち悪い蟲……そのような者たちが無数に……」

ヘルメは、黝色の葉と蒼《あお》色の葉の皮膚の先端《せんたん》を尖《とが》らせながら語る。葉先も器用に動かせるらしい。無意識に、葉風の皮膚を動かしているだけなのかも知れないが。

「……取《と》り憑《つ》いている者たちのすべてを倒すわけじゃない。パクス・ラグレドアという名の有名冒険者を暗殺すればいいだけだ」

「はい、邪神《じゃしん》との約束は二つ」

「そうだ。俺には【月の残骸《ざんがい》】がいる。迷宮《めいきゅう》に向かう冒険者のパーティ、または大きなクランを率いている存在ならば、簡単に情報を拾えるだろう」

「……さすがは閣下、すべてを計算済みなのですね」

「たまたまだ、持ち上げるな」

「はい！」

もう朝だ。雲が晴れて明るい。あ、虹《にじ》だ――。

巨樹《きょじゅ》から伸びた二つの虹は、半円を象《かたど》りながらすっぽりと屋敷《やしき》を包む。

ヘルメが水を散らしてくれたお陰か。

「二つの虹か」

「はい、綺麗ですね」

ヘルメが虹を見つめながら語る。

黝色の葉と蒼色の葉のグラデーションが増したように見えた。

「おう。ヘルメも綺麗だ」

「閣下……」

自然と漏れ出た言葉にヘルメは満足気に微笑《ほほえ》む。寄《よ》り添《そ》ってきた。

彼女《かのじょ》の背中に手を回す。ヘルメのいい匂いを感じながら一緒《いっしょ》に虹を鑑賞《かんしょう》――。

自然と濃厚なキスを行っていた。さて、まったりとしたくつろぎタイムはここまでだ。

そろそろ一階に戻ろう。

「にゃおん」

おっ、相棒だ。

「よっ、おはよう」

黒猫《ロロ》は口を広げて大あくび。俺に触手《しょくしゅ》を伸ばしてくる。

『あそぶ』『はらへった』『まんまる』『おにく』『あそぼう』『そらとぶ』『はらへった』『うぃーね』『へるめ』『あそぶ』

「遊びたくて、腹が減って、空を飛びたいんだな。それじゃ、まずは食事からだ。メイドたちは早朝だからまだ起きてないだろうし、適当に食うか?」

「にゃあん」

黒猫《ロロ》は甘《あま》えたような声を出すと、足に頭部を寄せてきた。

相棒の頭を撫《な》でてアイテムボックスから、肉と野菜を取り出す。

黒猫《ロロ》に、その肉と野菜を上げると、勢いよく食べ始める。

食ってる食ってる。また、頭を撫でたくなったが、我慢《がまん》だ。

さて、【月の残骸】の店に向かうかな。

メルかベネットを捕《つか》まえないと。

千年の植物《サウザンドプラント》のような邪神と交信できるアイテムがあれば……携帯《けいたい》電話のような通信機のマジックアイテムがあれば、便利なんだがなぁ。

まぁ出回っていない以上望めない。

メイドたちには悪いが、俺も適当に胃袋《いぶくろ》に汁物《しるもの》でも入れて朝飯にしよう。

黒猫《ロロ》のご飯が終わって、ヴィーネが起き次第出発だ。

あとがき

こんにちは、12巻を買ってくれてありがとう。では最初に12巻のことを。表紙が、どーんっとロロディーヌ！　初期の段階で不思議なパワーを感じました。ロロの神秘性とルシヴァルの紋章樹を併せたイメージとなります。今までになかった素晴らしいイラストかと。市丸先生に感謝です。そんな12巻の見所の一つが、闇ギルドとの戦いです。書籍版オリジナルの強者との連続する戦いは、私も夢中になって書きました。初登場した風槍流の技は、かなりお気に入り。書籍版オリジナルのメルとのやりとりも好きです。特に、梯子を登るところは楽しかった。

そんな12巻の諸々のオリジナル部分を、ぜひ楽しんで頂けたら幸いです。では近況報告を。熱心な読者様ならご存じかもですが、Ｗｅｂ版『槍猫』の修正&更新を毎日がんばっています。ちなみに趣味のゲームは、『ゴーストオブツシマ』を少しプレイしました。面白かった。が、最後までプレイはせず。昔なら絶対クリアまでやったんですが。因みに「対馬」つながりで話は急に変わって、次はオカルトっぽい話題に移ります。苦手な方はごめんなさい。「対馬オメガ局送信用鉄塔」って知っていますか？　オメガ塔とも呼ばれていた、東京タワーを上回る日本一高い建造物があったという話。実は、最近知ったんです。オメガ塔。私の記憶にはない。元「日本一高い建物」なのに、普通なら覚えているはず。Ｗｉｋｉを調べてみたら「一九七〇年に建築開始」とありました。この世界線では、ちゃんと実在した歴史があるってことですね。

リアルで世界線とか『STEINS;GATE』の用語をマジな顔で使うことになろうとは、平行宇宙の存在があると言うことでしょうか。意識だけが違う平行宇宙の自分に飛ぶ？　ま、詳細は保留ですが、面白い考察。ついでに「マンデラエフェクト」という概念を調べていくと、私の知らない歴史が増えたことに驚いた。「鳩のポウター」って初めて見ました。あんな鳩知らない。第二次世界大戦の日本の歴史も細かいところで変わっている。オーストラリア大陸の位置がアジアに近付いている？　樺太ってこんな大きかった？　朝鮮半島の位置が私の記憶と違うような……静岡に「大室山」という名所ができている。普通そんなに有名なら知らないはずないんですが……今度行きたい（笑）とにかく面白いこの集団記憶違い現象、「マンデラエフェクト」をググると、他にも色々とあるようですね。読者の方々にも同じ体験をした方がいるなら、是非お会いして、話をしたい（笑）。

では、ここからは好きな映画の話を！　最初は７月頃に観た「カセットテープ・ダイアリーズ」。パキスタン人作家のサルフラズ・マンズールさんの自叙伝が原作らしいです。ミュージカル系の映画です。「ブルース・スプリングスティーン」が好きな人なら、かなりハマる青春物語だと思います。恥ずかしながら、そのブルースを知らなかった私でしたが、面白かった。「追龍」も良かった。イギリスの植民地時代の香港を舞台にしたノワール系。暗黒時代の成り上がり物です。観ていて「ゴッドファーザー」やアルパチーノの「スカーフェイス」を思い出しました。「男たちの晩歌」が好きな方なら、お勧めです。次は「オフィシャル・シークレット」。イラク戦争開戦前夜のアメリカのネオコン勢力（今でいうDSですね）の不正行為を告発した、女性GCHQ職員が主人公の話です。ただし、GCHQはイギリス政府通信本部で、第二次世界大戦のドイツ潜水艦の暗号エニグマを解読した諜報機関。他国とはいえ、こんな重大レベルの情報をリークすることは公務機密法違反に当たり……というお話。まあ、詳しくは映画本編をお楽しみください。ほかに「TENET」も時間逆行の映像が良かった。他では観たことのない新しい映像でした。あとは、「ウルフズ・コール」も楽しめた。並外れた聴覚を持つ特殊分析官が主人公。フランス海軍の映画ってあまり観たことなかったです。「二分の一の魔法」も観ました。面白かったですが長くなる！　さて、ページも少なくなりましたので、映画の話題はここまでとします。

担当様、市丸先生、関係者の方々、今回もお世話になりました！　感謝しています。今後ももっとクオリティを上げて、さらに面白い小説を造り上げていきたい思いです。読者様にも、大きな感謝を。槍猫世界が続いているのは読者様の支えのお陰です。どうもありがとうございます。それでは、また！

２０２０年9月健康

ギルドメンバーもそろったことで、
さらに戦力増強した【月見兎】。
著：冬原パトラ
イラスト：はましん

第3エリア突破のキーとなる
モンスターにも目途がつき、
ついにエリアボスと
対峙することに――!!
VRMMOはウサギマフラーとともに。4
VRMMO with a rabbit scarf.
今冬発売予定！

無事に開催された親睦の祝宴。
そのひとときは、森辺の民にも町の人々にも
新たな出会いと成長を与えるものだった。
Author
EDA
Illust.
こちも
異世界料理道
VOLUME
23
Cooking with wild game.

宴も終わりしばらくした頃、
傷も治りようやく狩人としての力を取り戻したアイ＝ファ。
それは、レム＝ドムとの約束の勝負が始まることを
意味していて!?
2020年冬発売予定!

HJ NOVELS
HJN21-12

槍使いと、黒猫。 12

2020年10月22日　初版発行

著者――健康

発行者―松下大介
発行所―株式会社ホビージャパン
〒151-0053
東京都渋谷区代々木2-15-8
電話　03(5304)7604（編集）
　　　03(5304)9112（営業）

印刷所――大日本印刷株式会社

装丁――木村デザイン・ラボ／株式会社エストール

ISBN978-4-7986-2328-3　C0076